エドガルス・カッタイス

一〇の国旗の下で

満洲に生きたラトヴィア人

黒沢 歩＝訳

Edgars Katajs
Zem desmit valstu karogiem

作品社

一〇の国旗の下で　満洲に生きたラトヴィア人　目次

第一の旗　ブヘドゥ 7
ハルビンへ 13
第二の旗の下 18
第三の旗 29
第四と第五の旗 32
第六と第七の旗 36
いざ進学 97
働きだす 123
清水学長の追放 138

日本の降伏……145
早くも第八の旗、ソ連軍にて……149
東洋経済学部……181
人生九番目の旗……204
あとがきにかえて……270
ハルビンという民族のるつぼで
——二度と繰り返されることのない地球のすばらしい一郭　沼野充義　271
訳者あとがき　280

装幀＋本文フォーマット
山田和寛＋竹尾天輝子（nipponia）

一〇の国旗の下で　満洲に生きたラトヴィア人

すばらしい地の住処から
引き裂かれた人々の魂の安らぎに
この記録を捧げる。

＊訳注は〔　〕で示した。

第一の旗　ブヘドゥ

自分の生まれた時と場所は記憶にない。残された記録と親類の話によれば、私の人生は一九二三年二月三日、ラトヴィアからはるか遠い満洲〔中国東北部〕と呼ばれた地方の、ラトヴィア語ではブヘドゥと発音する鉄道駅のある小さな村――おそらくモンゴル語のBahtu（聖なる崖）に由来する――で始まった（現在は中華人民共和国内モンゴル自治区にある）。

いったいどうしてそんな遠いところで、と気が早い読者はすぐさま疑問をもたれることだろう。手短に説明すれば、私は帝政ロシアの野望の犠牲となったのだ。

事情を理解するために、若干の歴史散歩をしよう。一九世紀末にロシアの財務大臣ヴィッテ伯爵が中国（清）の国家高官であった李鴻章《りこうしょう》をまんまと言いくるめ、満洲を横断してウラジオストックまでほぼ直線で貫通し、旅順口の軍港につながる長大な鉄道網（東清鉄道）の建設を認めさせた。そんなことができた理由は謎のまま、今日までわかっていない。中国古来のことわざ「盲目でない官僚はなく、臭わない群衆はない」からして、あっけなく決まったのかもしれない。

いずれにせよ建設作業は順調に進み、ロシア各地の技師たち（ロシア人、ポーランド人、ラトヴィア人、ユダヤ人等）の技術指導と中国の無数の掘削人がふるったシャベルのおかげで、東清鉄道は一九〇三年七月一日に開通した。全長二四二四キロメートル、九二の駅、九一二の橋、九のトンネルに加え、各地に鉄道員住宅、病院、学校、また多様な文化施設も備えていた。

満洲でのロシアのこの動きに、すでに朝鮮を支配下においていた極東の侵略国であった日本は深い懸念を抱き、隣国でのさらなる利益を得る策略にとってロシアの存在を脅威とみなした。

一九〇四年、日本の挑発で対ロシア戦争が始まると、帝政ロシア軍に召集され極東に送られた兵隊の中に、ラトヴィア北部のエストニア領に隣接する片田舎の町ヴァルカ近郊出身のラトヴィア人青年、クリシュヤーニス・カッタイ〔カッタイスの通称〕の息子カーリスがいた。カッタイKattaiという姓は帝政時代以降の身分証明書の類に一律記されているが、この表記が昔の書記官の誤記かエストニア語の影響なのかは定かでない。ラトヴィア語表記ではKatajs〔カッタイス〕とすべきだが、そうなると出生証明書、卒業証書など多くの書類と法的な齟齬《そご》を招いてしまう。

そのカーリスこそ私の父なのだ。兵士としては不適格となり機関車技師の訓練を受けた父は運良く過酷な激戦地に派遣されなかったが、鉄道員として前線に必要とされるあらゆる物資を届けた。開戦直後のロシアではこの戦争はちょっとした遠出にすぎないという見方が一般的で、兵士は出征に先立ち、サムライを「一発で張り倒せる」と軽く考えていた。ところが現実ははるかに厄介で、初戦で楽勝するだろうという期待は日本の桜の花のごとくたちまち色褪せた。ロシアから遠いはるかなる山の彼方での戦争は、やにわにロシア人の不評を買った。

ロシアに戦争の備えがなかったことは種々の事実が証明しているが、冗談じみた逸話がある。

ロシア軍には満洲の詳細な地図がなかった。そこで地勢専門家が多方面に派遣されて、近郊の地図を作成することになった。専門家が尋ねる、「この川の名は?」。中国人の農民が答える、「プトゥンダ(知らない)」。専門家はそれを記録して先に進み、別の河川についても同じように質問を続ける、「この川の名は?」。再び同じ答え、「プトゥンダ」。「なるほど。訂正しよう……第一プトゥンダ、第二プトゥンダ」。調査員たちが地図の下書きを照らし合わせてみると、川の名はどれも同じだった、その名は「プトゥンダ」。こんな地図では、前進はおろか勝利もできない。

著者の両親(カーリスとアリーダ)

こうした機能不全に、あるいは裏切りの追い討ちが革命側にとっての最後の切り札となった。一九〇五年革命で偉大なロシアの軍隊が弱体化し、日本軍は明らかに優勢となった。ロシアが満洲にある軍港・旅順口の大連から長春まで、東清鉄道南支線のほぼ半分を失うと、日本は新たに獲得した鉄道路線にさっそく関東軍を配置した。この軍事的惨敗にロシア人はすっかり意気消沈し、哀歌と物悲しい詩が生まれた。ワルツ『満洲の丘に立ちて』は、この戦時期に漂った悲観的空気を示す一例だ。そのメロディーに馴染みがあったとしても、日本軍との戦闘で亡くなった兵士を歌ったとされる歌詞はあまり知られていない。悲しまずにいられようか、日本兵が天皇陛下から最新の武器を下賜されていた一方で、ロシア皇帝がロシア兵に惜しみなく与えたのは、私の父も鉄道貨物として運んだ薄っぺらな聖像画《イコン》だけだったのだ。だが笑い話もあった。ロシア兵が家族に宛てて手紙にしたためた、「この地の人は皆、髪を三つ編みにしているが、添い寝できる相手はいない」（当時の中国男性は辮髪《べんぱつ》だった）。西洋の新聞特派員が戦況を伝えた、「夜明けにサムライが天皇の永久なる繁栄を祈り、バンザイと叫びながらロシアの塹壕に突撃すると、そこから同じくらい大きな声が響いた。Ёб《ヨブ》 твою《トゥヴォユ》 мать《マーチ》!（ロシア語で「信仰、皇帝、祖国のために」との意味となる）〔驚愕や強い動揺の際に発する罵倒語で「くたばれ」の意〕」。戦争とはそんなものだ。

終戦後、満洲の鉄道に残った父カーリス・カッタイが、一九二三年までどうしていたかはわからない。残された書類では、一九一三年にヴァルカ教会でアリーダ・メルキスと結婚し、義母を連れて満洲に戻った。いったいどうしてまた？　満洲のすり鉢状のなだらかな山々に惹きつけられたのだろうか。だが、それに劣らず重要な理由があった。高収入と生活水準だ。当時の満洲からモスクワやペテルブルクやリガ〔ラトヴィアの首都〕に、買い出しになど行く必要がなかった。それというのも満洲には、中国商人を出し抜くほど狡猾機敏な商人らがロシア各地から寄り集まり、あらゆる品々をもたらし購買欲を満たしていたからだ。なかったのは〝鳥のミルク〟〔ラトヴィアの老舗製菓会社の菓子名〕くらいだろう。

月日とともに、父と家族はブヘドゥでの暮らしにすっかり馴染んでいった。ところが私の誕生直後に、肺結核を患っていた母が亡くなった——出産すれば回復すると期待されていたにもかか

1925年５月20日
ブヘドゥ村の著者

わらず。母の葬儀後、周囲の人々から生き延びるのは難しいだろうと思われていたという私だが、こうして生き抜くことができた。私を餓死から救ってくれた二人のロシア人女性——代父のロベルト・ヴェイスマニスの妻タチヤーナ・ミヘイェヴナと、自分の娘へやる乳を私に分け与えてくれた代母のアンナ・ミハイロヴナ・コヴァレンコには生涯感謝している。

ブヘドゥでの思い出はたった二つ、どちらも刺すような痛みを伴っている。ひとつは、眠りこけてベッドから落ちたのが牛乳瓶の真上で、歯を数本折ったこと。もうひとつは、テーブルの上で燃えている灯油ランプに夢中になったあまり、両手でそれを抱きかかえたこと。当時のブヘドゥは電化されていなかった。それにうろ覚えだが、辮髪でなかった中国人——野菜の行商人だったか——を、ロシア人がコスマチヤ（毛むくじゃら）と呼んだこと。

私の生誕地ブヘドゥについて付け足しておくと、この地は大興安嶺《こうあんれい》山脈のすぐそばにあり、広々とした機関車の停車場が有名だった。そこで多くの牽引車が待機していて、それが汽車を山に引き上げるのを手伝うのだが、ループ状に作られた線路は今なお卓越した成功例として語り継がれている。汽車が無事に興安嶺山脈のトンネル（全長三〇七七メートル）を抜けると、身軽になった牽引車は停車場に戻ってくる。また、ブヘドゥにはラトヴィア人が多く住んでいた。ブヘドゥの駅長が一時期ラトヴィア人であったために移住してきたのだろうか。機関士カッタイをはじめ、ロシア革命前の鉄道警備員だったロシア軍士官——後にバルト・ドイツ人〔バルト海東岸に居住していた民族で、その地域の社会、商業、政治、文化のエリートであった〕ティーデマニスの財産と事業（製粉所、発電所）を担った——のヴェイスマニス所長、その部下のベールジンシュ、ベールジンシュの弟は菓子兼肉加工職人、ビール職人ヴィンクス、ブラジェの職は思い出せない、スプレンネもたしかラトヴィア人だった。

ハルビンへ

一九二六年の初めだったか、父が昇級し大都市ハルビンに転勤となった。ここで複雑な中国史を開陳するつもりはない。ただ、一九二四年にソ連が東清鉄道の一部をロシアの遺産として引き継いだ事実は、多くの人の人生に極めて大きな意味をなした。ハルビンにはモスクワからソ連の鉄道幹部が派遣されてきたが、ソビエト軍の満洲配備はなかった。そこではすでに日本の軍部が特権を握っていたからだ。

ハルビンはかねてからソ連では「白軍のアジト」と報じられていたが、大多数の民衆にもそう呼ばれていた。一八九八年の夏、ハルビンから大連までを結ぶ東清鉄道の支線の基礎が大河江〔松花江《しょうかこう》〕の右岸に築かれた。鉄道局が設置されたのにともない、都市基盤が整い、商工業に加えて文化と教育も急成長した。ここにロシア人の鉄道建設者をはじめとして鉄道員と各種事業者が流入してきて、ロシア色の濃い町となった。さらにロシア革命で白軍が崩壊すると、数千数万の残存兵と指揮官、その他大勢が満洲に逃亡した。ソ連の農場集団化も満洲移住に拍車をかけた。

リガの街を思わせるハルビンの「キタイスカヤ（中国人街）」

私がリガの友人にこの街の写真を見せて、リガのどの通りの建物が写っているかと質問すれば、リガ市中心地の通りの名を挙げるだろうが、実はハルビンのキタイスカヤ大通りなのだ。それもそのはずこの界隈の建物を設計したのは、ロシアやリガから来ていた設計士たちなのだ。一九五〇年代半ばに外国人が中国から大量出国するまでは、ハルビンには正教会が二六、シナゴーグが二、モスクが一、カトリック教会が二、ルーテル教会が一、それにアルメニア・グレゴリア教会まであったことが確認できる。いずれの教会も宗派に関わりなく、ロシアからの移住者の寄付によって建設されたもので、すべて彼らの所有となっていた。ロシア語の学校や講座、技術専門学校、大学、劇場、交響楽団、社交クラブ、映画館などもあり、ハルビンは極めて文化的で、教養豊かな人々の町だった。

しかしながら私のハルビン生活は、ロシア人社会に「ナハロフカ（恥知らず）」と呼ばれていたひどく「非文化的な」一郭で始まった。粗末な平屋の多くは二枚の壁の隙間に木屑を詰め込んだ造りで、煉瓦造りはめったになく、未舗装の路上は雨が降るたびに泥水にぬかるみ、両端に排水溝があった。水浸し箇所には板敷きの歩道。殺風景極まりない。それでも鉄道の停車場に近かったためなのか、父は「御殿」が与えられるまでプレスカヴァ（ロシア語では第二プスコフスカヤ）通りのスタンケーヴィッチ家に間借りしていた。この通りを中国人は「アンダオジエ（安全な）」と実際とは似もつかぬ呼び方をしていたのだが、西洋人は当時、中国語の名称などまるで意に介していなかった。

父はエミリヤという年老いたラトヴィア女性を、私の子守として雇った。エミリヤがはるばるハルビンまで来た理由は知らないが、かなりいい加減な子守だった。床に置かれた巨大なラッパつきの蓄音機をあてがわれた私は、日がな一日たった一枚のレコードを飽きるほど繰り返し聴いていた。ところがある日、タンスの引き出しにレコードがどっさり積み重なっているのを見つけた私は、得も言われぬ歓声をあげた。以降はレコードを傷めず、針を頻繁に変えることを守れば、別のレコードをかけることも許されるようになった。エミリヤは食育に関心がなく、私に小さい白パンと紅茶と加熱済みソーセージを与えておけば十分だと考えていた。その貧弱な食事のせいで、私の体は大きなおできと腫れ物の湿疹で覆われた。朝、目が覚めて目にした体中の破けた水ぶくれは今も忘れられない。幸いにして、一九二六年の夏か秋の初めにリガからハルビンにやって来たアンナ・オーゾーリニャが、私の受難に終止符を打ってくれた。

長距離恋愛なんて成り立たないと思われるかもしれないが、文通こそ、長距離という障壁を破り、二人の人間にとって大きな役割を果たすものだった。妻を亡くした父が新たな家族を築こうにも、ハルビンで中国人と結婚する白人はほぼ皆無だったし、周囲に父が惹かれる相手もいなかったらしい。リガに住む従姉妹の紹介で、父はその友だちとの文通を始めた。それがどのくらい続いたのだろう、父は文通相手にリガからハルビンまでの往復乗車券を贈り、満洲に招いたのだ。

製紙工場のある村リーガトネ〔ラトヴィア北部地方に位置する〕に生まれたアンナ・オーゾーリニャは、冒険好きで勇敢な女性だったにちがいない。ある晴れた日にハルビン駅で列車を降りたアンナは、誰の出迎えも受けなかった。父カーリスはいつものとおり出勤していた。トランクを抱えたアンナは駅前広場で馬車を頼み、第二プスコフスカヤの所定の住所に走らせた。馬車の車輪が車軸まで泥海に埋まりながら、ようやく目指すべき家に到着したときの、彼女の不安と混乱はいかばかりだったろう。当時のリガの道路がすべてアスファルトや石畳敷きであったわけではないが、ナハロフカの眺めにはさぞゾッとしたことだろう。すぐにトンボ帰りしようと思ったかもしれない。だがアンナは勇気を振り絞って、父の家に入っていったのだ。

あれはいつだったか、新しく来た「おばさん」と小児科医のベラルーシ人フォン・ティッネルを訪ねたことをはっきりと覚えている。医者は虚弱な私に、高原での日光浴と薬代わりの飲料を処方した。なんとビール酵母に効果があるというのだ。私は早くもその年齢で、父が一滴ほど味見させてくれた液体の虜になってしまった。以来、ビールのボトルを目にすると、言葉にできない奇妙な喉の渇きで体がぶるぶると震えたものだ。私の体調は山の太陽とビール酵母と正しい食事で完璧に整い、子守のエミリヤはもう来なくなっていた。

プスコフスカヤ通りの暮らしは長くは続かなかった。予定通りに士官《オフィツェルスカヤ》通りの住宅が父に付与されたのだ。そこもまた機関車停車場に近く好都合だった。

それから何年もして私が中国語を覚えたとき、この道の名が中国語でジフシエ（赤紅）――有名な景徳鎮の磁器の色――だったと知った。不思議なものだ、その短い通りに窯《かま》など見かけたことはなかった。磁器好きの役人が名付けたのだろうか。

おそらくかつてはロシア人士官の住宅が並んでいた通りは、私の頃はどの家にも鉄道員ばかりが住んでいた。煉瓦か石造りの平屋は三つのアパートに分けられていて、そのどれもほぼ同じ間取りの各アパートには二間と台所があり、台所には地下房がある。一間の暖房は薪暖炉で、もう一間の壁には台所の釜で暖まる煉瓦の暖炉がはめこまれていた。水道はなく、下水という言葉さえまだなかった。大きな中庭の角、ゴミ箱の横に便所小屋があった。中庭にはたいていアパートごとの頑丈な薪小屋が備えつけられていた。大きく深い氷用の共同地下室もあり、冬場は松花江から運んできた厚み一メートルほどの透明な氷塊で満たされていた。広い中庭もあった。我が家の十分な広さの空き地にはバレーボールコートがあり、近所の若者がそこで遊んでいた。家の表側の庭を飾る花壇には、住人の好みと腕前がよく表れていた。士官専用住宅はこれよりはるかに立派で、水道とトイレだけでなく風呂とシャワーまであった。台所備え付けの釜でお湯を温めることもできたし、美しく整備された果樹園もあった。それに比べて、私たちの家では中国人に水をバケツで運ばせ、玄関先においてある鉄樽に注いでもらっていた。月に二度、水が運ばれてくる月曜日は洗濯日で、我が家ではアンナおばさんの手伝いに、近所の小ナハロフカ通りに住むポーランド人のカロリーナがやってきた。ナハロフカには実にさまざまな階層の人々が暮らしていたのだ。洗濯物は中庭に干し、アイロン掛けはアンナおばさんがやった。我が家には電気アイロンが早くもあったのだ。水運び人は運んだバケツの数だけ、大きな紙から切手に似た青切符をもぎ取って受け取った。水用切符は毎月一定枚数が父の職場で配布されていた。鉄道会社は薪代も負担した。薪は中国人御者が運んできて、薪小屋の前に大きなまとまりをごろりと下ろした。御者には三人組が同行してきた。そのうちの二人が薪を伐採し、三人目がトントンと割っていき、すべて割り終えると三人で小屋に積み重ねた。作業が終わると、組長が人のよい満面の笑顔で言った、「ジピチュカ（領収書）、ダヴァイ（くれ）！」なんとも万事が単純明快であった。

第二の旗の下

私たちが新居にすっかり馴染んだ頃の一九二七年、中国で政変が起きた〔上海クーデタ〕。独裁者蔣介石がいわゆる北方軍の制圧〔北伐〕に成功し、東三省、つまり満洲を手中に治めた〔正確には国民党政府は満洲を支配下に置いたわけではない〕。それで特に変化があったわけではないが、旗が変わった。私の人生初の旗は赤、黄、青、白、黒の五色の縞模様〔一九一二～二八年まで使用された中華民国の「五色旗」〕だったが、記憶には薄い。その代わりに上がった国民党旗〔私の人生二番目〕、「青空に白い太陽、周囲の大地は赤一色」の下では一九三二年まで暮らした。

旗のほかにも変わったことがある。一九二七年四月二日、カストレル神父がカーリス・カッタイとアンナ・オーゾーリンニャの婚姻を取り持った。アンナはラトヴィアに帰る迷いを捨て、新たな環境も徐々に受け入れるようになっていた。私は初めに教えられたとおりに、アンナを「おばさん」と呼びつづけた。

なに不自由ない暮らしが穏やかに過ぎていた。東清鉄道職員の父は、労働者階級のエリートであった。食品は近所の中国人経営の商店で、パンや加工肉などなんでも買えた。店の入り口には、「高値をつけない」と「老人と子どもをだまさない」と書いた二つの看板が両側にかけられていた。確かにどの品も値切る必要がないほど安かったが、買い物客はしばしばだまされはしたようだ。飾りでしかない看板は、いつのまにか店の入り口から消えていた。

子牛を飼っていたロシア女性のところへ行き牛乳を買ってくるのは私の役目だったが、新鮮な野菜や魚は行商人や漁師から買っていた。現代の通りを満たす、耳をつんざく自動車の盗難防止ベルには辟易するが、中国語の「ツィエザ（ナス）、ラズヤオ（シシトウ）、ファングア（キュウリ）」や、ロシア語の「カラトゥシャ（ジャガイモ）、グリェザ（キュウリ）、ルーカイ（ネギ）」という行商人の声はもう一度聴きたいものだ。それでも日曜の早朝から「シンセンナサカナー」という叫びに起こされて、腹立たしかったこともある。ツケで買い物した場合には、玄関口にその商人のみぞ知る印がつけられた。鉄道員家族のわんぱく小僧がその書き付けを消したりひっかいたりすると、商人は帳簿が消されたことを嘆き、大きな溜息をつきながらも怒らず穏やかに主婦に言った。「まあ、いいよ。二ルーブルだ」。黙って支払ったマダムは、後でいたずらっ子を叱っただろうか。

朝飯の時間がすぎると、またぞろさまざまな職人が路上に出てきた。鐘や銅鑼《どら》や笛の音が職種ごとに異なっていたので、音を聞くだけで何屋が来たのかわかった。「靴修理！」という呼び声もした。我が家の地区に来た靴職人は、晴れて穏やかな日なら軒先のベランダや庭で組み立て式脚立に腰を下ろして作業をした。靴職人が特殊な木釘をすばやく打ち付けて新しい靴底をとりつける所作は、見ていて飽きなかった。寒い日や手間どる修理のときには、靴を袋に入れて姿を消した。職人は名前も住所も定かでなかったが、期日ぴったりに靴は直って持ち主の元に戻ってきた。客からの預かり靴を山ほど抱えてそのまま行方をくらますこともできたろう。だが靴職人にとって必要なのは顧客であって、古靴ではない。国は、盗めば損する制度を作るべきなのだ。「刃物、小刀研ぎます、剃刀直します」との、ロシア語も聞こえてきた。中国人が細長い椅子に備え付けの道具を用いて音もなく研ぐのとちがい、ロシア人は足踏み機から線香花火のような火花を散らした。「カーサーなおしー」と引き延ばして、「ポヤイ（はんだ付け）」とのかけ声が耳に残る職人は、キュウリやトマトの漬物を仕込む秋の初めに引く手あまたとなった。当時、石油はアメリカから木箱で輸入されていて、木箱の中の二台のブリキコンテナは、今も見かける四角形の「ゴミバケツ」そっくりだ。主婦たちは空のコンテナを買い、そこに火を入れて石油が一滴も残らないように丁寧に焼却乾燥させてから、キュウリ（あるいはミニトマト）とフェンネルとニンニク、さまざまな果実の葉や塩を好みのレシピで入れて水や熱湯を注いだ。そのまましばらく寝かせたのちに、職人を頼みコンテナの小さい穴を埋めさせたのだ。塞がれた部分に漏れがないことが確かめられると、コンテナは地下の氷室《ひむろ》に保管された。

行商人と流し職人の愉快な思い出もある。空き瓶も割れた瓶も、ガラス片や鉄屑、古着に古靴、紙屑や骨まで不要な物は、「フルモノカイマス！」がなんでも回収した。そうしたガラクタを売ったのは子どもたちだ。回収物の対価として子どもは小銭や飴菓子、木の実やヒマワリの種などがもらえた。中国人は節約の達人だった。どんな物でもゴミ箱に投げ込まず、その価値が失われる最後の瞬間まで使い切っていた。

士官通り時代のことは、いろいろと鮮明に記憶している。父は中庭を私の遊び場とするため、中国人に砂山を運びこませ、私はその中庭から出ることを厳しく禁じられていた。冬になると父はその砂山に水を流して凍らせ、「橇《そり》で滑ってごらん」と言った。だが所詮は幼い子どもの背丈ほどの砂山でしかなかった。それに比べて家の隣にあった丘からは、板敷きの平らな歩道が急勾配の短い下り坂となっていた。そこは雪が降り積もると恰好の氷の丘となり、私は行ってみたくてたまらなかった。そこでとうとう思い切って橇を持って外に出たのだが、さっそくどこかのロシア人の少年に「一回だけ」とせがまれて、橇を貸してしまった。丘を滑りきった少年は、橇ごと角を曲がって姿を消した。私は手ぶらで帰宅し……まったく散々な日となった。

冬の長い夜には、暗い部屋の窓辺に座って直進してくる車のライトが右折していくのを眺めるのが好きだった。向かい側の広い三角広場には消防署の車庫と事務所、それにものすごく高い火の見櫓《やぐら》があった。緊急ベルが鳴るとともに、車庫からタンク車と消防署の花形である強力な放水車「マルギス」が飛び出す。先陣を切るマルギスの両端に、輝かしい使命を担うヘルメット姿の消防士が乗っていた。梯子車が出動したときもあれば、バルスキス消防署長自らが指揮をとった重大な事態もあった。私は恰好いいマルギスとその乗組員のぴかぴかしたヘルメットに憧れて、将来は消防士になりたいと思っていた。消防署の中庭には花壇と小径とベンチがあり、正面の門から周囲は低い塀で囲まれていた。誰でも自由に出入りできたその庭で、私も恩恵にあずかったことがある。

就学前の頃、父は私に子ども用自転車を買ってくれ乗り方も教えてくれたが、うまくはいかなかった。椅子に座らせられた私の足はペダルにようやく触れる程度で、支えて押してくれていた父の手が離れたとたんに、その場で自転車もろとも倒れた。特訓は次の夏に持ち越され、その夏

自転車に乗る著者

が来てもやはり乗れなかった。「ぼくはこのまま自転車には乗れないんだ」と諦めかけていたある日、父とアンナおばさんの外出中に、近所に住む少年シュルカに声をかけられた。「消防署の中庭に行こうよ。自転車の乗り方を教えてあげる。ぼくが支えて前に押してあげるよ。君はペダルを漕ぐだけでいい。隣を走ってあげる。振り向いちゃだめだよ、しっかり前を見てハンドルを握ってるんだ」。シュルカとの特訓は楽しく、私たちは休みながら何周も走った。ふと、誰の支えもないぞ、と思って振り返ってみると、シュルカが遠くからこっちを見ていた。私はすぐに止まって自転車を降りたが、そうやって何度も繰り返しているうちに乗れるようになっていた。ありがとう、シュルカ。その日の夜は、中庭から自転車で出たことは親に隠しきれなかった。だが自転車はなくさなかったし乗り方も覚えていたため、叱られはしなかった。それでも自転車で外に出ることは許してもらえなかった。

ときどきアンナおばさんが連れて行ってくれる散歩は楽しみだった。士官通りの数キロメートル先に、商店街と立派なビル、巨大な市場、市立公園があるプリスタニ（波止場）街が広がっていた。メインストリートはパリさながらの街並みであったのに、キタイスカヤ（中国人街）と呼ばれていた。中国にあって「中国人街」とは奇妙だが、その近くにヤポンスカヤ（日本人街）、コレイスカヤ（朝鮮人街）、モンゴルスカヤ（モンゴル人街）、ルースカヤ（ロシア人街）と呼ばれた道があったのだから、キタイスカヤがあってもよく、ただし中国語では中央大街と呼ばれていた。そこにありとあらゆる店が揃っていた。帝政ロシア時代にロシア人イワン・チュリンが建てた巨大な百貨店、日本人の松浦商店、インド人ドラトラムの絹織物屋のほか、食料品店にはグルジア〔現・ジョージア〕人の「ミタカゼとチョメリゼ」や「ツェルツワゼ」、ギリシア人の「エルミス」があり、アルメニア人の靴屋「カスカンリャナ」もあった。洋品店や宝石店などの店主は、主にロシア人、ユダヤ人、タタール人だった。中国人は市場を独占していた。近所の店で見つからないものは、大きな市場に建ち並ぶ食品店で買ったものだ。アンナおばさんもクリスマスと復活大祭《パスハ》前になると市場へ出かけ、リガ産小イワシのオイル漬け「ゾレンセン」と燻製魚の缶詰「ゴエインゲル」、オランダのカカオかアメリカの缶詰コーヒー「デルモンテ」を買った。これらはどれも贅沢品で、機関車技師の父のような破格の高収入があっても常に買えたわけではない。中国人店主が巨大な樽から赤いイクラを木杓でひょいとすくい上げて耐油紙にこんもりと載せ、秤にかけてカゴに入れる様子はおもしろかった。買い物が済むと店主が言った、「マダムはどうぞお散歩ください、品物はお宅までお届けしておきます」。帰宅すると軒下に荷物が積んであった。小麦粉は風車マークつきの大きく白い袋入りを買った。台所の隅に置いてあった丈夫なその麻袋には、砂糖が三キログラムはあったろうか。そのようにして砂糖工場で直接に大量購入すれば経済的だったのだが、それも誰でもいつでも出せる金額ではなかった。

時にはアンナおばさんに映画に連れて行ってもらった。サイレント映画でバンドが伴奏していた時代だ。なんの映画を観たときだったか、私は小楽団の太鼓に夢中になった。少年にありがちな消防士の夢が火事場の煙のようにさっと消えてしまったのに対し、太鼓叩きになる夢は実現した。それについては追々触れる。

士官通りでの穏やかな生活がまだしばらく続くはずだった頃の一九二九年、東清鉄道を巡って中国とソ連が衝突し、たちまち武力行使に発展した。

ソ連軍の中国侵攻の矢先に、なんの偶然か、父が国境の鉄道駅満洲里《マンチューリ》に出張した。ハルビンではソ連軍による白軍移民への威圧が懸念されていた。父から聞いた話では暴力沙汰があるにはあったらしいが、ソビエト軍は規律を守り、厳しく統制されていたという。父は軍部の命令を受け、満洲里駅兼転車台臨時駅長に昇格した。当初は経験不足を理由に辞退したらしいが、結局は紛争が終焉するまで責務を全うした。その間、白人たちは大きな困難に陥っていた。ブヘドゥにいた私の代父ヴェイスマニスの一家（妻タチヤーナ、娘リュドミラ、息子ユリス）は迫りくる混乱を恐れて手荷物ひとつでハルビンに逃れてきて、我が家に同居することになった。父に定収入と出張手当のほか補助金などがあってなんとかやりくりできたが、ヴェイスマニスもすぐに積み荷仕事を見つけてきた。ブヘドゥの学校教師だったタチヤーナは、子ども二人に毎日きちんと勉強をさせていて、そのためにどこからか教科書まで手に入れてきた。

戦闘は長くは続かなかった。古い中国の諺「よい鉄で釘はできない、よい人間は兵士にならない」のとおりに、中国軍はロシアの軍事力にたちうちできなかったのだ。冗談のような話だが、ソ連の戦闘機はしばしば爆撃せずに煤を散布した。灰色兵（兵服の色でそう呼んだ）は、頭上に降ってきた煤を毒ガスと思い込み慌てふためいた。ガラスの破片集めには、当時の中国人の思考がよく現れていた。「ソ連軍にはブーツがない。彼らが来る道にガラスを撒こう。ロシア人は足が切れて、前進できなくなるぞ！」。中国人は迷信と空想に陥りやすかった。紛争が終わってブヘドゥに戻ったヴェイスマニスは、家が荒らされ一部が焼失していた。ほかの大勢も手ひどい損失を被った。「主人が争い、下僕が苦しむ」とはこのことだ。

父は出張から無事に帰宅し、大方平穏な日々が戻った。ただアンナおばさんがチフス（か何か）を患い鉄道員病院に入院した。治癒し帰ってきたときには、豊かだった髪が剃られて髪の毛がなくなっていた。おばさんはすかさず流しの写真師に撮影を頼んだ。写真師は大声で腕前を自慢した「キレイ　ウツス、リフシッツみたい、イイネ」。ハルビンで名の通った腕ききの写真家リフシッツは、こんな流しのうたい文句を容認していた。

その頃、私はとんだ目に遭った。父は猟銃と薬莢が入った鞄を家の玄関口の天井近くにかけていたのだが、私はその鞄からこっそり薬莢をひとつ盗《と》った。そして庭に出て薬莢から弾丸をそこらにばらまいて空にすると、ひとつのカプセルを煉瓦の上に立て、その辺で見つけた錆びた釘を載せ、別の煉瓦で打ちつけた。その瞬間、爆発音が響き、父が家から飛び出してきた。とっさに私は中庭で煉瓦を思い切りぶつけたと言い訳したが、通用するはずがない。父は薬莢と地面に

授乳してくれた代父ヴェイスマニスの妻タチヤーナに抱かれる著者

散らばった弾丸を見てすぐに理解した。私は家に引きずりこまれ、アンナおばさんは台所のドア柱にかけてあった、父のひげ剃り刃を磨くための革鞭《むち》、別名〝黒医者〟を手にとった。私がいたずらをしでかすとアンナおばさんに尻を叩かれたが、それで済まないときには冷酷なる〝黒医者〟の出番となったのだ。家の隅に立たせるような叱り方はされなかった。

おばさんとの散歩中に私は「馬車に乗りたい！　絶対白馬の馬車に乗る！」と、駄々をこねたことがある。だがどんなに騒いでもとうとう馬車には乗せてもらえなかった。泣きわめく私は家まで引きずられて、恐ろしい〝黒医者〟の威力を見せつけられた。それからというもの、私は我が儘を通すのをやめた。

楽しい日もあった。夏になると鉄道駅の村に住む家族の友人――ロシア人の気象学者フィリップ・ドゥブロヴォと、その妻、クルゼメ〔ラトヴィアの西部地方〕出身のラトヴィア人ニーナを訪ねた。彼らは当初、たしか牡丹江《ぼたんこう》という松花江の支流と同名の村に住んでいた。フィリップおじさんは地元の気象観測所の所長だった。一日に三度、各種計測機の数値を読解して記録し、その集計をハルビンの気象観測主局に報告する仕事だ。おじさんは余暇に恵まれ、養蜂に本格的に取り組んでいた。ニーナは牛を数頭飼っていた。搾乳した牛乳をスウェーデン分離機〈当時としては驚きの新技術〉に注ぎ込み、そこから出てくるクリームを木壺の中で攪拌してバターを作った。私もやらせてもらったことがある。バターはハルビンで販売した。牛飼いには地元の少年らが雇われていた。フィリップおじさんと川泳ぎに出かけるのは楽しかった。川までの道すがら、おじさんは周囲のさまざまな音に耳を澄ませる。「ほら、満洲の小夜啼鳥《ナイチンゲール》が鳴いている」――ロバのいななきしか聞こえないと私がぼそりとつぶやくと、「それが満洲のナイチンゲールなのだよ」

――そんなジョークを得意とする陽気な人だった。川の対岸にある山頂では、真っ赤な牡丹が壁掛け絨毯さながら咲き誇っていた。そんな雄大な自然の美に地元民は目もくれずに、せっせと働いていた。巨大な丸太を川上から流して岸に引き上げ、一、二本ずつ、専用の牽引車に載せて線路まで運び、そこでプラットフォームか足場に下ろし、その場で製材した。ひとりが地面に立ち、もうひとりが丸太の上に乗って長い幅広ノコギリで伐採した。製材機などなく、あらゆる仕事が二本の手でこなされていた。なんと驚嘆すべき我慢強さと忍耐、そしてなんと微々たる報酬だったろう。

ドゥブロヴォ夫婦がさらにハルビンに近い鉄道駅の一面坡村《イイメンポ》に引っ越すと、父が私を蒸気機関車に乗せて連れて行ってくれた。蒸気機関車の作業に私は興味津々だった。ミーシャおじさんが火をくべる以外、まるで誰も何もしていなかった。父はただ窓際に腰掛けて前を見つめ、父の助手も、やはり名はミーシャだったが、別に何の働きもしないのだった。おじさんを訪ねる前に父と泊まった瀟洒な鉄道員向けホテルと豪華な夕食は、今も目に浮かぶ。東清鉄道の職員待遇は最良だったのだ。

秋からの就学を控えていたこの一九三一年は、私が田舎で過ごした最後の夏だった。鉄道の一部はソビエト・ロシアの所有であったことから、鉄道員の子は無償のソ連校に入ることができた。そこでは毎朝合唱して祈りを捧げる代わりに、「私たちは鍛冶職人、私たちの意志は斧、私たちは自分の手で鉄から自分の幸せを作る!」と歌い、かつてロシアを支配したピョートル大帝以外の皇帝はすべて悪病を患い無能であったために、ロシア全土が人民の牢獄と化していたと学んだことだろう。ハルビンにはラトヴィア人ドゥリーズリス〔一八六九―?〕が設立した私立ギムナジウムもあり、そこではロシア人とラトヴィア人の子どもが学んでいた。だが父が私に選んだエリート校は、アメリカ系国際組織ＹＭＣＡ（キリスト教青年会）が管轄する一〇年制ギムナジウムだった。

第三の旗

アンナおばさんは、家では努めてラトヴィアらしさを大切にしていた。私の人生三番目となる旗、ラトヴィア国旗をタンスの上に飾り、ラトヴィア語の新聞《新ニュース》と雑誌《休息》を購読し、ラトヴィア民謡とレイテルス合唱団〔ラトヴィア人指揮者テオドル・レイテルスにより一九二〇年にリガで結成された合唱団〕のレコードをかけて聴いていた。私はラトヴィア文字学習書とラトヴィア民話集を読まされ、それに忘れもしないヤーニス・ポールクス〔一八七一—一九一一。ラトヴィアの作家・詩人〕の短編『ズジーテ』では、旧字体がとんと頭に入らず、厳しく叱られ叩かれた。後にラトヴィア語が新字体に移行したときには、心底ほっとしたものだ。ロシア語は幼少期からロシア人に囲まれてしゃべっていたが、その読み書きはアンナおばさんに教わった。彼女は第一次世界大戦前にモスクワとウクライナの保育園に長年勤務した経験があり（そこでも園児を叩いただろうか）、ロシア語に堪能だったのだ。

アンナおばさんは食事にも厳格で、私の食の好みなどにはまるで関心がなく、出されたものを黙々と食べるしかなかった。好き嫌いを言わずに何でも食べようと頑張ってはいたが、ミルク野菜スープはお手上げだった。やがてそれは食卓に出されなくなり、私の苦しみも終わった。家での食事の記憶はおぼろげだが、スープにジャガイモ、肉料理にソース、ゼリーとコンポートのほか、〝天国のマンナ〟〔小麦の粗い粉をベリーソースでふんわりババロア状にしたもの〕やブベルテ〔マンナをたっぷりの牛乳と卵と砂糖で甘く煮て、ベリーソースをかけたもの〕など、ラトヴィアらしいデザートも味わった。スープ皿にこんもりと盛ったバニラソースがけのお粥《かゆ》も。どれも中国人の家庭はおろかロシア人家庭でも作らなかったような御馳走だ。私の大好物はニシンのマリネで、しかもニシンより千切りタマネギを好んだので、アンナおばさんに「タマネギのロシア人」とからかわれた。

風車の絵がトレードマークの缶入りオランダココアやアメリカ「デルモンテ」のコーヒーを飲むこともあったが、普段は大麦のコーヒーか紅茶、時にはリプトンティーも飲んでいた。ロシア正教のクリスマスと復活大祭には、アンナおばさんはロシアの習慣に倣い、ポークハム、リガ製オイル漬け、あるいは塩漬け小イワシ、サラミやサラダを揃え、ギリシア人のアンティパスの店でロシアの上等なウォッカを、グルジア人のハヴタシからワインを調達した。午前一〇時には顔見知りの家族の男たちと父の同僚の鉄道員たちがやってきて、アンナおばさんに挨拶をし、何か盃を交わして少しつまみ、次なる〝拠点〟に移動していくのは、ロシア人独特の風習だった。夕方の客は千鳥足で小イワシの缶詰と灰皿の区別さえつかない酔いようだったが、騒ぎやいざこざもなく、ロシア人も振る舞い方を心得ていた。のちに父が亡くなり、父の同僚たちも諸々の事情で激減すると、アンナおばさんはこうしたもてなしをやめ、ルーテル派教会の祭日に特定の知人だけを招くようになった。

さて、学校に話をもどそう。父に連れて行かれた「入試」は生涯忘れられない。その日、父は学校という場に初めて行ったのだった。教務課のボリス・イワノヴィッチ書記官が私に書き取りの課題を出した。「私たちはスンガリ（松花）江の向こうの二階に住んでいます」――なんとしたことか、私はそのたった一文の文章で三箇所もまちがえた。スンガリからして、大文字で書くべきだった。それでも流暢に読むことはできたし、一〇〇以下の計算はさっさと解いて、私は二年生に編入となった。英語がわずかにできたなら三年生に入れただろうが、そうならなくてよかった。学業が一年早く終わっていたらば、この人生がどうなっていたかはわからない。

第四と第五の旗

一九三一年九月一日、私は初めて学制服を着た。夏場は青い半ズボンに格子柄のハイソックス、ベージュ色のシャツに青いネクタイ、真ん中に三角形のＹＭＣＡとspirit, mind, bodyと書かれた紋章付きの学生帽。冬はニッカボッカスタイルの長ズボン。女子はスカートにブラウス。全校生徒が男女共に校内で着用したはがね色の上着は、下校時に教室の棚にかけて置いていくことになっていた。ロシア移民の男子校とは異なり、指定のコートも外套もなかった。ピアスや指輪などのアクセサリーはもちろん禁止だった。生徒は貧富に関わりなく、まさしく民族のるつぼだった。大半がロシア人と中国人のほかに、ユダヤ人、ポーランド人、デンマーク人、フィンランド人、アメリカ人、イギリス人、ドイツ人、ルーマニア人と、実に国際的だった。学習言語はロシア語だが、英語は毎日の必修だった。主たる宗教のロシア正教は強制ではなく、またキリスト教学校だからといって、朝から晩まで宗教漬けであったわけではない。宗教の課目はロシア人神父が教えていたが、正教徒以外の生徒は体育館か図書館に行っていてもよかった。それでも私たちは、よくそのまま宗教の授業に参加していた。陽気な中国人の生徒が、穏やかな神父を質問攻めにしたことがある。「神父様、キリスト教信者は死んだら天国に行くそうですが、中国人はどうなりますか?」「はいはい、おとなしくして邪魔をしないように」。同じ中国人仲間が横槍を入れた、「気に入らないなら出て行けよ。余計な口出しをするな」。中国人生徒の多くは優等生で、ロシア語学習に熱心だった。

ハルビンYMCA(キリスト教青年会)ギムナジウムの建物

入学と共に、さらにふたつの国旗が頭上にはためいた。普段の校舎にはアメリカ国旗が掲げられていたが、校内集会や祝祭日には帝政ロシアの三色旗が上がった。生徒と教員の大部分がロシア人移民だったのだ。

家のそばの路面電車の停留所から学校までは停留所四つ分で、五キロメートルほどだったろうか。徒歩で近道すれば、その距離はやや縮まった。路面電車の学割切符は一〇〇枚綴りとなっていて、そこに印を押された証明写真を貼り付け、路面電車に乗って車掌に渡すと、しかるべく枚数がもぎとられた。走行距離によって運賃が変わったのだ。父の厳しい言いつけで、私は雨の日にしか路面電車を使わず、それ以外はどんなに暑かろう寒かろうが歩いて通学した。節約というより身体を鍛えるためだった。

二年生は毎日四時間授業で、土曜日もあり、科目はロシア語、数学、英語、体操、宗教。私は成績がよく、宿題は自分でこなし、土曜日にだけ、担任のマリヤ・ボロディナ先生（ロシア語と数学の担当だった）が一週間の評価をつけた連絡帳に、父かアンナおばさんがサインをした。

そんな順調な暮らしも長くは続かなかった。一九三一年九月一八日に日本軍が中国軍に紛争をしかけた〔柳条湖事件〕。それ以前にも日本の挑発行為があった。一九二八年六月には、日本側の提案を受け入れずに反感を買っていた満洲軍閥の張作霖《ちょうさくりん》が乗る特別列車を、日本特殊部隊が爆破した。爆殺された張作霖に代わり長男の張学良《がくりょう》が指導者となったが、多くの鉄道員は父親の作霖のほうを長く記憶に留めたものだ。東清鉄道のソ連事業部が張作霖に、寝室、執務室、食堂、風呂場に加え、トイレも備えた豪華な車両を寄贈したとき、張作霖は列車を止めさせて線路沿いのコーリャン畑かトウモロコシ畑に入って用を足したのだ、「こんなに美しい設備を汚すことはできない」と言って。

二番目の挑発を日本は満洲事変と名付けた。日本の政治家好みのなんともあいまいな言い回しだ。その日の朝、皇姑屯《こうことん》駅付近の線路を中国人が爆破したとの口実に、日露戦争後に長春と大連間の鉄道に配備された関東軍の二部隊が、奉天（現在の瀋陽）近郊の中国軍兵舎と飛行場を攻撃した。国民党軍兵士と警官一万人をもってしても、精鋭訓練された厳格な組織の、しかも重装備の日本兵五〇〇〇人にはたちうちできなかった。

なんとも奇妙なことだが、中国政府は抵抗を表明したのみで、日本の侵略に効果的な反撃策をなんら講じなかった。蔣介石は国際連盟が平和的手段で紛争を治めるであろうから、軍隊はその行方に関与しないようにと命じたのだ。中央政府の指示に従い、奉天の軍閥張学良元帥は満洲地域からの軍の撤退を開始した。だが愛国者たちは時代遅れの槍と斧（年代物の銃があればよいほうだ）を担ぎ、「義勇軍」となって出没し、侵略者に反撃を試みた。敵の銃弾を避ける呪文を記した赤い紙片を自家製酒に浸して飲み込み、日本の機関銃と戦車にやみくもに飛びかかった中国人は、死体となって堆《うずたか》く積み上がった。満洲に押し寄せてきた日本軍は、一九三二年の二月三日、私の誕生日にハルビンに迫った。中国人は飛行機があるがパイロットはいないことを片言のロシア語で「馬車があるが御者はいない」と嘆いたものだが、日本側にはその馬車も御者も備わっていた。ハルビン郊外の上空に日本の偵察機が現れると、中国軍隊は陸橋の下にすっぽり身を隠した。日本の航空偵察隊がそのまま飛び去りかけた矢先に、中国部隊の兵士が隠れ場を飛びだし、日本の「馬車」に向かって罵詈雑言を浴びせ、数発、発砲した。銃撃音の出所を察知した「御者」はくるりと旋回して低空飛行し、たった一発の爆弾を陸橋めがけて精確に落とした。そこには中国の橋と兵士の跡形もなかった。

その間、ハルビンの学校は閉鎖され、私は家にいた。混乱と強奪を恐れた父は、中国人大工に頼み、窓の内側に鍵付き戸板をたてつけさせた。父の深刻な懸念をよそに、アンナおばさんはベランダに出て、遠くで爆破音が響くたびに爆弾を目にしようとしていた。爆破音はじきにやみ、静寂が訪れた……

第六と第七の旗

一九三二年二月五日、私は日本軍を初めて見た。海の向こうから来た兵隊たちは背は低いが、暖かそうな上着と兎毛の縁取りのある耳当てをして立派な出で立ちだった。しかも腕時計をしてポケットには万年筆を挿し、にこやかに菓子を子どもにふるまった。街には日本を象徴する白地に赤の日の丸旗が揚がり、私の人生で六番目の旗となった。

中国人が日本の侵略を歓迎しなかったのは言うまでもない。白系ロシア人移民はソビエト・ロシアの対抗勢力として日本人に共感したが、地元のソビエト・ロシア人は先を案じて戦々兢々とした。ハルビンのラトヴィア人たちはラトヴィア領事ペーテリス・メジャクス〔一八五八―一九四一〕の行く末を案じた。彼はロシア軍司令官だったときに、日露戦争時に執行された戦時法廷で日本人スパイの沖〔沖禎介。一八七四―一九〇四〕と横川〔横川省三。一八六五―一九〇四〕の二人に死刑判決を下したのだ。日本人はハルビン郊外に二人の追悼記念碑を建立していた。だが私たちの懸念をよそに、高齢の領事に対し日本人は礼節を守り、なんの波紋も呼ばなかった。

豪邸の所有者たちも不安に駆られた。ミカドという外国製洗面台を備えている者は厳罰に処されるとの噂が流れ、日本統治者を侮辱しかねない要因をなくそうと、あちこちの職場で斧がふるわれた。これに似たネーミングの菓子やケーキも店頭から消えた。

大勢の人々は、関東軍が満洲を跋扈《ばっこ》していた匪賊《ひぞく》を懲らしめてくれるだろうと期待した。口髭を赤く染めて脅す匪賊は、強盗したり老女のなけなしの金を分捕ったりはせず、数十人はおろか一〇〇人を超える群団をなす別次元のスケールで、ピストル、銃、手榴弾、機関銃を手に、馬で村を急襲して包囲し、店主や富豪に金を要求し、それに応じなければ村を住民もろとも焼き払うと脅した。彼らは金と穀物の「報償」を手にすると、次なる標的へと移動していった。「赤ヒゲ」に対する懲罰遠征もあったが、彼らは地元警察や軍隊に手下を忍ばせておくのが常で、警官が出征の際に「ピー！　匪賊の一掃だ！」と響かせる笛の合図を聞きつけるやいなや、陣地を捨てて近くの山に逃れ、あらかじめ作っておいた次の拠点へと移動した。侵略者日本はこの厄介者に特異な手法で即行かつ狡猾にケリをつけた。投降して傀儡《かいらい》軍の手先になるよう促したのだ。それに応じない者は抹消された。日本の「楽隊」は出動に際し笛を吹かなかった。

日本人は凱旋を続け、私の生まれ故郷のブヘドゥも占拠した。そこで、例に漏れず地元住民が寄せ集められた。村の白人に日本語を解する者はなく、中国人商人が通訳の役目をこなしたが、日本の大佐が浪々と語る日本軍の威力と崇高な使命は、「この日本人は日本のヘイタイは強いと言う。しかし我ら中国人はまったく無意味なおしゃべりだと思う」といったいい加減なロシア語の一文に縮まった。大佐は迅速かつ秀逸な通訳に感激し、ペコペコと何度も腰を曲げて、聴衆に向けてお辞儀をした。その中国人の予見通り、それから一四年後に日本は降伏した。

だがその日まではまだまだ先が長い。日本の関東軍はまもなく一部の中国の武装抗戦を制圧し、一三〇万平方キロメートルの広大な領土を完全掌握した。「独立」満洲国の建国という仮面の下に中国人三〇〇〇万人が満洲人と呼ばれ、一四年間にわたって日本に隷属させられた。その「元首」となった中国の元皇帝溥儀《ふぎ》は一九一一年に崩壊した清朝最後の皇帝であるが、日本軍閥に巧みに洗脳されて侵略者に協力するようそそのかされたか、もしくは単に誘拐されて満洲に強制的に連れてこられた。

一九三二年三月一日以降、私が住んでいたのはもはや中国ではなく、鉄道村長春に急速に建設された新京を首都とする満洲だった。満洲に掲げられた旗は、黄色を背景とした左上に赤、青、白、黒の横線四本が旗の四分の一を占めていた。「五族協和」を象徴する五色は、黄が満人、赤が日本人、青が漢人、白が朝鮮人、黒がモンゴル人を示していた。この私も有無を言わさず、新たな、すでに七番目となる旗を仰いで暮らすことになった。

新国家建設を記念して、自然が恐ろしい花火を打ち上げたかのようだった。長期的な豪雨が、満洲のほぼ全域にわたる洪水をもたらした。「ハルビンの美女」と称される松花江が数十キロメートルも氾濫し、町のほぼ半分が浸水したのだ。大勢の市民が道路に建ち並ぶ藁葺き小屋から町の高台への移動を余儀なくされ、コレラが流行した。陸橋や鉄道高架線など、交通の要衝に日本軍の衛生テントが設置され、通行者にはこの恐ろしい病気のワクチンが強制された。一九一一年にペストが猛威を振るったときには、ロシア人衛生係が予防と称して全員に「錠剤」らしきものを飲ませたらしい。従わないと薬に加えて拳固を与えられたそうだが、今回も「錠剤」ぬきには済まなかった。

日本の権力機構は、この機に食品などの便乗値上げをした者は厳罰に処すと警告した。それでも法を犯す命知らずは常にいる。陸橋になにやら恐ろしい物がぶらさがっているという噂を聞きつけた私も、野次馬根性で駆け出した先で恐怖に立ちすくんだ。橋の両端の街灯柱に鳥かごがぶら下げられていた。中に人間の生首があり、その下の立て札に、人民から金を搾取しようとすればこのような罰を受けると書いてあった。その日から物価は以前の価格帯に留まり、誰もが思い知らされた――日本人は一度言ったことは確実に実行し、出任せを言わないのだ。

洪水はハルビン以外にも甚大な被害をもたらした。その夏の初めに私はイイメンポ（一面坡）村のフィリップおじとニーナを訪ねたのだが、マイヘ川沿いの家屋を間借りしていたおじの木造家屋も川の氾濫で根こそぎ流され、のちに数十キロメートル下流で屋根が見つかった。それでおじは村の反対側にある山の中腹に引っ越した。

「王道楽土大満洲国」とある中国との国境に立つ満洲国建造物（1932年）

同じ頃、世界恐慌が満洲まで波及した。ハルビンの大富豪ソロモン・スキデルスキが運転手付きのリムジンに座って高価なシガーをふかしながら「まったく難儀な時代となった！」と繰り返したのにも一理ある。そんな難儀をよそに地元の実業家の集まりでは、さも陽気なロシア人が演説の終わりに「夜が暗ければ暗いほど星は光り輝く」というドストエフスキーの名言を引用していた。それが中国語にどう訳されたのかはともかくとして、即「公安組織」代表が起立して、「夜が暗いとの不満は発電所に訴えよ。警察の関与ではない!」と反論した。

私の生活に難儀はなかった。万事通常どおり、成績優秀で「第一級優秀証」をもらって三年に進級し、たしか『ガリバー旅行記』のロシア語訳をもらった。

準備学年と呼ばれた二年生と三年生の学校の記憶はおぼろげとなっている。ロシア語と数学はマリヤ・イワノワ先生。英語のエレオノラ・カルロヴナ先生は正真正銘のイギリス人で、革命前のロシアでロシア人と結婚していた。胸に単語カードを掲げて並んで作文をするゲームなど、教え方を工夫する先生だった。その頃に覚えた詩は、ロシア語のは忘れたのに英語では今も覚えている。三年生のスペリングの授業では、cucumberなら「シーユーシーユーエムビーイーアール」とアルファベットを読み上げた。英語の授業は楽しく役に立ったが、同級生のコーリャが英語とロシア語の文学と発音を混同してcopybookを「ソルヴーク」、cucumberは「シシトゥヴェッグ」と大真面目でロシア語読みするたびに大爆笑だった〔キリル文字のラテン文字に似た文字でも発音が異なる。キリル文字のcの発音はs、同様にpはr、yはu、bはv、uはi、mはt、小文字のrはgと読める〕。

体育の授業では、別棟にあった三年生の教室から本館半地下の体育館に移動した。そのときの私は複雑な心境だった。行進も体操もリレーも好きだったが、バスケットボールでは小柄で身体能力のない私はシュートが決まらなかった。そこで体育の先生に羨望の眼差しを向けているしかなかった。ウラジーミル・ミハイロフ先生はアメリカで体育学を学び、その帰路、フィリピンで太平洋諸国代表体育大会に参加し、バスケットボールのペナルティーシュートで百発百中を決めたのだ。驚異の記録だ。

毎日四時間授業の低学年生には放課後学習もクラブもなく、下校後はまっすぐ帰宅。私だけでなく生徒は皆、寄り道も買い物も禁止という厳しい規則があった。私に親から与えられた玩具は、ロシア語文字の積み木とジグソーパズル、それにボードゲームのチェッカーだ。チェッカーをどう覚えたのだったか、私は遊び相手もなくひとりでやっていた。カードゲームのソリティアも誰かに教わった。本を読みたくても家には本がないも同然だった。アンナおばさんは、私が雑誌《休息》や新聞《新ニュース》のページをめくっても何も言わなかったのに、ロシア語新聞に手を出すと叱った。その記事が、おばさんの道徳観の許容範囲を超えて低俗であったらしい。

一九三二年の秋、急に始まり急に引けた大洪水の被害が終息したとき、父が退職し我が家の穏やかな生活が終わった。機関車技師は決して楽な仕事ではなく、しかも中国人の抗日戦線による鉄道に対する妨害行為や匪賊の跋扈やら、度重なる苦労で父は健康を害していた。父の操縦する列車が中国人武装集団に止められたときは、操縦士たちと大勢の乗客が人質となった。アンナおばさんはかなりの大金を手放して父を救い出したのだ。医療委員会に健康上の理由で退職を認められた父は、毎月の年金と相当額の退職金を支給された。鉄道員住宅は即刻退去が原則であったので、父は退職金で家を買い、私たちはまた第二プスコフスカヤ通りの新居に引っ越した。なぜまた冴えないナハロフカかといえば、三軒建つ土地が安く購入できたためだろう。だがラトヴィアに戻らなかったのはなぜかといえば、答えは単純明快で、東清鉄道職員の年金は満洲と日本とソ連でのみ受給できたため、ラトヴィアへの帰還は問題外だったのだ。「雇った者が面倒を見るに尽きる！」

私は父の退職が寂しかった。我が家から一辻先の鉄道踏切で、美しい蒸気機関車三六五六号に乗る父の姿がもう見られなくなったのだ。機関車は行路を終えてハルビン駅のプラットホームから転車台に入る際に、信号が切り替わるのを待ち踏切で数分停車した。そのあいだに父が土産を渡してくれたものだ――大きなスイカ、卵、バナナ、プラム、フィリップおじからのバターの塊――満洲のどこに行ってきたかによって土産はちがった。その秋、父には立て続けに辛いことが起きた。あれこれの心配事に加えて、ヴァルカ在住の老母が亡くなったとの悲報がラトヴィアから届いたのだ。父がベランダにたたずみ、手紙を手にして涙を流していたのが目に浮かぶ。父は私に母のことも親戚のこともまったく話してくれなかったのが、今となっては残念でならない。自分から尋ねておくべきだったと後悔しても後の祭りだ。

父の退職にアンナおばさんは安堵したようだ。父の報告書のロシア語を添削する必要がなくなったからだ。以前に、闇夜に遮断機のない踏切で特急列車がトウモロコシを運んでいた中国人の馬車を轢いた際、父は報告書に「人的犠牲はなし。中国人二人が死亡」と書き、アンナおばさんをぎょっとさせた。人種差別どころか教養の問題だった。父は、自分が運行した列車の人的犠牲はなかったが、馬車を轢いていた二人が死亡したと言いたかったのだ。正確に言えば、ほかに馬も亡くなった。

第二プスコフスカヤで引っ越したアパートは三間で、そのひとつを私は自分の個室にもらった。中庭に別棟の一間があり、その隣の角の一間は、コショウを商う中国人の店となった。屋外の竈《かまど》とあずまやに水ポンプもあったが、やはり水道と下水はなかった。やがて父は家畜小屋を建てることにし、材木屋「クルルマンとベレホヴィッチ」で木材を購入した。小屋が完成すると子ヤギとウサギと子ブタも飼い、一日に二回散歩に連れ出しても、なにせナハロフカ通りなので、近所からは苦情もなかった。その頃から私は、ブタが自分の住処を汚さない清潔好きであると知っている。アンナおばさんが可愛い子ヤギに大好物のトウモロコシの粒を惜しまず与えているうちに、ヤギは太りすぎて乳が出なくなった。ウサギたちは一年後に食肉となったあげく、アンナおばさんの地味ながら美しい毛皮のコートに変身した。私は近所の家畜飼料庫に買いつけに行くのが楽しみだった。フスマやトウモロコシ、たまに藁束などを買うと、中国人がロバにつないだ荷車に品物を積み、それに私も乗せてもらって悠々と家に帰れたのだ。倉庫に帰っていくロバは、御者がなくとも決して道に迷わなかった。だから「ロバ並みの馬鹿」という表現には納得できない。

翌年、父は家を煉瓦造りに建て替えることにした。ほぼ屋根がかかり完成間近となって、地元のロシア人警察官が家の敷居が境界線を「はみ出ている」のに気づいた。基部を造った技師や建設主任者たちの目は節穴だったのか、いずれにしても警察官は違反を口実に父とかけひきをした。それはニシンとポテトとウォッカ数杯、それに数枚の金銭で締めくくられ、友好的な相互理解となった。数日後、同じ警察官が現れて歯切れ悪く切り出した、「書類に日付が記入されていなかった。書き加えなくては」。先日のシナリオどおりの宴会が繰り返されて、今度こそ決着がついたが、結果的には建築違反の認定はされなかった。そもそも違反がなかったのか、あるいはナハロフカではどうでもよかったのか。

新築の家は私にとって子どもながらに美しく思われた。私の部屋もまた確保され、トイレとシャワー付き浴室、暖炉備え付けの竈から引く温水もあった。水は屋根裏の貯水タンクまでポンプで汲みあげる仕組みだった。木造住居のほうは日本人に貸し出した。日本人は自分の妻を指さして、満面の笑みで下手なロシア語を繰り返した――「こいつは馬鹿、ロシア語がまったくできない」。その隣で日本人妻はニコニコと腰を低くするばかりだった。

　大晦日の夜に爆音がして、我が家の窓が二枚割れた。元日に修理してくれる者があろうかと途方に暮れかけたが、翌朝の朝食時にガラス板を背負った職人が外を往来するのが見え、たちまち心配は消え失せた。職人かその仲間が、なんとしても小銭を稼ごうとした仕業だったのだ。中国人は単なる悪ふざけで無意味な蛮行をしない。

　父の建設作業中も、小日本（シャオリーベン、中国人は昔から日本と日本人をそう呼んでいた）の侵略者はまどろみもしなかった。一九三四年三月一日に満洲帝国が宣言され、満洲の最高指導者が皇帝となった。年号が康徳《カンデー》に改められ、その年の三月から公的書類の日付はすべて大同《ダトウン》時代から康徳時代となった。これを中国人大衆が歓迎しなかったのは言うまでもないが、いつも天真爛漫な白系ロシア人は皮肉な歌を陽気に繰り返した――「ハルビンは美しいところ、ハルビンはこのはるかなる満洲国のいいところ、いざ大満洲帝国！」。そのかたわら、日本人はせっせと実務に精を出していた。苦力《クーリー》と呼ばれた中国人労働者を酷使して、鉄道、道路、鉄鋼コンビナート、鉱山、空港、水力発電所、住居など、自分たちの軍事力強化の着手に必要な要衝を次々に建設していった。

　日本政府は長期計画の実現をもくろみ、満蒙開拓団として日本人を満洲に送り込んだ。島国日本から多岐の分野にわたる高度な専門家に交じって、詐欺師や野心的な輩たちが一攫千金を目当てに渡航してきた。自国政府の支援を受けた「新地獲得者」は薄手の羽織姿で風呂敷ひとつに全財産をくるみ、温度計の水銀柱が零下三〇度から三五度以下にも下がる冬のハルビン駅に降り立ったた。ぶるぶる震えながらタクシーを見つけて、か弱い声で「シュバ（ロシア語で毛皮のコートのこと）」と言いかける。タクシー業界がロシア人移民に非公式に独占されているハルビンの生活事情をあらかじめ知らされていた新参者は、ロシア語と中国語の単語をいくつか覚えてきたのだ。その言葉を聞く間もなく運転手は察知し、キタイスカヤ通りの洋服店に直行する。数分後にそこから出てきたのは、毛皮に身を包んだ紳士だ。次なる段階は部屋探し。運転手が郊外に車を走らせ、窓に「部屋貸します」の張り紙のある戸建てを目ざとく見つける。そこで賃貸料を即決した日本人が、さらに要求する――「ペチカ（暖炉）！」。手っ取り早く暖まり、上機嫌で発せられた三番目の言葉「ウォッカ！」も、漏れなくもたらされた。一家の主婦たるもの、数杯は常備しておくのが常識なのだ。これで体内から温まり、プログラムは頂点に向かう。「ジェーボチカ（女）！」。「別の地区に行かないとどうにもならない」と運転手が応じる。日本人の新天地での暮らしはこうして始まった。

未開地獲得者の日本人　「主権」国家満洲国もやはり日本国旗の下

　日本人の就職に苦労はなかった。好待遇の公務員のポストが多くあったし、店や飲み屋も開業できたが、別の選択肢をとる抜け目ない若者もいた。フィリップおじさんの話では、イイメンポ村に威勢のいい日本人が現れ、田舎の峠道に掘っ立て小屋をこしらえ、中国人の農民から「通行料」を徴収した。支払いを拒もうものなら痛い眼にあうぞ、と拳を振り上げて脅し、どこかに電話をかけて不届き者として通報した。だが電話機は見せかけにすぎず、配線などなかった。これほどあからさまな無謀を地域行政は許さず、一攫千金者は小屋と電話機もろとも追い出されたが、どこへ行くのだろうか。数日後に別の村で同じことをしただろうし、別の手品を発明したかもしれない。日本人の娼婦もハルビンにどっと押し寄せてきた。そのひとりのひどい振る舞いを、私はこの目で見たことがある。髪も服も派手にめかした日本女性が、人力車に乗っていた。厳寒の冬を長距離せっせと駆けてきた御者は、顔やはだけた胸から汗を垂らしていた。女性がさっと飛び降り、路肩に寄せ集められた雪塊に向かって小銭を数枚、無造作に投げつけた。事前の交渉額とはちがう額なのだ。哀れな中国人が小銭を拾い集めている間に、女性はすたすたと逃げてしまった。あっと言う間の出来事だった。そんな振る舞いも、日本人支配の序の口に過ぎなかった。

一九三三年、私は早くもギムナジウム一年生（まだその先七学年が控えていた）として、ふたたび優秀証書と本をもらった。本館の教室に移り、一日五時間授業に増え、音楽、美術、基礎理科も始まった。才能豊かな画家であったステパノフ先生は、生活の足しに仕方なく美術を教えていたのだろう。当時はどんなに秀でた画家や役者でも、鉄道員や運転手や技師より低収入だった。それで私たち生徒は、クリスマスツリーと建物以外にはとうとうなんの絵も描けなかった。音楽教育についても大差がなかったが、それについては後述する。ロシア語の授業は段違いで、ミハイル・ククシュク先生に文法を叩きこまれた。民族的にはベラルーシ人だったククシュク先生と卒業から数年後に話したとき、ベラルーシ語を「ボリシェヴィキの思いつき」にすぎないと断言していたことが忘れられない。会話を重視したククシュク先生は、生徒が言いよどむと即座に遮り、「もたもたするな。便座に座っているのではないのだぞ。考えをきちんと言いなさい！」と厳しく指導した。最初の授業で先生の鉄のように鋭いくちばしにつつかれた生徒は、これは怠けられないぞと悟ったものだ。

その年、舞台とシャワー室付き更衣室のある三階建ての大きな体育館（バスケットボールコート大）が学校に新設され、可動式の幕付き演壇まで備えられていた。そこで毎朝、全校合同の祈禱があった。また学校にいる一日の時間が延びたために、中休みに朝食をとった。主食にあたる「温菜」か、または紅茶とパンだけの「冷菜」から選ぶことができ、大半の生徒は「温菜」をとっていたが、アンナおばさんは下校後の昼食で足りるとして私には「冷菜」にさせた。焼きたてパンと香りのいい紅茶にさらさらとした塩はお代わり自由で満足でき、パン食の生徒はほかにもいて、「温菜」をとらないことで蔑まれることはなかった。

学校での食事時間は整然として静かに穏やかだったが、同じクラスの男子生徒たちが「盛大なティパーティー」という遊びをしたことがある。周囲からカップを集め、さっさと空にしてテーブルに積み上げたのだ。見事な出来だったが、すぐにクラス担任に禁じられて、この遊びは終了した。その数年後には、机の上にスプーンを置いて、机をドンと叩く別の遊びが考案された。スプーンがホール中に飛びちる美しさは格別だったが、それも一度きりの喜びだった。

ハルビンには、白系ロシア人とソビエト・ロシアの核をなす鉄道員という相反する大きなコミュニティがあった。満洲を侵略した日本政府は反ソ的な政策を進め、白軍派指導者を支援した結果、時には散発していた流血の争いが終わった。それまでは、道の片側から少年たちが柵にぶらさがって「やーい、ピオネール〔ソ連の共産主義少年団〕！　おまえはどうなると思う？　頭に鉄砲の弾を落とされ、心臓に穴があけられるぞ！」と叫ぶと、すぐに反対側から「ピオネール」を「ボーイスカウト」に置き換えた同じ台詞が応じたものだ。当時の白軍新聞は、左派新聞《東方ニュース》はソ連の新聞《プラウダ》と《イズヴェスチヤ》からの切り抜きだと皮肉った。これに対するソ連側の編集者の反撃も、所詮は言葉の応酬に過ぎなかった。東清鉄道で中国人と肩を並べて働くロシア人は「ソ連市民」かつ「中国市民」でもあったが、ロシア人移民が中国国民扱いされたのは鉄道勤務期間に限られていた。それが法的虚構というゲームの規則だった。

ナハロフカの新居は快適だった。消防署の高い塔に登って辺り一帯の景色を眺めることはできなくなったが、「平地」で過ごす放課後も楽しかった。中庭からの外出が許されるようになった私は、近所の少年たちと駆け回り、あらゆる遊びに興じた。ボールとバットを使う対戦型ラプター〔クリケットに似たロシアのスポーツ〕では、バットで打っても壊れないガタパーチャボール〔ガタパーチャという天然のゴムの木の樹液を固めたボール〕が尻に当たると、すごい青あざとなった。ゴロドキーは、円筒型木片を並べて一定の距離から棒を投げ、木片を倒すゲームだ。絵を使ったゲームも人気だった。当時、タバコの箱には中国史か文学作品のヒーローが描かれていて、その絵を一定枚数集めれば景品がもらえることになっていたが、子どもたちはその絵をもらってメンコ遊びに興じた。ゾスキは、古い羊革の切れ端にロウの塊を結びつけて重りとし〔釣りの重しが重宝した〕、足先で革を蹴り上げる遊びだ。片足か両足を交互に使って、いちばん高く長く革を蹴り上げた者が勝ち。中国人の幼児が冬に夢中になった風変わりな独楽《こま》は木製の卵に似ていて、その先端に釘が打ち込んであり、水溜まりに張った氷の上でよく回った。独楽を小さい紐で叩いて、長く回した者の勝ちだ。中国人の子どもが寒さの厳しい冬にも尻に切れ目のあるズボンを穿いて駆け回っていたのは、ごく単純に衛生上の理由からであって、親にとってはズボンを洗う手間が省けた。私たちは色鮮やかな凧作りに夢中になり、春の風に乗せて空高く飛ばした。

学校の新体育館でやっているバスケットボールクラブに入りたい、家のそばのスケートリンクでスケート靴を借りて滑りたい――そんな私の願いはかなり小声だったのだろうか、親の耳には届かなかった。それで私はひたすら自転車を乗り回していた。当時は、馬車も車もめったに走っていなかった。冬が来て自転車を屋根裏にしまったはずのある夜、自転車が消えた。父がうっかり屋根裏にあがる階段口に置きっぱなしにしたのだ。それからというもの、街頭のあちこちにも新聞にも「自転車を買うならフィシャー（ドイツ人の自転車店）」という広告が目についたが、父の関心を引かなかった。私の同級生が外国に引っ越すことになって、やっと父は大人用自転車を譲り受けてくれた。それが一九五五年まで私の相棒となった美しい自転車フスクワルンだ。自転車がかなり高価で、若者は自転車修理店で好みの自転車を借りてはひと走りして喜んでいた時代の話だ。

あれは何年だったか、ハルビンにかなり大勢の白人が住んでいた頃、「路面電車事件」が起きた。路面電車の中国人車掌がロシア人の少年に軽く触れた（なんらかの事情があったのだろう）。それを機に白人は神経を尖らせ、路面電車ボイコットを始めた。路面電車の停留所に自発的なピケを張り、乗ろうとする者があれば乗るなと呼びかけ、馬車や寄り合いタクシー、あるいは徒歩など別の移動手段を促した。乗車券を買っていた生徒は近くを走るタクシー（もちろんロシア人の）に乗せられ、無料で必要な場所まで送り届けてもらった。それには私も何度か乗せてもらった。

大損失を被った路面電車を運営する会社は、接触の件で市民に謝罪し、犠牲者に高価な贈答品を出すはめとなった。ハルビンの白人に依然大きな影響力があった証だ。

我が家では、借家人である日本人とのもめ事はなかった。父は彼らに石炭を使った暖炉の焚き方を教えた。隣の地区では、暖炉の扉を早く開けすぎたため、ガス中毒で日本人家族全員が亡くなり、盛大な葬儀ののちに遺灰の小箱六つが祖国へ旅立ったのだ。似たような悲劇は頻繁にあったが、日本人は当地に埋葬をしなかったため、満洲に日本人墓地はない。

日本人は地域の特性に適応しようとしていた。まず娘に花子と名付けるのをやめた。「花の子ども」は中国語で物乞いの女を意味したが、日本人には物乞いもその日暮らしもいなかった。彼らは手を差し出して物を乞うより、死を選ぶのだ。物乞いがあふれていたのは、革命前の中国だ。彼らは店の入り口に立ち、動物の骨で作った粗末なカスタネットを鳴らして「旦那、こんにちは。金がないならマッチをくれ」と唱えた。店主が小銭を投げつけて「うせろ！」と追い払おうとした矢先、もう隣の店に消えていた。

日本の音楽が中国化したのはおもしろい現象だった。日本の作曲家は中国の民族楽器や中国風の調べとリズムを巧みに取り入れ、『支那の夜』、『上海ブルース』、『蘇州夜曲』、『上海の花売り娘』など、馴染みのあるメロディーを数多く生みだした。日本人が中国で侵略意欲を満たしていたとすれば、ウィグル人や漢族やモンゴル族のように、完全に中国化して中国人民の中に埋没するのに何百年かかっただろうか。

その頃、父が軽い心臓発作に倒れた。回復は早かったが、それ以来、夏になると毎年、松花江の対岸に小さい別荘を借りるようになった。そこは楽しい思い出に包まれている。昼の暑さで川辺の砂は裸足では歩けないほどに熱し、レストランでは夜な夜なロシアの歌曲が夜空にこだましていた。大部分がリガのベラコード・エレクトラ社製のレコードだった。私は真っ黒に日焼けした船頭の仕事を手伝うのが好きだった。舵取りを乗客に頼るほかの船と競うようにして川を渡ったものだ。大型の筏形ヨットかモーターボートでも渡れたが、手こぎ船のほうが断然楽しかった。船頭たちは「コノハズク」、「高速」、「レフ」、「女神」といった船頭組合を作っていて、その名を船体に記し、各波止場に停泊していた。我が家の愛用はコノハズク号だった。

中国人の手荒な動物の扱いには、かなり早くから気づいていた。重い荷を積んだ馬車が溝に落ちたとき、馬車を引き上げられない馬を御者が無残に打ち付けたり、若い母親が巣から落ちた小鳥の足に紐を結びつけて自分の幼子に持たせ、おもちゃのように引きずらせたりしていた。車や列車を恐れないようにと目を潰された馬も、多く見かけた。目隠しをするより目を潰すほうが手っ取り早いということか。だがその夏は、中国人の動物に対する態度についてやや考えを変えた。どういうわけか飼い犬を手放すことにした父は、その妙案もなく、船頭を頼み、私と犬を乗せてこぎ出した。川の中ほどまで来て、父が携えていた煉瓦を子犬に結びつけようとしたところ、それを見た船頭はすぐに意図を察し、そのような虐待は許せないと騒ぎ出したのだ。これには父のほうがまいり、結局は舟を岸にもどらせ子犬は命拾いした。

松花江で溺れかけたのは私のほうだ。初めて対岸で過ごした夏に、私は遊泳者たちとボートに乗り込み、皆に続いて無謀にも水に飛び込んだ。まだ泳げず背も低かったが、てっきり足がつくほど浅いと思いこんでいたのだ。ボートはすっと離れていき、私は頭ごと水面下に沈み、泡を吐きだした。飛び込んで救出してくれたのは、そばの岸辺に寝そべっていたタタール人の娘だ。彼女は私を岸辺にひきずりあげ、砂の上に寝かせて、息を吹き返すのを待った。気が動転して礼も言えない私に、「髪を伸ばしておいてよ、次は引っ張りやすいようにね」との彼女の言葉が忘れられない。その後は必死で泳ぎを覚え、別荘所有の〝魂の死刑人〟（カヌーを指すロシア語の俗語）に乗る許しを父に得て、転覆しないよう用心しつつ浅瀬を乗りまわすようになった。

一九三五年になり、ソ連は所有する東清鉄道の一部を満洲帝国政府に売却した。対価はたったの一億四千万円、そのうち日本が支払ったのは二三〇〇万円にすぎない。これに伴いソ連国籍者であった鉄道員とその家族が、ソ連への出国を始めた。父の蒸気機関車操縦班で助手をしていたミハイル・ペストフが、新妻を連れて別れを告げに来た日が目に浮かぶ。ふたりは幸福の喜びに満ちあふれて、祖国での新生活に乗りだそうとしていた。白軍新聞は「ウサギの群れがまたもソ連の毒蛇の喉元に」の見出しで、連日のように出国者の名前を報じていた。私も含め多くの人は、移民の歪んだプロパガンダだとして、これを信じなかった。一九三七年に数万人にのぼった帰還者が弾圧に巻き込まれるなどと、誰が想像できたろうか。彼らの大部分が処刑かラーゲリ入りとなり、無傷あるいは収容所から生還できた幸運は稀有だった。

鉄道から手を引いたソ連は満洲での影響力を失い、モスクワからの芸術家の客演もソ連映画の上映もなくなり、製糸、石鹼、香水、ビスケットなどの細々としたソ連製品が店頭から消えた。とても信じてもらえないだろうが、どれもかなり良質だったのだ。輸出向けだったためだろうか。消えたのはソ連製品ばかりではなかった。ペリカンかペリカノルの糊、ファーバーやコヒノール・ハードムスの鉛筆もパーカーのインクも、私の通学鞄から消えて久しかった。それで仕方なく地元の米糊と日本製の悪質な鉛筆とクレヨンもどきの色鉛筆を使ったが、学校では不評だった。日本製のインクはなんとか使えたが、消しゴムは消すべき箇所を消すどころか汚すような質の悪さだった。

ソ連人の大量出国後、日本支配層は手持ち無沙汰となったのか、政治的にますます厳しく取り締まるようになっていった。

1935年のカッタイス一家。左からアンナ、エドガルス、カーリス

一九三五年、生活は「都市建設ラッシュ」に振り回された。ハルビン市の決定で、メインストリートであるキタイスカヤの商業地を郊外と結ぶ大貫道を通すことになり、新築の我が家を含む多くの建物が取り壊されることになった。これは大打撃だったが、だからといってなすすべはなく、父は賠償金を受け取り、再び設計技師を頼み、道路拡張後に残る土地を最大限に活用する設計図を作らせた。九月一八日に三棟を取り壊し、住居四つを兼ねる煉瓦造り二階建ての建設を始め、同年一二月二五日に私たちはまたも新築に入居した。水道と下水も設備されたが、私の個室はなくなった。第二プスコフスカヤ通りは消え、新築の我が家が面したのは、新たな、その名も大仰な大同《ダトウン》大通りだ。道路中央に路面電車の線路も登場した。地域は徐々に文明化されたが、一連のゴタゴタで父の健康が悪化した。心臓発作を繰り返し、脳卒中で寝込むようになった。

フランス・アジア銀行ハルビン支店のブヤノフスキ支店長が自殺したとの知らせも、父には打撃だった。支店長の過失か、資金が焦げ付いたのか、とにかく大破綻で銀行は閉鎖され、預金が引き出せなくなった。まもなくフランスの銀行本店が補塡し預金者は一円も損しないとパリから達しがあり、実際そのとおり実行されたとはいえ、この騒動はすでに衰弱しきっていた父の神経をまいらせた。

アンナおばさんは父の看病につきっきりで、私の勉強を見なくなった。数年間続けて「優秀賞」をとっていた私は、次第に準優秀から月並みの成績となった。

学校にも変化があり、まずは日本語の授業が導入された。中国語クラスも継続されていたので、私は中国語を選んだ。日本の圧力を受けたハルビンYMCAはアメリカの管轄から日本YMCA（まだ存在していた）に移り、アメリカ人のハワード・ヘイグ学長に代わり、東京からキリスト教徒のサカイ・ミチオがやってきた。

授業の規則とリズムは変わらず、強靭な教師陣には虐待のような厳しさで忘れられない先生もいる。特に数学のゲオルギー・トマン先生は、五点評価中の二点を連発した。テスト中に先生が残り時間をカウントする、「あと一〇分……七分……四分。理解していればもう終わって当然だ。私はもう帰るぞ！」と言われて、生徒は藁にもすがる思いだった。あるいは「ぜんぶ咀嚼し、噛み直して口に押し込んだ。箸でつっこんでもまだ呑み込めないのか！」と、限界を迫られた。トマン先生が幾何学の授業で、よりにもよって数学が苦手なニコライ・ロディノフに近寄り、大きなコンパスの足を使って説明した――「いいですか、これが狭角、これが直角、これが広角《トゥポイ》」。そしてニコライの頭上でコンパスの足をさらに広げてとどめを刺した――「こっちは、はるかにトゥポイ！（ロシア語で広角のほかに馬鹿を意味する）」。トマン先生が一点や二点の評価さえ惜しんだことがある。ニコライ・オストレンコが黒板の前に出て口頭で回答していたとき、聞いていて恥ずかしくなるほど混乱した。トマン先生はそれを遮り、教会の神父のように大きな十字を切った、「オストレンコに神のご加護あれ。席に戻りなさい。オストレンコは耐え難い印象を与えた……」。顔を真っ赤にして席に戻ったオストレンコは、ぶすっとつぶやいた、「二点のほうがまだましだ……」。かたやブチャツキスは、テスト開始後一分も経たないうちに「この問題がわかりません」と書いて先生に差し出し、席にもどった。そして「なんにもわからなければ、とっとと終わりにする」と大声をあげ、机の上に泥まみれのゴム長靴を載せて周囲をギョッとさせた。彼の態度は蛮行の極みとされて、誇り高きYMCAを退学となった。

だが総じて大したいたずらはなかった。クラスの飲料水用流し台に運動靴が置かれていたときのこと、アメリカで研修を受けてアメリカの教育学に長けていた担任のアレクサンドル・グセフ先生は、クラスの生徒を集めて対話した。「誰がやりましたか、あなたではない、あなたでもない、あなたでもない。ということは私だということですか」。すると後部座席から控えめながらよく通る声がした、「たぶんそうです」。それ以降、アメリカ的対話はなくなった。または路面電車で、眠りこけた中国人の半開きの口の中にヒマワリの種とか丸めた紙を投げつけて、さっと姿をくらましたのは、ロシア人少年らしい無邪気な遊びだった。

理科のタラス・ゴルディエフ先生は、タランタス（ロシア語で車の意）というあだ名だった。理科の授業は長い廊下のどんづまりにある実験室で行われたが、二〇人の野蛮人の群れは、インディアンを真似た雄叫びにドタドタと足を鳴らし、嵐のような大騒ぎで廊下を移動した。タランタスはあっけにとられた、「ああ、棒を持ってくるべきだった、一人は撃ち殺し、二人目は切り裂いてやったのに。騒ぐな、馬鹿はよせ、何をしているかよく考えなさい！」。私がタランタスの屋根裏の仕事部屋に預かり物を取りに行ったときのこと、先生が準備をしている横で、下絵や図解の山をいじっていると、丸めた紙で額を叩かれた。先生は無言だったが、それ以降、私は決して人のものに勝手に触れないことにした。それに「口を挟まない」ことも学んだ。制服がニッカボッカスタイルのズボンから長ズボンに替わり、体育館での制服検査でいつ替えてくるのかと、一人の生徒が問いただされたとき、私は横から「エックスデーに！」と口走ってしまい、すぐにその場で「優秀な数学者に謹慎三日」の処分をくらった。

それはまったくとんでもない一年だった。しばらくして、学校の階段を駆け上がっていた私は、別のクラスの女子生徒にうっかりぶつかってしまった。その子がひどい大声で泣いたものだから、またも自宅謹慎三日となった。この痛手から立ち直らないうちに悪運が続いた。路上でなぜか中国人少年と小競り合いになり、二人とも近所の警官駐在所に連れて行かれた。相手は被害者としてポンと項《うなじ》を叩かれて家に帰されたが、私のほうはそうはいかなかった。「取り調べ」中に机から、インクと筆が入っていた磁器の瓶をうっかり落としてしまいビンタをくらったばかりか、親元に連れて行かれ、中国人への見舞金と破損した器の賠償金をせしめる口実まで与えたのだ。警察官は一元（微々たる額だが）を受け取るとポケットに入れて、揚々と帰って行った。志操堅固な日本憲兵隊とはちがい、中国傭兵にとって道徳は縁遠い概念だったのだ。あの日帰宅しても、叱られなかったのが意外だ。養母は父の看病に疲労困憊で、それどころではなかったのだろう。

授業に奇妙な科目が加わった。〝満語〟とは、中国語のまったく馬鹿げた改名だ。大方の白人たちはいずれはどこかに行くという、名状しがたい旅立ちの感覚をずるずるとひきずっていて、中国語も日本語も自分たちには必要ないとして、少しも学ぼうとはしなかった。日本語を教えたキリスト教徒のイトウ先生は、生徒が説明も聞かずにまちがってばかりいると、怒ることなく泣いた。同じ信者ながらも生徒は先生を裏切って平然としていた。

私が選んだ中国語、いや、満語の学習には、二人の教師がいた。厳格なウスペンスキー先生は元駐中国ロシア領事で、その茶色の長い口髭のせいで〝ゴキブリ〟というあだ名だった。もうひとりの優しいミスター・チェンは信者でもなく、泣きも怒りもせず、出来の悪い作文の評価は交渉次第で上げてくれた。「中身がよくない。よい点はあげられない。三点だ」に、生徒が食いさがる、「お願いします。私はほかの科目では四点か五点の成績なんです」「いいでしょう。書き直しなさい」。最後には、互いに納得できる妥協点に落ち着いた。

がらり変わって英語では、上級生担当のイゴル・ミランドフ先生が憧れの的だった。第一次世界大戦中はロシア軍士官で、イギリスで諜報員をしていた先生の英語と文学の知識と博識に、生徒はすっかり魅了された。なにかしら規則違反をやらかして先生に穏やかな声で「すみませんが外に出ていただけませんか。一週間ほど」と言われれば、すでに厳罰を受けたようなものだった。実際には実行されなかったとはいえ、そんなことを言われること自体に絶大な効果があった。私たちは学ぶ意欲に満ちていたのだ。

さて、学校から外に出てみよう。

新築の我が家は、外壁と納屋や外便所との間が一メートル幅だけで、庭はないも同然だった。私が前年の冬に橇につないで乗り回した大きなバーナード犬の、犬小屋の余裕もなかった。

一階の二つの店舗用アパートは貸し出し、そこにロシア人が開いた食品店はまもなく倒産し、店子がいなくなった。それでアンナおばさんの反対をよそに貸し出した別のロシア人は、居酒屋〝我が一郭〟を開き、もうひとつのアパートにはイー・ワンシャンが食堂を開き、その入り口を紙製の大きな赤い花で飾った——安い「早食い屋」の印だ。そこには車夫、御者、積み荷人夫、その他の懐の寂しい人たちが絶えなかった。ロシア人の居酒屋のほうは、飲んだくれが騒ぐにちがいないというアンナおばさんの予測を裏切って閑古鳥が啼いていた。ときどき元白軍ロシア兵が一杯ひっかけて、アコーディオンを弾きながらしわがれ声で歌うだけだった——「雪に埋もれたロシアの大地に、木枯らしが心の癒やしに慰めの歌を奏でる」。結局酒も歌もふるわず、やはりその飲み屋が潰れると、そこも中華食堂となり、今度は紙の花が二つの——注文料理を出す印——もっと高級でより価格の高い店となった。だがどちらも厨房は中庭にあるひとつの小屋だった。当時の衛生観念はかなり怪しく、そもそも存在していたのかどうか。二軒の食堂の入り口にぶらさがっていた紙の赤い花は、ムスリムの食堂でないことを示していた。ムスリム向けの店の入り口には青い花が飾ってあり、豚肉の代わりに馬肉やロバの肉、あるいは牛肉を使うのだ。

新年間近になって中華食堂の滑稽な店主の声がした、「マダム、どこに私があの神様をつっこんだか、知りませんか。台所中をひっくりかえしても、どこにも見つからない。ひょっとして奥さんの物置小屋かと」。中国では新年に台所に福神の絵を飾る。そんな〝聖画〟はその辺でいくらでも安く買えたのだが、まともな中国人は苦労して稼いだ金を神ごときに使いはしない。

うだる暑さで地面がカラカラに乾ききったある夏のこと、川向こうを別荘区域まで歩いているとき、信じられないような光景を目撃した。地元の守り神が長く雨をもたらさず、予想される不作に激昂した農民たちが粗末な小屋から色の塗られた、これもまた粗末な木製の像を引っ張り出し、干ばつの元区だとしてぞんざいに痛めつけ、近くの溝に投げ捨てたのだ。やがてやっと雨が降ると、神は溝から拾い上げられ、洗い拭き清められて、再びお堂に安置された。一般的な中国人の信仰とはその程度であって、仏教、儒教、道教、その他あらゆる「教」とは星までの距離ほどかけはなれていた。中国人は迷信と伝説と奇跡を語って数世紀、祖先から受け継いだ伝統の世界に生きており、そして思うに現在も、キリスト教徒やムスリムでなければ、信者でも無神論者でもない。

この間、日本人は何をしていたのだろうか。侵略の初年におとなしく礼儀正しく振る舞っていた軍人が、次第に威張りだしていた。日本軍部の階級の低い兵士は哀れでもあった。幹部組織の最下層にあった若い下士官はまるで無権利の大きな肉塊であって、態度がころころと豹変した。彼らが中国人の食堂（金のない下級兵も、高級志向の幹部も入らないような店だ）に入ってくると、両足を広げ、天皇陛下から下賜された剣の鞘を股間に両手で支える典型的な軍人ポーズでテーブルについた。そこには常に使用済みの食器が下げられないまま重ねられていた。素朴な中国人民にとって少なくとも当時は、秩序と清潔が日常の最優先事項ではなかったのだ。新秩序の創始者は、てきぱきと片付けられていない汚れた食器を無造作に床に叩き落とした。純朴無邪気な中国人はこのような威圧的な態度を訴えに、近くの警官駐在所や軍部使節団に駆け込んだが、単純かつ「教養がなかった」ため、天皇陛下の士官を訴えるなどもってのほかとは知らず、その場で「罰を受けた」。こうした矯正を経て中国人の食堂の衛生はやや改善され、汚れた食器がテーブルに堆く重ねられることはなくなった。

ロシア語新聞が「前日に、ある外国人がレストラン〝モダン〟の看板を刀で切り落とした」と報じれば、英雄然として傍若無人な関東軍の軍人以外に、誰が刀を持ちえようか。その後もハルビンは華々しい報道にどよめいた、「ある遊郭でロシア人娼婦（日本人顧客に特に好まれていた）が高価な記念時計を客からくすねとった。盗品を返すという申し出もむなしく、炎をたぎらせるほど激昂したサムライはインテリア、鏡、ソファー、食器など手当たり次第に刀で八つ裂きにした」。この大騒動で経営者の日本人女性は物質的、精神的損失に耐えきれず、風呂敷包みを抱えて故郷の島に帰っていった。

一時期、日本軍の若い下士官の間で、タクシーのセルロイド製窓に火付きタバコで穴を開けて運賃を支払わないという、奇妙な流行が広まった。だがこれに対し、タクシーの運転手は難なくけりを付けた。無賃乗車しそうな客が乗り込もうものなら、クラクションをけたたましく鳴らして脅したのだ。それが満洲ならではの〝一流サービス〟なのだ。しかもハルビンのタクシー運転手のほとんどがロシア人であったのだ。日本人はたちまち媚びへつらった、「ルースキー〔ロシア人〕か。金はある、あるんだ……」。するとタクシーはスムーズに走り出した。日本人は腕っ節の強さに一目置き、ロシア人との諍いごとでとっちめられると、相手の居所を探り当て、警察に訴えるかと思いきや、尊敬の証としてビール瓶と食べ物を風呂敷包みで付け届け、さっきのケンカ相手と仲良くなろうとした。まったく理解に苦しむ出方だった。

日本の下士官は憲兵隊を除けばピストルを持たず刀のみで、下級兵には幸いにして拳しかなかった。下士官は憲兵や軍隊パトロールがそばにいなければ威張ったが、道の反対側の憲兵に気づくやいなや、どんなに泥酔していても背筋をしゃんと伸ばしてスタスタと歩きだした。陸橋の上で衝撃的な光景を目撃したことがある。ある若い兵士が、〝軍政教練の優等生〟の功績か、遊郭のタダ券をもらったらしく、郊外の兵舎まで歩いて行った（兵士はタクシーはおろか公共交通機関に決して乗らなかった）。その帰り道、ほろ酔いの兵士が上着のベルトをうっかり逆さにつけていたのを、騎乗パトロールの将校が見逃すはずがなかった。「とまれ！」、怒鳴り声が響き、兵士が直立不動となったとたん、ビンタがとんだ。将校は手帳を取り出し、規則が書いてあるのだろう、しかるべきページを開いて、大声で何かを読み上げ（私は日本語がまだよくわからなかったが、おそらくベルトのつけ方についての項目だった）、そして再度殴りつけた。将校は違反者の氏名と所属番号を書き付け、三度《みたび》殴りつけ、相手が制服を直したのを見て去って行った。次なる新たな違反者を探しに行ったのか。

日本軍人は好んで「冗談を飛ばした」。西欧人クラブでのダンスパーティーでのこと。「音楽、やめ！」、いきなり金切り声がした。楽団は演奏をやめ、踊り手はダンスホールの壁によりかかった。ホールの中央に明らかに泥酔した関東軍の軍人がしゃしゃり出て、「たったいま、○○（ロシア語の卑猥な俗語の並び）という声をはっきりと聞いたぞ。誰が言った？」と、高らかに笑ったかと思うと、陛下に下賜された刀を股間でカチャカチャと音をたてながら半分まで鞘から出し、カウンターによろよろと近寄り、次のウォッカの杯をもらうのだった。レモネードのような米の酒に慣れた日本人は、好んでウォッカを飲みながらもその威力にたちまち〝潰れる〟のだった。

日本人が飲酒と乱痴気騒ぎに明け暮れていたと考えてはいけない。建設工事も続けていた。敷いたばかりの道路のアスファルトを数日後にまた掘り返す、そんなやっつけ工事は大目に見ようではないか。植民地にありがちな縁故関係の因果なのだ。道路管理局で働く兄が経営者の弟との間で、道路のアスファルト舗装の契約を結ぶ。工事が完了すると、そこの地中になんらかの配管をすべきであったことが判明し、それを別の弟が請け負う。結局、管もケーブルも埋めやしなかったと陰口が叩かれたが、皆が仕事にありついたのは事実だ。舗装、掘り起こし、再度の舗装と、金を分捕って暖かい日本に帰ろう。満洲の冬は寒さが厳しいのだ。おお寒っ！

まっとうな工事には愉快な珍事もあった。地震大国日本は、満洲に広く流通していた煉瓦を建設資材としてめったに使わないため、日本人設計者は鉄筋構造しか知らなかった。あるとき、大勢の市民が野次馬根性に駆られて郊外まで出かけていった。完成したばかりの日本人学校の三階建ての正面壁が、完全崩壊したのだ。原因は何だったのか、日本人技師の無能か地元大工の故意の仕業か。だが観音様の情けあってか、夏休み期間中で犠牲者はいなかった。またある新聞報道では、新築物件の居住者がお湯に浸かろうとして、樽のような日本の〝フロ〟桶ごと三階から一階まで落下した。風呂に入っていた人間は、大量の水で命拾いをした。また、まったく新築の実に近代的な映画館「ハルビン会館」で早朝に天井が落ちたが、またしても犠牲者なし。以降、ロシア語でその映画館を「ハルビンカプカン（ハルビンの罠）」と呼んだものだ。

こうした失敗も、大がかりな技術刷新の前では些細なことに思われた。鉄道は近代化されて自動連結となり、車両連結人のごとき鉄道専門職は姿を消した。一九三四年一一月一日に運行を開始した特急列車あじあ号は、七〇一キロメートルの距離を停車三回のみで、八時間三〇分で走り抜けた。平均速度時速八二・五キロメートルはなかなかの記録だ。私も万年筆と時計という日本の技術を獲得した。だが生産者側の巧妙な罠にかかる者も多かった。ドイツの有名なオスラム（Osram）社製の電球が再び店頭に並んだときに人々は喜んだが、それも束の間、電球はすぐに燃え尽き、あるいは破裂した。安物に目がくらみ、オスレアム（Osream）との表記に気づかなかったのだ。わずかな字面違いに法的な問題は見当たらず、どこの誰に文句が言えたろうか。

私はといえば、両親にしばしばうんざりさせられていた。読書が好きだったのに、近所のグルジア人協会の図書館で本を借りるための小銭さえ、父は「本ばかり読んで、宿題をしない」と言って出してくれなかった。グルジア人たちには美しいスケートリンクもあったが、「転んだら怪我をする」と、スケート靴を買ってもらえなかった。自転車が許されたことのほうが驚きだ、横倒しになることだってあるのに。学校ではボーイスカウトに似た少年団〝焚き火ブラザーズ〟が活動していた。彼らが揃いで着ていたシャツの刺繍は、習得したさまざまな技術や遠出を示していてとても魅力的だったし、夏のキャンプは私の生まれた村ブヘドゥに近い、鉄道駅のある美しいバリマ村でやっていた。けれども父はそれをロシア寄りの政治的組織だと見なして、私を入れてくれなかった。またはチェスがやりたくても駒がなかった。アンナおばさんが父の「名前の日」〔暦に人名が記されている特定の月日が、各人の名前の日。父親カーリスの名前の日は一月二八日〕の祝いにプレゼントの金を渡してくれたときに、私は美しいチェスセットを買って父に贈った。私を相手にチェスを始めた父はもう勉強をさぼる心配をしなくなった。さらに、なにかの小遣いをもらったときには、鉱石ラジオ受信機の修理用セット（エボナイトプレート、リール、不変コンデンサ、クリスタル管、ネジ、イヤホン留め、イヤホン）を買った。ハルビンに公衆電話はなかった。父はのちに私の安物のラジオ受信機に関心を持ち、本物の五球スーパーヘテロダインを買ってくれた。だがリールと可変コンデンサで受信できたのは地元放送の数局のみで、ソ連極東放送局が使用していた短波も長波も完全なるタブーだった。それでも美しいラジオボックスが切り開いた音の世界に魅了された私は、ヨーロッパのクラシック音楽も日本の歌謡曲もどんどん吸収した。一日に数回、半時間ほどは、ロシア語放送と地元ロシア人俳優が出演する番組があった。当時は「北海道の北キツネの遠吠え」とか「九州地方のセミの声」の放送にうんざりさせられたが、あれは異国にあった日本人が祖国を忘れずアイデンティティを維持するためだったのだとだいぶ後になって知った。

周囲では、特に暖かい季節には、中国人の路上の暮らしがにぎやかに繰り広げられていた。私は餃子作りの様子をよく眺めたものだ。半裸の料理人が生地をこねて長い筒型にし、両端を摑んで宙に放り投げ、むき出しの汗ばむ背中にぶつけて台に落とす。それから筒型生地を器用にちぎり、助手が丸めて具を詰め、指で端をとめれば餃子の完成だ。衛生はもちろん蚊帳の外だが、その欠点は厚手鍋の下の炎と鍋の中で煮えたぎる火が難なく解消した。料理人が肉の切り身と野菜を鍋からさっと宙に放り投げ、一回転させて鍋の中にぴたり落下させれば完成だ。どの曲芸師もこんなジャグリングができるわけではあるまい。

あちこちの路地では食べ物が売られていて、品揃えは季節によって変わった。暑い夏には大きさ形さまざまなメロンや赤や黄色のスイカが、氷塊の間に冷やしたガラス箱に置かれ、丸ごとまたはカットで買えた。そのまま立ち食いして皮はその辺に放り投げたから、人がうっかりそこを通って踏みつければ、不意を突かれて転んだだろう。

アンナおばさんはメロンを丸ごと買って皮をむき、切り分けて砂糖をふりかけ、氷と一緒に深皿によそった。それはそれで旨かったが、私たちガキ共にとっては集団で川向こうの中国人の菜園から〝かっぱらって〟きたメロンのほうが極上だった。盗みに気づいた所有者は、ボートのオールを摑んで追いかけてきた。実際は叩かれなかったこの大騒動が、たまらなくおもしろかったのだ。

大人気はアイスクリームだった。当時の中国に乳製品産業はなく、屋台で作られたものをワッフルに載せて立ち食いしていた。私たちの地区で特に人気があったアイスクリームは、「モルジャノェ」というロシア語風の看板の店のものだ。〝氷〟と掲げた日本人の店では、氷を電動機械で砕いて色鮮やかなシロップをかけた原始的な代物をテーブルに座って食べていた。美しい木製カップに果物とソフトクリームを載せた大型店のアイスクリームは旨く、看板も美しかったが、店名は奇妙きてれつなロシア語もどきの「マンジュ・エレクトロマシンケリ・フルクト・リョド〔満洲電動果実氷とでもいう漢字になろうか〕」。他人の助言に耳を貸さずに、自信満々に物知り顔で、なんでもやってしまう人間には、まったく呆れるし、羨ましくさえなるものだ。

我が家にも手動のアイスクリーム機があり、氷塊は近くの製氷店で買ってきた。自家製アイスクリームはそれなりに旨かったが、近所のキタイスカヤ通りまで急ぎ、ベランダのテーブルに優雅に腰掛けて食べるアイスクリームと、キビを煮た冷たいタタール風ドリンク「ブル」は格別だった。ギリシア人イピシランティは、東洋の菓子ハルヴァやラハトルクームを作っていた。そこでは中国人が数人雇われていたが、ハルヴァの仕込み日には休ませられていた。ハルヴァの原材料と調合は極秘だったのだ。そのなんと旨かったこと。

うだるように暑い夏に茶が飲みたくなっても、湯を沸かす必要はなかった。屋台に巨大な湯沸かし器があり、沸騰すると蒸気のけたたましい笛が界隈にこだました。それを合図に、自宅のヤカンを持参してそこまでひと走りすれば、湯が買えた。

秋になると路上で、殻付き、あるいは殻なしラッカセイ、ヘーゼルナッツ、それにカボチャやスイカやヒマワリの種といった甘味を売っていたが、それらのカスが路上や路面電車の中に散らかっていた記憶はない。メロンの種は路上で捨ててもよかった。夕暮れ時には焼きグリ、サツマイモ、トウモロコシの香りが満ちた。ゆでトウモロコシもあった。リンゴ、洋ナシ、バナナ、デーツ、プラム、アンズ、モモ、ブドウが各地方からもたらされ、路上に置かれた棚やカゴは自然の恵みであふれていた。

秋祭りの日（旧暦八月一五日ごろ）には、甘味の米を三角形に固め竹皮に包んだ粽《ちまき》と、干し果物と甘味を詰めた月餅《げっぺい》を食べた。屋台で買えたこうした中国菓子は、自家製や既製品のビスケットやケーキよりも旨かった。涼しくなると、小麦粉と糖蜜で、ゴマをまぶした筒状〝リペネ〟の登場だ。それは口の中でとろけ、温まると砂糖掛けピーナッツのようにベタついた。サンザシの実を水飴につけて串刺しにしたタンフールーもあった。大きい実にはやや切れ目を入れて、ミカンの房で飾った。そんな串刺しにしたものを藁の〝シリンダー〟に突き刺し、特殊な三本足つきで担ぐ行商人の姿は、遠くから見ると美しい尾を広げたクジャクに似ていた。ちがいは色だけだ。風が舞い路上の埃がついたとて、それで菓子の味が劣るものか。

暮らしに欠かせない飲食、靴修理、破れたズボンのつぎあて、自転車のタイヤ修理や空気入れ（ポンプは無料だった）、自転車のタイヤのスポーク締めなど、あらゆることが路上で繰り広げられていた。散髪やひげ剃りまでも。石鹼の巨大な塊ひとつを囲み、複数のひげ剃り人がそれぞれのブラシでいそしむ姿は、実に爽快な光景だった。

そのような路上の営みは日本人にはない。ハルビンでは日本人御用達の店員がいたし、酒場と遊郭と、ほぼ白人の店員しかいない新装開店デパートが彼らの要求を満たしていた。数軒の本屋はマグネットとなって、本好きの私を吸い寄せた。中国人の食料品店主はたちまち日本人の味覚に合うよう品替えし、世界最良の商売人を実践していた。奇妙なことに、当地の日本人には手に職を持つ者が皆無だった。日本が侵略を開始する一九三一年以前、父が行きつけだった日本人の床屋は、満洲国の成立直後に顧客を訪ねて閉店を告げ、それまでの付き合いに謝意を伝えた。軍服を身にまとい、人のひげ剃りなどやっている場合ではなく、ずっと重要な任務が待ち受けていたのだ。

満洲国の建国を機に、日本軍はさらなる遠征をすべきだと判断した。一九三七年七月七日、北京から一〇キロメートル離れた盧溝橋で中国との銃撃戦が勃発したのを機に、日本軍は中国領土の未占領地域への大規模作戦を開始した。それを〝支那事変〟とは、またなんと趣味よくさりげない言い回しだろうか。日本軍はたちまち中国沿岸部を掌握し、同年一二月一三日に当時の中国の首都南京を攻撃した。そこで日本軍人はもはや微笑みもせず菓子も配らず、数週間で市内外の住民と戦争捕虜の一四万二〇〇〇人以上を惨殺した。蔣介石政府は長慶に逃れた。日本軍はやがて広大な中国を完全掌握し、満洲ではすっかり安心した。抗日運動はとっくに鎮圧されていたが、弾圧は広範囲で継続されていた。警察と憲兵隊が統合した特務機関という日本軍部ミッションの実態は、諜報と対スパイ住民監視組織だった。さらに生活と思想を管理統制する隣組も作られ、すべてにおいて圧力がかけられた。ソ連国籍者を親にもつ生徒は学校を辞めさせられ、白系ロシア人移民は自分たちの新聞と雑誌を奪われた。代わって、《ハルビン・タイムス》と雑誌《アジアン・ストーリー》だけが〝正当な〟情報源となった。意外にも映画館では古いアメリカのインディアンが出てくる西部劇がまだ上映されていて、私も小遣いをもらえば近所の映画館「アトランティック」まで駆けていき、映像がざらざらと途切れる映画を観た。その休憩時間には、完全なる欠乏状態に陥ったロシアの歌を、アレクサンドル・ヴェルティンスキ（彼は戦後に祖国に戻り人民芸術家になった）の歌声で聴いた。「アトランティック」で観た映画は、赤いターバンを巻いた浅黒い先住民が英国主人に仕えるのより、無法者が首根っこをつかまれて放り出されたシーンのほうが印象深い。イギリス人〝投資家〟はやがて倒産し、「アトランティック」は完全焼失した。

春になるとハルビンの路上で、禁じられていた特殊な賭け事が流行した。店主が莚《むしろ》にタバコの箱をいくつも並べ、客は支払いに応じて一定の竹の輪を受け取り、それを離れた場所からタバコめがけて投げつける。軽く小さい竹の輪は莚にはねかえり、風にあおられなかなか当たらないのだが、誰しも幸運を狙った。路上ルーレットもあった。箱の中のガラスの下を、バネ仕掛けの飛行機か車が弧を描く。円に仕切りがあり、客が自分の駒を好きな場所に置き、スタート。中国人しかやらなかったゲームだが、ある日、隣に白人が別の機材を持って立った。「一カペイカで五、五カペイカで二五。回せば回すほど金がたまる」と、つたないロシア語が張りあげられた。客寄せ口上が終わらないうちに、男は横からビンタをうけて張り倒され、ルーレットは日本人憲兵のスパイク付き赤茶のロングブーツに踏みにじられた。調書などなかった。漢字の習得は難しく、下位の憲兵の教養水準はさほど高くなかったし、こんな些細なことでいちいち紙を汚せようか。殴って一見落着なのだ。

日本人の治安組織が常に暴力的であったわけではない。私が自転車で交通違反したときには、指を一本立てて訓告を受けただけだ。同じような場合にロシア人警察官には、日本の卑しい手下らしく脅迫めいて言われた、「しかるべきところに連行するぞ。そこで虱の餌となれ」。「しかるべきところ」には、たとえ短期間入ったとしても、発疹チフスに感染するリスクが高く危険だった。ロシア語の慣用句「ビンタにチフスでエンド」には根拠があったのだ。

友達のユダヤ人の話では、ハルビンにやって来た日本人将校が職場の金庫を開けられなくなり、名を馳せていた職人レルナーに助けを求めた。いくつかの工程を経て暗号の解読に成功し、金庫を開けたレルナーが度を超えた謝礼を要求すると、日本人は度を超えて立腹した。するとレルナーは冷ややかに金庫の扉をバタンと閉じたため、結果として依頼者には二倍の出費となった。一九三二年のことだ。日本支配が五年も経つと、そんなことはもはや通用しなかった。

そんな満洲は、地元ロシア人に言わせればゴビかサハラと化した。砂漠のことではない。ゴビは中国語で「国内通貨」、サハラは日本企業「満鉄」社長の苗字〔この時期の満鉄の代表は松岡洋右総裁であるので、著者の記憶違いか〕なのだ。満洲にはロシア人の暮らしもあった。クリスマスには華やかに飾りつけをし、プレゼントが置かれて、クリスマスツリーにロウソクが灯された。かたや今も耳元に聞こえるのは、ヘイグ校長先生の声だ――「みなさん、プレゼントを集めて、忘れられた裏道に住む忘れられたロシア人に持っていってあげましょう」。そのような貧しい郊外があった一方で、地元ロシア語新聞には豪勢な結婚式の記事が掲載された、「大聖堂での挙式後、新婚夫婦は二〇台の車を連ねて市内を走り回った」。

また別の光景も目に浮かんでくる。墓地に向かって荷車がゆっくりと引かれていく。そこには棺が載せられていたが、釘が打ちつけられた板張りの無造作な箱と呼ぶほうが正確だろう。先頭

1935年築のカッタイス家第二の家、1937年にはまだ歩道が未整備

を行くみすぼらしい身なりのロシア人神父の後ろに、悲しみにくれる女性がひとり。大雨のあとに一面水浸しとなった道を、日本人の表現を借りれば「紅毛碧眼」は靴を小脇に抱えて、裸足で水溜まりを飛び越えながら歩いていた。誰もが贅沢に暮らしていたわけではなかったのだ。事務職に就けるのはほんの一握りで、ロシア人娘は女給と呼ばれて蔑まれる職につき、収入は客の機嫌次第のチップ頼みで、ダンスの相手をし、果ては売春婦ともなった。そのような女性が兵士の数ほど現れた。なによりの脅威は、白人の若者にも蔓延した麻薬だった。日本は中国の人々を心身ともに衰退させようとあの手この手を尽くし、身体に有害なモルヒネ注射やヘロインを混入したタバコを吸わせた「煙館」が広く暗躍した。大麻はかなりの高額で、シンナーは誰も吸わなかった。化学は未発達で、米粉を練り混ぜても嗅ぐべきものはなかった。「お嬢さん、ずっとご無沙汰ですね」と、ロシア人のモルヒネ中毒者が通りがかりの女性につきまとって金をせびりとっていたのを思い出す。

ある夏のこと、近所の線路沿いの土手に麻薬中毒者が寝転がって、数日が経っていた。毎朝、地元警察官が男を蹴りつけて健康状態を確認していたが、ある朝、男は足蹴りにもついに反応しなかった。「なんてこった。車を探してきて運び出さなくちゃならん」、警察官は悪態をついた。

堕落した人間の死がなんだというのだ。我が家の最初の店子だった中国人の靴職人は、妻をスリッパで叩いていた。彼に娘が生まれたとき、アンナおばさんが赤子の声が聞こえないと言うと、単刀直入な返事に驚愕させられた、「グシャントゥン（嬰児塔）に持っていった」。人間の命は、特に女子の場合、中国人にはなんの価値もなかった。余計な食い扶持でしかないのだ。他方で、日本人は我が子を大切にし、教育を重んじた。小柄な日本人の子どもがランドセルを背負って、自分の背丈ほどの長さのスケートボードに乗り、近所の学校に呑み込まれていく様子はほのぼのとしていた。彼らの多くが、防寒着に大きなピンでハンカチをとめてぶらさげていた。小学生の日本人の子が、いつも鼻水を垂らしていたのはどういうわけだろう。ロシア人もやはり子どもを大切し、最大の努力をしていた。夏に川向こうの別荘地で過ごしていたとき、隣家の庭から子どもの声が聞こえてきた、「パパ、石鹸がなくなったよ」「砂だよ、砂で顔をこするんだ。おまえは殿様じゃないんだからな」。なんと明快な教えだろうか。

祝祭日は頻繁に巡ってきた。中国の正月は旧暦で祝うため、毎年日付が異なる。祭日は公的には三日間と定められていたが、商店などはほぼ一週間休業した。何かしら必要があって閉じられたドアを叩いても、店主は嫌な顔ひとつせず、在庫があれば必要な品を出してくれた。中国人は自宅の玄関口か門構えの両側にドゥイリャンという細長い赤紙を縦に貼り付け、そこに幸福、健康、裕福などといった祈願を黒か金色の文字で書き付けた。正月に多用される赤色は縁起がよいとされ、子馬のたてがみやしっぽにまで赤い布きれが縛り付けられた。夕暮れ時には爆竹やロケットの爆破音が耳をつんざいた。小さい爆竹は五〇か一〇〇を束ねてあり、機関銃のようにとどろいた。二重爆竹の一発目は地上で響き、次に宙で響いた。特殊なロケットは長い藁の尾がついて空高く昇り、そこで破裂して美しく燃えた。指の火傷、目の負傷、屋根の炎上はおろか、郊外の家屋のかやぶき屋根はよく燃え上がったが、生粋の中国人に正月の打ち上げ花火の喜びを禁じられる権力も能力もこの世には存在しないだろう。

犠牲者が出ないのは竜の行列だ。布製の色鮮やかな長い竜を竿に結わえて、二〇人ほどが持つ。先頭を行く者は、まばゆい赤と金色の太陽をやはり竿につけて持つ。それに人々の群れが続き、竜は左右にくねくねと大きく上下しものすごい速さで回転しながら、前を踊る太陽を呑み込もうとする。竜の努力もむなしく太陽は逃げ切り、春が近づき大地を温める。そうして野良仕事にとりかかれるのだ。竜の踊りはまさしく芸術だ。中国人に不可能はない。正月から数週間後には灯籠祭りを迎え、さまざまな形、ときにはかなり盛大な灯籠を持って行進する。太鼓と銅鑼に笛が加わる音楽は、正直言ってかなり原始的だった。一〇歳から一二歳くらいだった私たちは、学校で中国人の楽隊を真似て遊んだものだ。チェパチン、チェパチン、チェパチパ、チェパチンがはじまると、チンチチャ、チンチチャ、チンチンチンチン、チンチチャと加勢する陽気な演奏に、中国人の生徒も入り交じった。それを中国人に対する侮辱などと捉える者はいなかった。

ロシア人の祝いはクリスマスと復活大祭だ。復活大祭には教会の鐘楼に登り、鐘つき人の付き添いで鐘を打たせてもらえた。すると音量も波長もさまざまな鐘の音で町中が満たされた。復活大祭翌週の火曜日にあたる死者追悼《ラドニツァ》の日には正教の墓地で盛大な礼拝があり、市内の信者ほぼ全員が集合した。墓には色づけされた卵とクリチが置かれた。ロシア人が復活大祭に焼く極上菓子クリチを作るときには、上等な小麦粉と卵一〇個以上、大量のバターと砂糖にレーズンとサトウキビと香辛料を練り込んだ生地を高く盛りあげて、毛布などで包んで温めて醱酵させる。その間、そばで足音を立てたりくしゃみをしたりしてはいけない。生地が驚いて潰れてしまわないようにという心がけだ。クリチの出来に失敗すればそれこそ大惨事で、家族揃ってこれに一喜一憂したものだ。

一月一九日のキリストの洗礼日には、ロシア教会の信者がイコンと教会の旗を掲げて松花江まで行進し、巨大な氷で十字を立てて祭壇とし、盛大な礼拝を行い、洗礼水で沐浴をした。氷点下三〇度の水に入る敬虔深い老女たちの傍ら、若い娘たちは翌日のロシア語新聞に載る沐浴者名簿に入りたいがために、あらかじめ体中に脂を塗りたくり、十字を切ることもなく威勢よく冷水に飛び込んだ。そう思いきや、すぐまた飛びだして、暖かい毛皮のコートにさっさとくるまり、呼びつけておいたタクシーに連れの男たちと乗り込んで、対岸の飲食店〝ストップシグナル〟や〝おいぼれ醸造屋〟に乗り付け、餃子や名物のザワークラウトを平らげた。タクシー代がなければ、ハルビンでのみ見かけられた二人乗り橇トルカイトルカイを使った。御者は乗客を厚手の毛皮でくるみ、自分は背後の橇の後部に立ち、先端が尖った金属製の長竿を足の間に差し込んで走った。棒で加速も減速もするのだ。厳寒の冬にものすごい速さで走り抜ける橇は息を呑む光景だった。中国人の発想は無限なのだ。かたや老女の信心深さも若い娘の脂クリームもない日本人が冷水に飛びこめば、重い肺病を患った。

ハルビンに二つの教会を有していたポーランド人とリトアニア人も、神体祭（当時の呼び名だ）の行進をした。青年が聖人画を持ち、純白のドレスに身を包んだ美しい娘たちがそこからつながれた長いリボンを握って厳かに進む。彼らの顔は清らかな幸せで輝いていた。

がらりと変わって日本神道のハルビン神社祭では、短パンと半被《はっぴ》に鉢巻きの日本男子が一〇人どころか一〇〇人はいたろうか、巨大な神輿《みこし》を交替しながら担ぐ。神主がオープンカーに乗って先陣を切り、神輿担ぎのリーダーが後ろから大きな団扇で進行方向を示す。行進は蛇行し、時にぐるぐる回った。その合間に「よいしょ、わっしょ、わっしょ、よいしょ」との元気なかけ声が絶え間ない。ジグザグの先々で、日本企業や商店、役所や民間住宅の玄関先に日本酒の入った樽が置かれていた。神輿の担ぎ手は道すがら、そこで「景気付け」に一杯を引っかけて担ぎに戻るのだ。顔を火照らしたほろ酔いの若者たちに、果たして信仰心があったのかどうか。「何かに取り憑かれている」と、白人は隠れてささやきあっていた。

天皇の遠縁にあたる日本のプリンスがハルビンを訪問したときも、大通りを凱旋した。私がよく見たくて、家の玄関先にある三段の階段の上に立とうとすると、憲兵に引っぱたかれ、路上に引きずり降ろされた。神輿なら最上階からでも眺めてよかったが、プリンスたるやそうはいかないのだ。王子の車列が走りすぎるとき、憲兵と警官が車に背を向けて沿道に悪さする奴がいないかと厳しく監視していたのは、もっと奇妙だった。指導者はなぜいつも〝忠実な家臣〟をあれほど恐れるのだろうか。

日本の治世に生活は振り回された。支那事変の翌年、私がおばさんの遣いで砂糖を買いに行くと、中国人の店主に「ない!」とはねつけられて面食らった。いつもの愛想のよさはどこへいったのか。かつては我が家に来て、ロシア人の若者が欲しがる「ラクダの足跡」とはいかなる品物か、ぜひとも商いたいと言った。そんなものは存在せず単なるからかいだとわかっても、彼は「なんだ、いたずらか、まったく」と、怒りもせずに微笑んだ。客も店主が秤の皿を長いナイフでさりげなく引き下げ、「ほんの少し多めにおまけしておくよ」と言ったとき、注文の重量まで「ほんの少し足りない」のが明白でも見逃していた。ところが今いきなりの粗々しさは心外だった。「なぃってどういうことですか？」、私がおずおずと聞き返すと、店主は壁に貼り付けた大きな表示を指して、「ほら、読め、今は〝フィジョージ〟だ」と言い放った。日本語が読めなかった私は、釈然としないまま家に戻った。「砂糖はないけど、フィジョージとかならある」と告げた私を、アンナおばさんはとんまのまぬけと呼びつけ、自ら店に出かけた。そしてまもなく、日の丸の旗のように怒りに満ちた真っ赤な顔で手ぶらで帰ってきた。数日後、謎めいたフィジョージが正しくは〝非常時〟であるとわかった。締め付けがさらに強化されることを意味していたが、まだ配給制度が遠くにちらついて見える程度だった。

この時期、ロシア娘たちのジャズバンド「スヴェトラーナ」がいきなり人気を博したかと思うと、たちまち解散した。大流行したマルフシャの歌がバンド崩壊に一役買ったのだろう。それを歌うとき、彼女たちは楽器を脇に置き、「マルフシャの人生は地獄、マルフシャは夫を探している、きっと良い妻になる」と魅惑的に繰り返した。叫びは届けられ、ジャズ娘たちはまもなく婚姻の港に漕ぎついた。

代わりにハルビンに登場したのが、チェコ人のカリヴォダをリーダーとする小さな弦楽団だ。彼らは腕利きの眼科医シュテルンと近所に引っ越してきたロシア語を話すギリシア人家族で、ヒットラーに占領されたヨーロッパからの難民だった。ユダヤ人は満洲にも上海や天津など中国のほかの都市にも、数千人規模で住んでいた。ハルビンにはシナゴーグがふたつ、ユダヤ人学校「タルムード・トラ」とユダヤ人が創設した慈善病院があり、そこの職員と患者にはユダヤ人もロシア人もいた。ナチス・ドイツは日本に対し、「ユダヤ人問題の解決」に急進的な対策を再三要求したが、日本人にはユダヤ人を弾圧しないだけの度量があった。

ロシア語新聞記者の糾弾騒動があった。編集部に交響楽団演奏会の記事を任された記者が、怠惰なことに家から一歩も出ずに記事を仕上げ、しかも編集部は校閲をしなかった。それで、グリンカの「アラゴンの舞」が「アラゴンの猟」となり、狩人の乗馬、犬の遠吠え、狩人の角笛、猟師仲間の歓声が多くの楽器の音色で、いかに情緒豊かに詩的な響きで表現されたか、賞賛されていた。それに比べて当の記者の辞表は月並みすぎた。かたや、礼拝のときにほろ酔い気味で祈禱を読みちがえた（それは誰しもありうる）ロシア人神父は、辞表も出さずに職務を続行していた。ロシア正教の聖人セラフィム・サヴァロフスクをセラフィム・サトフスク・ルジェフスキ（当地で人気を博した作家）と言ったのだ。信者たちは「どういうことだ？」と唖然としたのだが、聖なる父はミサをそのまま執り行ったのだから、そういうこともあるのだろうと納得するだけだった。

満洲のラトヴィア人はどのように暮らしていたのだろうか。ほかのロシアの民族と同様にラトヴィア人もまた、ロシア政府が東清鉄道を建設した時期（一八九八〜一九〇三年）に満洲移住をはじめた。技師や設計士などの専門職やサービス業に就いた者もいる。日露戦争期にはロシア軍隊の兵士としてやってきた。後のラトヴィア元帥で軍務大臣となるヤーニス・バロディス〔一八八一―一九六五〕と第二代大統領となるグスタフ・ゼムガルス〔一八七一―一九三九〕も、日露戦争従軍者だ。満洲に移住したラトヴィア人の大多数は、第一次世界大戦時とロシア革命後の難民だった。満洲のラトヴィア人の数については正確な統計がなく、ヴィルベルツ・クラスナイ編纂の『ラトヴィア人コロニー』（リガ、一九三八年）によれば、一九三五年時点の満洲在住ラトヴィア国籍者三五一人のうち、大部分はラトヴィア人、他にラトヴィア出身のユダヤ人とロシア人、わずかにベラルーシ人がいた。

ラトヴィア人の代表といえばペーテリス・メジャクス領事のほかに、一九一一年にハルビンにロシア語の私立学校を設立したヤーニス・ドゥリーズリスもいた。彼は大勢の貧しい青年に学費を免除もしくは減額して支援をしたうえルーテル派教会の牧師も務め、ラトヴィア語とロシア語で礼拝を行っていた。前述のクラスナイの書によれば、ロシア革命前に東清鉄道本部が職員向けに建設した教会は、ラトヴィア人、エストニア人、ドイツ人の教団による共有だった。私は教会で就学前から大勢のラトヴィア人との交流を持った。信仰心の薄いアンナおばさんは教会には行かず、私が父に教わった祈りの文言をまちがえるたびにからかった。彼女は幼いときにツェーシス〔ラトヴィア北部の古都の名〕教会で洗礼を受けた際に、牧師がワインとパンを与え損ねたことから、信仰がおろそかになったらしい。父は信仰心篤く、教会に足繁く通っていた。ハルビンで独自組織を持たなかったラトヴィア人にとって、広々とした美しい庭のある教会は、暖かい季節の集会所となっていた。礼拝の始まりの鐘がなると、ドゥリーズリス牧師は教会の入り口の階段に立ち、「皆さんお入りください」と繰り返し声をかけたのだが、ラトヴィア人たちは群れをなしてしきりに話し込んでいたものだ。私は教会のオルガンの音色が好きだった。教会には、建物と広い庭の手入れや修繕、それに鐘つきなどの雑役係をしていたベールジンシュがいた。ベールジンシュはラトヴィア人の多くには自家製豚肉を商った人物として記憶されている。「口の中でとろけるようだ」と宣伝された彼の肉を買って煮炊きすると、決まって喪失感にとらわれた。年老いたイノシシ肉は強烈な臭みがあり、とろけるどころかきつく臭うばかりだった。そこで思わず頭に浮かぶのが、同級生の中国人の言葉「コネはいつも高くつく」だ。

ハルビンのラトヴィア人には、銀行員のザリンシュとラピンシュ、商人のゼルティンシュ、学校勤務の英語教師メジャラウプス（「ラトヴィア人がいなければラトヴィアもなくなる」という彼の言葉が忘れられない）と化学教師ケジンス、一連の人気を博した腕利き仕立屋グラーヴィス、ウストゥプス、ゴルドマニス、スドラビンシュ、タバクスらが活躍していた。教会のオルガン奏者イルベ・イルビーティスはラトヴィア人の小合唱団の指揮者でもあり、ペテルブルク音楽院を卒業したピアニストのリエピンシュも、ラトヴィア人の文化に彩りを与えていた。仕立屋グラーヴィスの息子は、上海でオレグ・ルンドストレム率いるジャズバンドに入った。戦後にソ連に拠点を移し、ソビエト中の名声を博したバンドだ。時計職人で彫金士のレイティス、エンジニアのエーキス、当時は若かったヴェイスマニスとベールジンシュ（二人ともユリスという名でブヘドゥの出身）、やや年上にはドゥリーズリス牧師の息子たち、ボリス（チェスの満洲チャンピオン）とワジム（テニスの満洲チャンピオン）。暖炉作りに長けた職人エグリーティスと二人の息子は、私の父の家の暖炉を作るとき、煉瓦を割らず、ワイヤー三本をねじった特殊なノコギリで切断した。中国人の職人も緻密な所作を得意としたが、こんな入り組んだ作業はハルビンではエグリーティスしかできなかった。ヒンツェンベルガ姉妹アニタとダグマーラは流行の婦人服を仕立て、庭士クレースリンシュはポルトガル領事館の庭園と温室を作り、ププルスとシューマニスは印刷工、アルマ・ニキチナは美容サロンで女性の美を磨いた。ラトヴィア人は病気になればかつてリガに住んでいたユダヤ人のエプシュテインに助けを求め、同じユダヤ人のトゥフのところで毛皮を買った（その娘のゲダとニーナは高校の同窓生だが、ユダヤ人の若い世代はラトヴィア語ができなかった）。

ほかに、薬剤師のバンケーヴィッチ、ハルビン一旨いビールを作った朝鮮人経営のビール醸造所「オリエンタル」には、ビール職人のパウルス・ヴィンクスがいた。醸造所の設計に貢献したベニタの苗字は思い出せない。「まだ独身よ」と、きつい訛りで公言していた高齢のアーボルティンガもいた。

年月と共に多くを忘れ、注意を払うべきときに払わなかったのが実に惜しまれる。乳母エミリヤの苗字も覚えていなければ、彼女の行く末も知らない。ほかにも姿が目に浮かぶラトヴィア人はいるが名前がわからないし、何をしていたのかも思い出せない。第二次世界大戦の数年前に、ラトヴィア人はエストニア人とリトアニア人と共同で川向こうに別荘を借り、広い空き地をバレーボールコートにした。頭上にはバルト三国のそれぞれの旗が高らかにはためいていた。

夏至祭は毎年続けられていた。女性たちは肉入りピロシキを大量にこしらえ、ビールもふんだんにあった。大きな松花江の向こう岸に渡り、緑の野原で焚き火をして踊り、年長者が覚えていた夏至の歌が歌われた。一一月一八日のラトヴィア独立記念日にはメジャクス領事主催の会に、私も青年に近づいてからは出席するようになった。吃音のあった領事は演説が苦手でよく話につまったが、シェーンフェルド書記官に後ろからつつかれて「神よ、ラトヴィアを讃えよ！」と呼びかけると、それを合図におよそ一〇〇名はいた参列者たちがラトヴィア国歌を斉唱した。それからダンス、歌、談笑が続いた。

五月一五日の記憶はさだかではない〔一九三四年五月一五日に、ラトヴィアのカーリス・ウルマニス大統領が軍部を従えて議会民主制の終了を宣言し、独裁体制を敷いた〕。その日の出来事を把握するには、ハルビンはあまりに遠かった。クラスナイが編纂した本に二枚の写真が掲載されている。一枚は事実のとおり、五月一五日のことを一九三四年八月一九日にラトヴィア人ビムシュテイン家の庭で、領事館職員が報告している。老齢の領事が「我が祖国で何事かが起きた」と不得要領なことを言わずに済むまでには、ラトヴィア政府からの正式な伝達は三ヶ月も要したのだ。他方で、五月一五日にご馳走を囲んでラトヴィアからのラジオを聞いているという、二枚目の写真は信じがたい。ほぼ一万キロメートルの距離で当時の脆弱なラジオ周波数を捉えられたはずもなく、ハルビンのラトヴィア人がどうして知り得ようか。満洲の日本憲兵隊は外国放送の受信を厳しく取り締まっていたことを、リガのクラスナイは知らなかった。そもそも不確かなことを独り合点したのだろう。

「中国におけるラトヴィア人」というレポートをまとめたイルゼ・フィシェレは、ハルビンには教養のあるラトヴィア人が相当数住んでいたのに、ラトヴィア人学校が開設されなかったのは理解しがたいと書いている。満洲在住のラトヴィア人知識層はロシア、あるいはドイツの大学で学び、一九〇五年時点のラトヴィア語を話していた。食料庫、ジャム、隣人などにも古い俗語が使われていて、その最たる例として父は鉛筆をブレイフェーデリと呼んでいた。アンナおばさんに訂正されて鉛筆《ジームリス》というようになった。だが仮にラトヴィア人の子どもが満洲でラトヴィア語教育を受けたとして、誰に必要とされどこで役に立っただろうか。しかも祖国までの道のりは遠く、それに旅費のなんと高価であったことか。

ラトヴィア人の集まりでリガの郵便協会が郵便雑誌《バルティカ》を発行していることを知った私は、そこに投稿をし、まもなくして私の名前と関心分野と住所が掲載された。私は多くの返信を受け取り、ラトヴィアの郵便切手、葉書、雑誌を送ってもらった。切手代に金を遣いすぎ、また勉強をしなくなったと、しばらくうるさかった親をよそに、私はますます足繁く近所の郵便局に通い、満洲国の溥儀皇帝の切手を封筒に貼った。当時の切手収集家のあいだで価値が高かった切手だ。郵便局で手紙を発送する一瞬、人の目がなければ、局員はスタンプに唾を吐きかけ、「プ・ヨ」（中国語で「不要」）と悪態をつき、唾つきスタンプを皇帝の写真にドンと押しつけた。それが、〝忠実な家臣〟による、日本占領者の手中にある操り人形の皇帝への敬愛の表現だった。

ハルビン在住のラトヴィア人について続けると、教会の礼拝後、たいていはベールジンシュが出入り口に立って皿を持ち、布施を求めた、あるとき（あれは何年のことだったろう）、メジャクス領事自らがラトヴィア軍への寄付を集めた。このときばかりはラトヴィア人は財布を大きく開き、募金の皿は小銭だけでなく高額紙幣も山となった。次の礼拝の説教で、牧師は信者に厳しく諭した、「教会の暖房のために寄付が必要なときには皆さんは金が工面できないようだが、銃と大砲にはすぐに大金が集まるとは」。それで領事館と教会とに亀裂が生じたとしても、広がりはしなかった。双方共に存続期間がわずかだったのだ。

当時の私は、自分をとてもラトヴィア人らしいと感じていた。学校の教科書とノートを臙脂《えんじ》色の紙でカバーし、その真ん中に適度な幅の白い紙を貼って、ラトヴィア国旗の色とした。代父ヴェイスマニスおじの娘ルドミラには、運動着に小さいラトヴィア国旗を縫い付けてもらった。学校の休み時間には、レコードで覚えたラトヴィア民謡のメロディーをハーモニカで奏でていた。ラトヴィアから送られてきた雑誌や切手と葉書は、同級生に見せて自慢した。誰かに促されたわけではない。それでもどこか幼稚なラトヴィア人としての誇りを、多民族の同級生たちは尊重してくれていた。

学校時代もそろそろ終盤に近づいていた。バイオリンの物哀しい音色を聞くと、学校での歌の時間を思い出す。ペテルブルク音楽院を卒業したドミトリー・ヤコヴレヴィッチ先生は、小柄で腹が出ていたことから〝プザノク（小太りのニシン）〟とあだ名されていた。跳びはねるカエルやカシの枝にとまるカッコウを歌う生徒たちの不揃いの歌声に合わせて、先生はバイオリンを奏でながら、音痴な私たちの音感をなんとか引き出そうとした。上級生になった私は結成されたばかりの合唱団に誘われた。合唱団が学校の朝礼で歌うと、数学のトマン先生は「合唱団には男声、女声、混声とあるが、君たちの合唱団は乱調だ」と、相変わらず辛辣だった。合唱団を指揮したポポフはロシア正教会の合唱団に全力を注いでいて、副業に過ぎない学校の歌の時間には悩まされていたことだろう。ロシアの正真正銘な知識人であったポポフ先生は極めて繊細で、「オストレンコ君、どうかもっと声を抑えてくださ い。音が外れることがありますよ」と優しく促すのだった。それゆえ、私たちの合唱団は混乱したともいえる。

一九三七年、ハルビンのチェコスロヴァキア領事館が私たちの学校に管弦楽器一式を寄贈した。この出来事は私の音楽的成長に大きな影響をおよぼした。鼓笛隊が結成されると、私は太鼓の担当となった。鼓笛隊は、年に数回、チェコ領事館で演奏することになり腕を磨いた。笛や太鼓には、チェコ人の室内音楽家パン・ポウルクラベクもついてきた。しかし私にとって音楽は茨の道だった。行進曲『ヴァリャン人』の冒頭、太鼓の二テンポ遅れがどうにもできなかった。だが徐々に耳は鍛えられ、私が今かろうじて歌えるとしたら、ひとえにあの鼓笛隊に参加したおかげだし、ラジオで良質の音楽を聴いていたためだ。

残念ながらパン・ポウルクラベク先生は酒浸りで、鼓笛隊の練習を大きく滞らせた。街頭を行進中のときに行進の関係者が駆け寄ってきて、ロシア義勇軍の軍隊マーチの演奏を求めると、パン先生は強いチェコ訛りで「いや、我々はソコルスキ（チェコのスポーツ組織のマーチ）しか演奏しない！」と動じなかった。やがて同じチェコ人のプレウチルが、パン先生に代わって鼓笛隊を指導した（チェコ人の音楽教師はハルビンの別のロシア人学校にもいた。そのうちのポスピシルとネスクシルは、ロシア革命を拒み、シベリアから満洲経由で祖国に帰るチェコ人団体を抜け出してきたようだ）。プレウチル先生は私になにがしかの能力を見いだしたのか、大太鼓を続けながらクラリネットもやるように勧めた。私はそのとおりにしたのだが、決して順風満帆ではなかった。あるときプレウチル先生はずばり言った、「いいか、カッタイ君、とっととやめてしまいなさい」。しょげた私がクラリネットをケースにしまい出ていこうとすると、背後で気を取り直した先生の声がした、「また月曜日に来なさい。次はできるかもしれない」。家で特訓するとそのとおりとなった。外を行進するときに、私は大太鼓をまかされた。「慌てるな。その調子だ。カッタイ君、ゆっくりだよ」は、プレウチル先生がくれた最高の褒め言葉だった。

音楽にまつわる思い出は楽しい。青年組織の結成を機に首都新京で行われる式典で各学校に組織の旗が渡されることになり、そこで鼓笛隊が演奏することになった。ハルビンのロシア人学校による合同楽隊（これはトマン先生に〝乱調している〟と批判されなかった）は、中国人や日本人の楽隊よりずば抜けて上手かった。一〇〇人を超える吹奏楽団が集合住宅の建ち並ぶ脇道に入ったときは、なんとも勇ましい響きだった。新京からの帰路、楽団の指揮をした国立ギムナジウムのシュムスキフ先生は列車に乗り込む前に一杯あおって景気づけをし、楽隊で占有した車両の中で、夜中に「笛、吹け。マーチ始め！」と大声をあげた。すると隣の車両から寝ぼけ眼《まなこ》のサムライが下着一丁で飛び込んできて、深夜の大騒ぎに激怒したので、演奏は瞬く間に中断となった。シュムスキフ先生の指示だったのかどうか、ハルビンに着くまで笛の音も出なかった。

鼓笛隊については、ハルビンYMCA卒業生機関誌（在オーストラリア）で回想文集を出す際に、私の記述したパン・ポウルクラベク先生とシュムスキフ先生の酒好きに触れた部分が、編集部に書き直しを求められた。これに応じたのはいうまでもなく、そして私は代わりに書いた――「パン・ポウルクラベク先生がたびたび練習に遅れたので、私たちは時間をもてあましていた。あるときは、隣の教室の隅で採用されたばかりの学校職員が床の上で眠りこけているのを見つけて、朝食用のテーブル板で男を囲んだ。すると、まるで棺となった板の間から這い出してきた男が、私の襟元を摑んで怒鳴った――おまえの顔を殴って鼻水を飛ばしてやるぞ！」

この原稿を見て、オーストラリアの編集部はやはり前の文章に戻そうとしたが、どっちにしても当地のハルビン関係者からは承諾されなかった。人は過去を美化し、バラ色の光のみで照らそうとするものだ。現代、いかに戦前のラトヴィアが優雅であったかという回想を読むにつけ、思わず記憶が蘇る――かつて、新聞一面を埋めつくしたクリスマスプレゼントを求める子どもたちの願いを、わずかでも叶わせてやりたいと、父は銀行でアメリカドルを買い《新ニュース》編集部に書留で送金した。

鼓笛隊の楽器を目にしたある中国人が、結婚式での演奏を依頼してきた。すぐに快諾して、翌日曜日に四人構成（車に乗れた人数だ）の小楽団で、私たちは町に繰り出した。どこまでどのくらい移動したのだったか、ある家の前で新婚夫婦と私たちを乗せた車も停まった。結婚式など経験のない私たちが手持ち無沙汰に突っ立っていると、式の司会者が駆け寄ってきて呼びかけた、「さあ、始めてください、〝チガサ〟（中国人の発音で、ロシア人の軽快なダンスメロディー〝ツィガノチカ〟のこと）をお願いします」。威勢良く吹奏楽が響きだし、私は張り切って太鼓を叩き、合間に打ったシンバルがすばらしく反響した。チェコスロヴァキアから贈られた楽器一式の中で唯一、シンバルには半月と星マークにたしか〝トルコ製〟と刻まれていた。

　にぎやかな音に包まれて、新婚夫婦が中庭の赤絨毯の上を挙式・披露宴の会場へと向かった。赤絨毯の購入資金がなかったのだろうか（あるいは中国人の節約グセか）、絨毯代わりに二枚の赤布が新郎新婦の頭上をかわるがわる舞い上がり、二人の足先に敷かれていった。その両側に参列者が立ち並び、新婚夫婦の頭に向かってトウモロコシとコーリャンの粒を力一杯投げかけた。幸せと富を願って投げつけられる〝弾〟を、新婚夫婦はよけようとしなかった――幸せを振り払ってはいけないのだ。式場では公証人が小さな台の前でぶつぶつと読み上げ、新婚夫婦がそれぞれ捺印し、役人が公印を押した。そして始まった披露宴はほんの二、三時間で終了した。そんな短い間にできる飲み食いはたかが知れている。中国人は結婚式で踊らない。楽隊員にも巨大な餃子と緑茶が供され、私たちはこれをペロリと平らげて演奏を続けた。ふと見ると、参列者がばらばらと寄っていく式場の隅に、小さい机が置かれていた。そこで正装の男二人が、新婚夫婦への祝儀を集めていたのだ。中国の結婚祝儀は現金で、出した金額と自分の名前を黒い墨の筆で赤い紙切れに書き込む習慣なのだ。披露宴が時間どおりに終了すると、婚姻用具レンタル業者の社員たちがさっさと絨毯代わりの布を箱に畳み入れ、新婚夫婦のドレスと紳士用の式服も取りもどした。人生でおそらく使用は一度のみ、しかもレンタル可能な衣類に無駄遣いする中国人はいなかった。

　楽隊は打ち合わせどおりの報酬をもらって帰った。帰宅した私は、怒り心頭のアンナおばさんに出迎えられた――「酒場楽士のおでましだ!」。我が家の幾辻か先であった結婚式に、私の姿を認めた隣人から伝え聞いたのだろう。人の口には戸を閉《た》てられない。翌日、アンナおばさんは学校まで押しかけて楽隊のこの行為を訴えたが、適当にあしらわれて拍子抜けして帰ってきた。私たちのほうは学校で、楽団として音楽的才能を活かす最良の形ではなかったと指摘された。さらに、報酬の三元は無駄にすることなく、翌年の卒業前一〇〇日祝いに役立てるようにと助言された。アンナおばさんの完敗に、私は大いに満足だった。

音楽にちなむ話はまだ続く。当時は学友同士で交換ノートに互いに詩を書いていた。友達のジムがイルのノートに「メガネがメガネに」と題した私宛て(私たちは二人ともメガネをかけていた)の楽譜を書いた。楽譜が読めなかったイルに代わり、私が次のページにジム宛てに「メガネにメガネが」を綴った――

イルに送った君の楽譜で　感謝されると期待するな
イルにとって君の詩は　豚に真珠ごときもの

イルの母親はこの詩に傷つき、私を呼びつけた。穏やかなイルは人を傷つけたりはしなかった。そんなイルをからかったことを、私は強く恥じた。例年中国の正月にクラスメイト全員が、イルの家に招かれていた。イルの中国人の父親は大きな食卓でサモワールに似た用器で肉と麺と野菜を煮た中華料理〝ホゴザ〟でもてなしてくれたし、宴会の締めにはイルのロシア人である母親が手製のピロシキで振る舞ってくれた。

私はイルの母親に心から謝り、もう詩を書くのをやめようと決心した。創作の関連では以前にも一悶着あったのだ。クラスメイトのヴォロンツォフとブチャツキスが持ち上げ式の机板に隙間をこじ開けて複雑なリールを取りつけ、そこから細巻きカンニングペーパーが読めるようにした。その発明装置の出番が実際あったのかどうかは知らないが、机の破損は清掃員に見つかり、二人は学校監査官に呼び出された。この機に私はすかさず発明家たちに詩を捧げた。その最後の段（ラトヴィア語でうまくいかずロシア語となった）はこうだ……

ぼくたちの事件――
教室で番人が捕まった、さっそく噂が広まった、
大工に命令だ、ヤギの快適な職場に即刻出頭だ！
発明の非を詫びろ、すべての道具を持ってこい！

あごひげのせいで「ヤギ」というあだ名の学校監査官シャラバノフは、私を叱らなかった。だが、あだ名をあえて文字にするものではない、ふざけた作文はやめ、まじめな詩作に励むようにと忠告された。それを守らなかったがゆえに、再びイルのノートで失態をやらかしたのだ。イルは怒りもせず母親のショックもしばらく知らず、学校では問題にもされなかった。

ロシアの著名なプラトフ率いるドン・コサック男声合唱団が、アメリカからハルビンへ公演に来た。彼らは過密な日程の合間を縫って、ロシア人学校の生徒たちに無報酬で演奏会をしてくれ、当日の我が校の講堂は立ち見であふれた。彼らのすばらしい歌声には誰もが酔いしれた。一九三

5年生　右手、級友の肩に両手をかけているのが著者

六年には、世界的な声楽家シャリャアピンがハルビンに公演に来た。それから何年ものちにソ連の雑誌で読んだところ、戦後のソ連はシャリャアピンを熱烈なソ連愛国者だと報じていたが、かたやハルビンの白ロシア軍の報道では侮蔑的に扱っていた。それがどうあれ、当時、ハルビンのロシア人の一行がシャリャアピンの宿泊先であるモダンホテルの部屋を訪ね、ロシア人学校での演奏を打診した。だが、すぐに部屋を追い出された。彼らは背後から「ただなのは神の鳥のさえずりだけだ！」とぴしゃりと突き放され、交渉は瞬時に終了した。

　高校生活も最終段階となった。トマン先生は相変わらず厳格で、万人に数学を理解させるのは不可能でも助言はできると、口うるさかった。私は三角法が好きで、家でも夢中になってやっていた。父は再び心臓発作をおこし、私はその枕元でブンドゥルス〔小太り〕男爵の冒険譚〔ラトヴィアの作家ヤーニス・ゼイボルツの小説、一九一六年発表〕を読んで聞かせていたものだ。ある日、父が食卓でラトヴィア語の新聞をめくっていて、その役目から解放された私は「七桁対数表」に没頭していた。私の集中ぶりに気づいた父が、それは何の本かと尋ねてきた。私は上手い説明が思いつかず、いろいろな問題の解決法が見つかる表だと説明すると、父は本気で怒りだし、本を取り上げようとした――私が勉強もせずに手軽な参考書を安易に買い込んで、答えを書き抜いているのだと勘違いしていた。学校に通ったことのない父に、三角法も対角も意味不明なことを理解しておくべきだった。ところが私は思わず声を荒らげて言い返してしまい、アンナおばさんが帰宅したときには父は高血圧でふたたび寝床に臥《ふ》していた。

六年生（卒業の前年度）になると、皆がどこか――香港、アメリカ、日本などへの進学を希望して、勉強に身を入れた。教室は一見平穏だったが、衝突も静かに熟していた。セミョン・シュテインハルツは体格がよく腕っ節のいいユダヤ人で、廊下で下級生をいじめ、女子を押し飛ばして威張っていた。ある日、化学の授業中に、シュテインハルツに背後からしきりにこづかれていた私は、とうとう我慢仕切れなくなっていきなり立ち上がり、堅く拳を握りしめ奴の鼻めがけて殴りつけた。血が飛び、女子は悲鳴をあげ、男子はあっけにとられた。授業は中断され、私はまたしても三日間の自宅謹慎、以前から弱い者いじめで注意を受けていたシュテインハルツは三週間の謹慎処分となった。彼の両親はどうだった知らないが、私の父は面談に呼びつけられた。父が学校に来たのはそれが二度目だ。帰宅した父は、なぜかその話に触れなかった。私とシュテインハルツは、その後ケロリと仲良くなった。やがてクラス揃って反共産主義展に行かされたとき、会場に入る前にロシア人が駆け寄ってきて、壁に掲げられた写真を指さし、「このラトヴィア人とユダヤ人の面《つら》を見ろ、僕たちのロシアを分捕った奴らだ」と叫んだ。ソ連諜報機関の活動家だろうか。「エドガル、帰ろう」とシュテインハルツに促されて、私たちは揃ってまじめに学校に戻り、ヤギというあだ名のシャラバノフ監査官の元に直行した。「君たちはどうして展覧会に行かないのか」「よくないことがありました」「どうしてよくないことをしたのかね」「僕たちじゃありません、そこでよくないことをされたんです」。話を聞いたヤギは私たちを帰宅させた。学校はロシア色が強かったが、排外的ではなかった。シュテインハルツも実はいい奴であることを、あのトマン先生でさえ別の視点で認めていた。

首都で旗を受け取る式典から戻り、青年組織の旗を担いだ鼓笛隊のルーマニア人ゴドロズは、トマン先生の宿題を女子に教えてもらい次のテストに備えていた。ところがテストはなく、「笛吹きとボール投げ（バスケットプレイヤーのこと）は二点、ゴドロズ将軍は黒板の前に来て口頭回答、しっかり者のシュテインハルツは帰宅してよし」だったのだ。挙国軍事化が始まり、優等生で堂々とした体格のためか、ゴドロズが学校代表に選ばれたのは彼の責任ではないのにとんだとばっちりだった。他方でシュテインハルツは数学が得意でもあったが、鼓笛をやらずボールも投げず旗を担がないことこそ、トマン先生にとっての模範的な生徒を意味していた。

一九三九年、ドイツがチェコスロヴァキアを占領した。我が鼓笛隊がチェコ領事館に招かれるのも最後となった。ヘイニイ領事は目に涙を溜めて国歌に合わせて国旗をおろし、翌日にハルビンを出てアメリカに渡ったという。我が鼓笛隊の楽器が地元ドイツ人学校ヒンデルブルグ・シューレに狙われているとの噂には慄《おのの》いたものだが、幸いにして楽器はすべて無事だった。同じ頃、同級生に「ファシストを追い出せ！」と言われ、私はドイツ語の家庭教師であったネイマン夫人のレッスンを拒絶し、父には試験前に猛勉強するためだと理屈をこねた。物静かなネイマン先生がファシストとは縁もゆかりもなかったと知ったのは、だいぶ後になってからだ。

ハルビンのロシア人ファシスト組織のリーダー、コンスタンチン・ロジャイェフスキは厄介者で名が通っていた。ロシア人移民は王政主義であれノンポリであれファシズムを嫌っていたのだが、かたや「コンスタンチンが最後の一ルーブルまでロシア人のために取り返してくれる」と信じて疑わない学校の同級生もいた。ドイツ人が無私無欲だという寓話に、クラス担任で数学と図工のコンスタンチン・ドリニン先生が終止符を打った——「日本の特務機関には取り返すべく最後の一ルーブルだってないんですよ」。

ナハロフカの地区裁判所で珍事があった。些末な事件の証人に、なんとそのロジャイェフスキが招かれたのだ。「ドイツはヒットラー、イタリアはムッソリーニ、ロシア民族の代表が私だ」という彼の証言を、中国人判事はそんな話は聞いたこともないと驚き、分厚い本を開いて厳かに宣言した、「我が満洲国の法律が定めるところ、証人の頭がおかしい場合は裁判で証言してはならない」。

それにしても冗談で済まされない事態となった。卒業年の春（一九三九年）、ハルビンのロシア人学校の卒業見込み生徒全員に反共反ソの作文が課せられた際、政治を忌み嫌っていた父は私を作文の日に欠席させたのだが、事はずっと深刻だった。担任教師がタクシーで私を迎えに来て、作文提出は必須であって、書かなければ不測の事態となると忠告したのだ。父は仕方なく私を登校させた。道すがら先生が言った、「君は作文が得意だが、わざとまちがいをしておけ。ただし、お粗末なのはだめだ、あとで君も学校も恥をかくからな。つまらないまちがいなら点数が下がる。優秀をとらなければ、名前は報じられない。君のお父さんはそれを恐れているのだ」。学校に着き講堂に急ぐと、私の到着を延々と待たされた生徒一九人と教員が揃ってうんざりと座っていた。

この作文コンクールで一等賞をとったのは、たしか国立ロシア人学校のネヴェロフとかいう生徒だ。

同じ春、私は同じクラスのゲダ・エプシュテイネとニナ・トゥファと揃って、ラトヴィア旅券を取得して笑顔満面だった。その喜びもつかの間、人生は時に厳しく残酷だ。前学期を終えた私たちはアイスクリームを山盛り食べたのだが、なんとしたことか、あの頑強なシュテインハルツがジフテリアにかかり、重度の肺炎となり、そのままあの世に行ってしまったのだ。これに私たちはすっかり狼狽した。葬儀の数日後に同級生全員でユダヤ人墓地に彼の墓参りをした。担任教師が哀悼の辞を述べ、ロシア語の祈禱で締めくくった。私たちは墓地管理人に促されて、別れの歌を歌った。墓地からの帰路は押し黙り、学校ではそれからしばらく、ついこのあいだまでシュテインハルツが座っていた座席を目にしては心を痛めた。

一九三九年は実にいろいろなことがあった。支那事変の膠着は明らかだったのに、日本軍部は長年の目論見であった広大なシベリア遠征計画の実現を諦めなかった。日本人学校の生徒たちまで「ウラル、バイカル、チタ、ハバロフスク！」と威勢を張っていた。日本はソ連国境に繰り返し力試しをしかけ、最終的には、一九三九年五月一一日のハルハ川付近で勃発した日本とソ連（モンゴルも含めて）間の大規模紛争となった。日本がノモンハン事件と呼ぶこの闘いは、重装備の戦車と戦闘機でぶつかりあい、九月三日に終わった〔停戦協定は一五日〕。熾烈な戦闘で関東軍第二三師団が全滅し、戦死者と行方不明者一万七四五〇〔諸説あり〕の人命を失った苦い教訓を経て、日本軍部はシベリア遠征をやめたのだ。

同じ年の九月三日、当地ロシア語新聞が「戦争」の大きな二文字のみを掲載した。ヨーロッパで勃発した戦争は、ハルビンからはるかに遠くの出来事だった。翌九月四日に、私たちは学校で聖母マリアの祭典を祝っていたのだ――朝の礼拝、午後はデニス・フォンヴィージン〔一七四五―一七九二年。モスクワ生まれのリヴォニア系ドイツ人の劇作家。ロシア貴族を嘲る風刺喜劇がある〕の喜劇『親がかり』（私も配役された）の上演と鼓笛隊伴奏のダンス。学校では年に二度、クリスマス休暇とこの秋の祭典でダンスパーティーがあったが、フォックストロットもミラーボールの照明もなし、ネックレスも指輪もピアスも化粧や香水も禁止だった。学校の厳格な枠の中での楽しみだったのだ。

秋を迎えて、鼓笛隊仲間四人でヴォロンツォフの家に集まった。実業家である彼の父親は、「大企業にはどんなクズも役にたつ」と言って、怠惰な社員でもクビにしないことで知られていた。彼の母親は紅茶にジャムと山ほどのピロシキでもてなしてくれ、コーリャは教室のロッカーや机の引き出しの鍵をなくしたり忘れたりした友達に、鍵開けセットを貸してくれていた。

私たちが集まったのは、私がラトヴィア領事館で借りてきたレコードで、ラトヴィアの歌「緑の森のざわめき」〔エドワルズ・ローゼンシュトラウフス作曲の歌〕、「コケモモ」〔アルフレーズ・ポーリンシュが歌って人気を博した歌〕、「メランコリーワルツ」〔エミールス・ダールジンシュによるラトヴィアの代表的な交響曲〕、「夏至の歌」、それにラトヴィア国歌も聴くためだった。ところがなんとしたことか、まさしく国歌のレコードが床に落ちて割れたのだ。とっさに機知に富んだミスリンが予言的につぶやいた、「君のラトヴィアに悪いことが起きないかな」。チュリン百貨店内のレコード屋で、まさしくそのレコードが販売されていたのは奇跡だ。私はほっと胸をなでおろした。

日本語で言う「光陰矢のごとし」、瞬く間に一二月の卒業試験となった。ハルビンの学校は日本に合わせて一月開始の学年度に改編となり、私たちは最終の二年間で三学年分の課程を習得したのだ。かつてトマン先生に「まぬけ、ばか、のろま」と評された私は、卒業試験で優秀な成績をとり、卒業式で銀メダルを授与されることになった。

その華々しい式には父も学校にやって来た――九年間で三度目のことだった。シュテインハルツとの殴り合いがなかったならば、入試と卒業式の二回で済んだはずだ。当時は保護者会という親の負担はなかったのだ。アンナおばさんのほうは、結婚式で演奏した私を無駄に訴えて以来、二度目の学校訪問だった。

学校卒業時のホワイトパーティー

卒業式で私は英語で謝辞を述べる役を任された。英語がもっと上手い生徒はほかにもいたのだが、例えばゴドロズはあの青年組織の旗を下級生に引き渡す役目があり、オストレンコは吃音で、ミスリンは引っ込み思案、エプシュテイネはロシア語ですばらしく文学的な謝辞を準備していた。カッタイは発音のよさが決めてだった。しかも、決闘で死したプーシキンに捧げるレールモントフの詩をかつて延々と暗唱したことが、学校で語り草とされていた。私は喝采を受けつつ思い返していた……この二年間のなんと辛かったことか、英語の教科書が買えず、同級生から借りて、しかも彼らが遊んでいるときに勉強してきたのだ。

夜には盛大な卒業パーティーが開催された。女子は生まれて初めてロングドレスを身にまとっ

1939年ハルビンYMCA（キリスト教青年会）ギムナジウム第13回卒業生

た。私もスーツを新調してもらった。スーツの仕立てはすばやかった。店にはまだ豊富な品揃えがあり、洋服屋の中国人店員は「身長とサイズは？」などと、野暮なことを聞かなかった。私をじっくりと見回すとおもむろにハンガーにかかったスーツをひきぬき、「これがお似合いです」と言い、それがまさしくぴったりだったのだ。

卒業パーティーでは音楽が荘厳に奏でられ、女子一〇人と男子九人（半年前までは一〇人だった）が拍手に包まれてホールに入場した。バスケットボールのリンクが取り外され、両側の壁は美術教師で画家のステパノフによる、祝賀会に恒例となっていた巨大な装飾で飾られていた。御馳走に関心はなかったが、テーブルの上に13の数字（私たちの卒業年次）がついた巨大な塔型ケーキがあるのに気づいた。この夜には、まだ閉鎖されていなかったダンスホールから、フィリピン人のタンゴバンドが招かれて演奏した。ＹＭＣＡの卒業生だった彼らは演奏依頼を快諾し、報酬も要求しなかった。とはいえパーティーを企画運営した母親たちは、ダンスホールの支配人に礼金を出した。ダンスホールの照明はなかったが、フォックストロットも俄仕込みのタンゴも踊った。学校の道徳監査官たちは「ダンスで問題が起きないよう」厳しく監視していた。私たちにとっては大きな喜びと共に寂しくもある、複雑な心境の夜だった。人生の一ページが終わったが、それからのことが不安だったのだ。

数日後、ゲダ・エプシュテイネの家に、友人同士で集まった。狭い玄関口で私は上着を羽織ろうとして、うっかりゲダの胸に触れてしまった。私は顔を真っ赤にし、ゲダも、またそこにいた皆も赤面した。学校ではタバコにも酒にも手を出さず、高校を終えてなお私たちは純朴だった。

いざ進学

父は、私がラトヴィアの大学に進学して経済を学ぶことを望んでいた。しかし仮に私がラトヴィアで受験したとしても、予測できた結果は、ラトヴィア語では〇点か、よくて二点だったろう。試験に落ちた後のことは、父の考えにはなかった。父のこの願いはヨーロッパで勃発した戦争によって頓挫し、私は選択肢を失った。ハルビンの北満学院〔満洲国北満学院、一九三八年設立、四一年閉鎖〕に行ってみると、あったのは商学部と工学部（のちに化学部が追加）の二学部だ。アンナおばさんは製図の成績が悪かった私に工学部の筋はないと見て、商学部を勧めた。製図が下手だったのは、おんぼろ定規のせいだと知らなかったのだ。新しい道具が必要だといくら言っても、砂漠の悲鳴のごとく彼女の耳には届かなかった。国立北満学院は、当地のロシア人と中国人と朝鮮人——要は日本語ができないために進学先がない者向けに設立された高等教育機関だった。卒業パーティーから数日後、私は北満学院を訪ね入学方法を尋ねた。高校で中国語〔おっと、満語だった〕を選択していた私には最低限の日本語力しかなかったが、教務部には「あいうえおから始める」ので心配ないと言われた。だが身分証明書がラトヴィア旅券だと判明すると、上役に問い合わせるようにと勧められて、たちまち心もとなくなった。次に招かれて入った部屋には日光が降り注ぎ、大きな文机の向こうに小柄でずんぐりとした清水三三《さんぞう》〔一八八〇－一九六六〕学長が座っていた。ペテルブルク大学を卒業してロシア語に堪能な学長は親切に、しっかり勉強すれば外国旅券は問題ないと言ってくれた。それは事実だった。

入試もなく、ロシア人のウリヤニツキ教授との面接を済ませただけで、一九四〇年一月上旬、私は北満学院商学部一年生の講義室に入った。そこには中国人と朝鮮人とユダヤ人が二人ずつ、ポーランド人とラトヴィア人が一人ずつ、あとはロシア人が、都市からも地方からも三〇人ほど集まっていた。校風は明らかに日本式だったが、ロシアの伝統も尊ばれていた。父が買ってくれた制服は、黒ズボンにダブルの金ボタンの黒ジャケットにネクタイが必須で、式典用の金属の肩章には紋章がついていた。女子学生には肩章のある同じジャケットにネクタイ、白ブラウスにリボン。男子は学生帽に大学のバッジ。寒さが厳しいときには防寒用帽子、ふだんは耳当てを使用した。ハルビンの冬の寒さは生半可ではないのだ。制服を着た学生は鼻高々で、諸々の訳があって進学できなかった若者たちの羨望の的だった。

初日の全校集会で清水学長が前に立ったとたん、「今日！」と学生側から大声がした。新入生は唖然としたが、学長は決まって「今日……」から話を始め、しかも軽い吃音があって少し間があくことから、狡猾な学生がその隙に口を挟んだのだ。学長の講話は端的だった――よく学びなさい、「トラクティール」とビリヤード場は立ち入り禁止、それで終わった。革命前の居酒屋を意味する古語となったトラクティールにからめて、学長は帝政ロシアで過ごした学生時代を思い出していたのかもしれない。だが、私たちが学長の話の真意を理解するには時間を要した。トラクティールの類いをうろつく、卑しい諜報活動家から学生を守る術《すべ》だったのだ。世の中には奇妙な生業《なりわい》があることを、私はこうして知った。

学生の大イベントは一月二五日のタチヤーナの日で、ロシアでは学生の祭典として盛大に行われていた。午前中にロシア人司教による礼拝があり、夕方からはコンサートとダンスとなって、一晩かぎりのバーで「一杯ひっかける」こともできた。学長が短い開会の辞を述べると、ウォッカで満たされた美しいグラスがロシア式に小盆に載せられて学長に差し出された。次に選び抜かれた男女学生グループが一斉に祝いの歌を奏でると、学長は盃を飲み干し謝辞を述べて帰宅した。学生の会はなおも続いた。

ホールの舞台で合唱団がロシアの歌を歌っているとき、巨体の学生が舞台に背を向けて椅子にどすんと腰を下ろし、とたんにまた立ち上がって大声を張り上げた、「気にくわん。蹴散らしてやる！」。そして明らかに泥酔した足取りで舞台によじ登り、合唱団に押し入った。歌は終わり、幕が閉じ、すぐにダンスとなっていた。上階はジャズ、中階は吹奏楽団、下の階（玄関ホールのこと）はレコードスピーカーの爆音。翌日、学生代表が会の進行を邪魔した三年生のシュチェルバコフを学長に訴えた。学長が聞き返した、「いつのことですか？　授業中ですか？」学生はとんちんかんな学長に業を煮やした、「昨夜、コンサートのときです！」「では授業中でなくパーティーのことですね。私が学生時代のタチヤーナの日のロシア人学生といったら大変なものでしたよ」。それで話は終わった。清水学長はいかなる問題も校外に出ないようにと、細心の注意を払っていた。

翌年のタチヤーナの祝いは中止となった。シュチェルバコフが猟に出て風邪をひき、肺炎となった。そしてまさしく学祭の日に、彼の壮大な葬儀があったのだ。

一九四〇年二月一一日、日本帝国二六〇〇周年〔紀元二六〇〇年祭〕が盛大に祝された。それにしても学術的な観点からすると、これはかなり疑わしい記念日だ。三世紀末にようやく文字を得た日本人は、それ以前にいかなる歴史年代記も編纂できたわけはなく、記述の大家である中国人でさえ古代日本についての記述は皆無だ。とはいえ我々は課されればただ実行するのみ、周囲で歌が鳴り響いた、「紀元は二千六百年、ああ燦爛《さんらん》のこの国威！」。

大学での式典は高校とは異なっていた。始まりは同じロシア正教の礼拝だが、哀れなショウジ教授は香炉の匂いに堪《こら》えられず、教師控え室に逃げだして、式典の後半になってやっと出てきた。その日から新しい儀式が導入され、まずは「日本の皇居に向けて最敬礼」し、次に「満洲国皇宮に向けて最敬礼」した。忠臣による標語「日満一徳一心」の表現なのだ。そして学長の短い訓示、最後に三つの国歌の斉唱――日本語で「君が代」、中国語で満洲国の「天地の中に新満洲あり」〔満洲国国歌〕、最後にロシア語で「神よ、ツァーリを守りたまえ」。それで終了して帰宅できたが、祭日は丸つぶれだった。私たちが三年生のときであったか、傀儡帝国国歌が日本語と中国語の二カ国語でできたとき、「君たちの主たる目的は日本語の習得であるから、新しい国歌は日本語で歌うように」と指示された。二カ国語政策のなれの果てだ。

商学部では二年生から日本語で学ぶため、日本語学習に重点が置かれていた。教師陣は頻繁に入れ替わり、年配者には日本語教育の知識さえおぼつかない教員もいた。例えば、やはりロシアで学んできたカシワギ先生は奇妙な質問でロシア人学生を唖然とさせた、「ペテルブルクのネバ川の橋は結婚しているでしょうか？」。沈黙……「わかりませんか？　もちろんですよ。別れますからね」（ロシア語で離婚と分離は同じ動詞だ）。あるいは「ロシア語で懐中時計の竜頭《りゅうず》はなんでしょう？　これもわからない？　竜頭はロシア語でレモントゥアールというではありませんか」。いずれにしてもこんな質問は日本語学習としては何の役にも立たない。幸いにして、この教師はさっさと職を投げ出し、日本の島に向かって去っていった。

中年世代の教員たちのほうがずっと真剣だった。ショウジ先生は物静かだが、実は皮肉たっぷりだった。「どんな辞書がいちばんいいですか」と尋ねた私に、ショウジ先生は天井を見上げ、額をチョークでトントン叩き、「どの辞書もだめだ」と辛辣に評価した（その言葉どおりであることを、私は勉学でも実践でも確信している）。外務省職員の博識なシゲノ先生には、「よい日本語を学ぶ方法」は「日本のラジオを聞くこと」だと教わった（今日ではよいラトヴィア語を学びたい日本人に、ラトヴィアのラジオやテレビを参考にせよとはあえて言いたくない）。接骨医のコバザキ先生は、外国人に母語を教えることを趣味としていた。「今日はひどい頭痛で、わかりません」という学生の頭を、接骨医先生は丁寧に撫で額に指を置き、にんまりとして診断した――「あなたの頭は痛んでいません」。コデラ先生は決まってプリント（謄写版で印刷したテキスト）を持参してきて、ビシバシと指示した――「はい、次！」。そして自ら文章をどんどん読み進め、たまに止まって私たちに読ませながら、何の解説もしなかった。テキストの中身は別の教師が作った教材の切り貼りであったため、そもそも解説は不要だったのだが。特定の教科書はなく、各教師は身近なあらゆる事象を頼りに教材を自作していた。質問もせずに「はい、次！」を繰り返して、ひたすらテキストを読み続けたコデラ先生の教え方は異様だった。録音というものがなかった当時、先生がその役割を担っていたのだと理解したのは、だいぶ後になってからだ。コデラ先生の張りのある声は、今も耳にこだまする。あの声を凌駕したのは、当地ラジオ局のアナウンサーが毎晩その日の放送終了時に、詩や小説の一部を読み上げた滑らかなバリトンだけだっただろう。日本語をまったく理解しないアンナおばさんでさえ、そのほんの数分間は耳を傾けていたものだ。私が日本語を教わったのは、こうした多様性に富む、優れた良質の話者たちだったのだ。かたや学生にジョークやいたずらはつきものだ。コバヤシ先生は実に小柄だった。先生が黒板に文法表を書こうとして椅子の上に登ると、ほぼ二メートルはあるかという学生のロギノフがすぐさま駆け寄り、先生を押さえて床の上におろした、「先生、どうか危ないからやめてください」。漢字を丁寧に書くことを教えたオダギリ先生は、覚えやすい方法を説明した。「驚という漢字をよく見なさい。漢字の上の部分は敬、その下に馬。もし馬の前で帽子をとってお辞儀をすれば、誰しも驚きますね」。先生の解釈が突拍子もなく思えたこともある。「壽という字を分解してみましょう。サムライと手柄と一と寸(ということは、サムライの手柄はほんのつまらないことだ)」。こんな記憶法が憲兵隊のサムライの子孫に見つからなくて幸いだった。コバタ先生は古い動詞の特殊な語尾を教えるのに手をこまねいた。「いいですか、すへからすと書きますが、発音はすべからずです」「はい、わかりました」「では文末まで読みあげなさい」。学生はすらすらと音読したが、文末の動詞はまたしても「すへからす」となった。それが何度も繰り返されるうちに、先生がとうとうロシア語で怒鳴った、「もういい、お手上げだ、私は悪魔の母のとこに行く」。ロシア語でも墓穴を掘っていた(ロシア語で「悪魔のところへ行け」は「地獄に堕ちろ」という罵倒語になる)。それにしても悪魔の母は思いのほか近くにいたらしく、翌日に先生はいつものようにまた教室に現れた。だがなんといっても日本語教育の中心人物は、私たちが初日から最終日まで教わったアイザワ先生だ。知識も要求も高く、ロシア語もダンスも上手い、若く凛々しい先生だった。女子学生との関係が取り沙汰されたのもむべなるかな。

ロシア人教師といえば、レオニード・ウリヤニツキ先生は日本史と日本の地理を教えていたが、「日本のナポレオン豊臣秀吉」を卒論にまとめた私は、先生の浅い知識に気づいてしまった。日本語が読めなくて、高度な日本史が教えられようか。そういうわけで、学生は帝政ロシア時代の相当貧弱な出典に基づく教えに甘んじるほかなかった。レオニード先生がまるで幼い子どもを呼ぶように「リョーネチカ」とあだ名されていたのも仕方があるまい。

それとは比較にならない博識のニキフォロフ教授の経済教育史には、食い入るように聴きいった。だが、日本の軍事力に対する勝利を予言した先生の「目的異質性」は、とうとう理解できなかった。「マルクス主義粉砕！」と題したレポートを公開したのが禍となり、先生は断罪され、数年後にシベリアのラーゲリに連行された。博識であったシゲノ先生もやはり同じ道を辿り、仏の元を去った。

「異質性」つながりで思い出した。当地の金持ちであったカライム人〔カライム語を話すテュルク系民族〕コジャクが、大胆にも『ソシオソフィー』という二巻続きの学術書を自費出版した。この書評がロシア語の新聞に掲載された――「『ソシオソフィー』刊行、著者コジャク、発行者コジャク、読者もまたコジャク！」。ロシア人は常にユーモアのセンスを兼ね備えている。

会計と金融の基礎は、ポスターの表紙に登場するように品のあるグルジア人のゴグワゼ教授が授けてくれた。ソロバンの講師も、どこかの企業から派遣されてきて、中国のともやや異なり、ロシアのとは似て非なる日本式計算道具の扱い方を見せてくれ、目の回るような速さであらゆる算術をこなし、代数の問題まで解いてみせた。

日本語講師のツダが学生にチューダ（ロシア語で奇跡）と呼ばれていたからといって、学問的な奇跡を見せてくれたわけではない。ツダは、学生パーティーで学生に慕われていた教師と同じように自分も胴上げしてほしいと、「ウラー、ウラー、ウラーをやってくれ！」と要求したのだ。あまりにしつこくせがまれた学生たちは、ひとつ思い知らせてやろうと、ツダの体を宙に放り上げて受け止めるときに指の間に釘の先を忍ばせた。それ以降、ウラーを求める声はやんだ。

商学部の学生には工学部のロシア人教員との接点はなかったが、ポーランド出身のリチャード・マカレーヴィッチ先生は「これは何の図案ですか？　ここもそこもずれています」と、鉛筆で正否を細かく記し、「初めからやり直し！」と要求したという。おとなしく引き下がってやり直す学生もいたが、古きよき時代の良質の消しゴムを見つけだし、問題箇所をきれいに消して、数週間後に再びそのまま提出した学生もいた。リチャード先生はその図案をちらりと見て言った、「これでよし」。誰しもその人特有のクセがあるものだ。

北満学院に奨学金はなかったが、商学部の学費は月額わずかに六元だった。それでも支払いを滞った学生に対して罰則があった記憶もなく、いつもどおりに受講ができた。学費の支払いが未完了のまま卒業証書を受け取った者もいたが、さすがに学校で使用した私物は返却されなかった。学期の平均点が九五点以上（ロシアの高等教育の成績は最高点が五点だが、日本では一〇〇点制）であれば、次の学期の学費が免除となった。大した額ではなくとも嬉しい名誉で、私も何度かその恩恵にあずかった。

大学には一定の秩序があり、先生が授業で講義室に入ってくれば学級長が大声で「キリッ！」、先生が壇上に上がると「レイ！」、次に「チャクセキ！」の指令を出した。授業が終わる際にも同じ儀式が繰り返された。毎回の授業のはじまりには「テンコ！」。授業の出席回数も評価対象であったので点呼は重要で、授業に遅刻すればどんな言い訳も通用しなかった。成績の平均が六〇点以下で落第となるが、それは難なくクリアできる条件で、皆勤賞であれば一〇〇点取ったようなものだった。走るのが速いとか体操が上手く砲丸投げが得意であれば、それも加点の対象だった。中国語（これは失礼、満語だ）の教員とは交渉の余地があったし、「リョーネチカ」は出来の悪い学生を低く評価していいとは知らなかったらしい。「国民道徳」という奇妙な課目は、共和会というこれも奇妙な組織の、めったに大学に来ない活動家が教えていた。父の話では、帝政ロシア軍にもその類いの政治教育組織があり、祖国の敵は誰かという質問に「祖国の敵はユダヤ人、学生、社会主義者です！」と即答できなくてはいけなかったという。満洲の状況において、正しい国家は日独伊で悪い国家が英米だと覚えておかなくては愚か者というわけであり、この呪文が唱えられれば、成績表に新たに一〇〇点がついた。こうして点を稼げば、日本語の会話、作文、文法など基本課目が落第点でも挽回できた。日本語で一一点とか八点（一〇〇点満点中で！）など奇妙な成績もあったが、これは漢字の書き取り一〇〇問中で正しく書けた漢字の数そのままだった。

意外なことに、一学期の成績は中国人のほうが西洋人より悪かった。中国人の若者は「中国語から借用した日本語の漢字など学ばなくともたかが知れたものだ」と早合点していたが、日本人が古代の中国からもらった漢字を別の意味で使っていると知らなかったのだ。彼らは厳しい評価

ハルビンにおけるラトヴィア人のリーダーたち。左からラトヴィア人協会のザリンシュ会長、メジャクス領事、領事館のシェンフェルズ書記官

を下されて真剣に取り組むよう忠告されると、「ゴタゴタとこねくり回すのは日本の犬だけだ」と、溜息まじりに文句を垂れた。美しい五族協和の表れだった。

　大学の規則では学生に婚姻も就労も禁じ、特に結婚については家庭を持つにはまだ若すぎたわけだが、就労違反は散見された。私もひと月ほど高校生に数学を教えていた。それで得た報酬で、ショウジ先生のどの辞書もよくないという酷評はさておき、本屋に直行して漢字大辞典を購入した。それが私の辞書収集の始まりで、今も本棚の重要な位置を占めている。

　一九四〇年六月二二日の朝、その前日にソ連軍がラトヴィアに侵攻したことを知った。私は机の前にへなへなと座り込んだ。それを見たアンナおばさんが尋ねた――「ラトヴィアの別荘にスポーツに行かないの？」「どこのラトヴィア？　ラトヴィアはなくなったんだ。亡骸だけだ」――思わず口走った私はおばさんにひっぱたかれた――「ラトヴィアはいつだってあるのよ！」。傍らで、父は押し黙っていた。

　やがて満洲在住のラトヴィア人はソ連国籍へ移行するよう、ソ連領事館に勧告された。ドイツ領事館もラトヴィア人を取り込む動きを見せたが、祖国への帰還希望者に近いうちにリガまでの列車乗車券を支給するとしたソ連の働きかけのほうがずっと具体的だった。これに、高齢のメジャクス領事、シェンフェルズ領事書記官、それに複数のラトヴィア人家族が応じた。父は私をリガの大学に通わせる夢を再燃させ、アンナおばさんをソ連領事館まで行かせて、私のラトヴィア渡航を申請するためラトヴィア旅券を提出した。私自身はその日は大学の講義に出ていた。先行きの見通しが困難なときに、共産圏の領事館への出入りは控えておいたほうが賢明だったのだ。その日大学から帰宅すると父がまたしても心臓発作で危篤状態になっていて、もはや私が渡航するどころではなくなった。アンナおばさんは父に応急処置を施すと、その足でソ連領事館に駆けつけ、私のラトヴィア旅券を取り戻した。ソ連の旅券に変われば、学籍を失う恐れがあったのだ。こうしてラトヴィア人一行は私を置いて旅立ち、父は一九四〇年一〇月三日、五七歳で埋葬された。

その日、ドゥリーズリス牧師はハルビンを不在にしていた。翌日、教会で父の葬儀を仕切ったドイツ人のローゼン牧師は、体調不良で遺体の埋葬に付き添えなかった。それでラトヴィア人のゼルティンシュが墓地で追悼の頌辞《しょうじ》と短い祈禱を捧げた。葬儀にはラトヴィア人と元鉄道員のロシア人たち、多様な民族の隣人たち、ヴェイスマニスおじ、ブヘドゥから来たベールジンシュ一家が参列した。町の端にあったルーテル派とカトリックの墓地の向こうに、中国人の村が見えた。その地域の貧しさは筆舌に尽くしがたいものがあったが、墓地から花が盗まれたとか墓荒しなどは聞いたことがない。民族と宗教の別なく、墓地は皆に神聖な場所だったのだ。

ローゼン牧師は前任者のバルト・ドイツ人カストレル牧師が亡くなったため、ドイツ政府に派遣されてきたのだが、最初の礼拝で壇上に登ると、右手を高く掲げ「ハイル、ヒットラー！」と叫んだ。教会は静まり返った。同じく大声で「ハイル！」と応じるべきであることを、バルト・ドイツ人、ロシア出身のドイツ人、中国生まれの子孫ら敬虔な信者たちは知らなかったのだ。ローゼン牧師は信者がドイツ政治に疎《うと》すぎると叱責した。だがローゼン牧師のハルビン駐在は続かなかった。日本政権は牧師がレストランを巡り歩いて「ドイツ、ドイツ、ボルガ、ボルガ」と歌うのを疎み、ロシア人客もボルガ河がファシスト色に染まるのを嫌った。長身のローゼンには、牧師のガウンよりもナチス親衛隊少佐の制服のほうがお似合いのようだった。ローゼンは結局ドイツへの帰国を命じられた。

私は勉学を続け、すんでのところでソ連人になりかけたことは誰にも知られなかった。ラトヴィア旅券に捺印や書き込みをされることもなく、ソ連領事館から無事に返却されたのも助かった。日々は瞬く間に過ぎ去った。日本語と漢字学習に没頭していた私は、清水学長の言葉「日本語は急《せ》いて学ぶものではない」を念頭に置きつつ、大学の課題だけでは飽き足らず、日本の《小学生新聞》を購読していた。それで時代と同時進行の生活に欠かせない情報と語彙を得ることができた。日本語がうまくなりたかった一心の私は、占領者の言語に夢中になっているとの周囲の冷やかしにも耳も貸さなかった。そして今も、この道を選んだことを後悔していない。

三学期の終わり、私は学長に呼ばれた。「君の日本語の成績からすると、日本旅行の賞与に値します。だが、その手配は日本軍部、手続きはロシア人移民局が行うことになっていて、君は外国籍のため残念ながら条件に合いません。がっかりしないように。いつか必ず行けますよ。まだこれからです。明日からは、金属部品収集活動に参加しなさい」。あのときの、泣きたいような、笑いたいような複雑な気持ちは忘れられない。

独ソ戦が始まるとロシア人移民は愛国心に駆られてこぞってソ連領事館に赴き、前線への出兵を志願した。ソ連軍は彼らを門前払いしたが、日本側は領事館前に小屋を建てて見張り役の警察官を常駐させ、領事館に入ろうとする者を取り調べた。領事館を訪ねた移民たちは、その小屋から写真を撮られた——念のために。領事館の門の外には日本の諜報機関の車が常に待機していて、領事館内から出てくるソ連外交官の車を尾行した。領事館から二台の車が同時に出て、別々の方角に走り出したときには、右往左往したものだ。それ以降は待機車が増え、ソ連外交官はめったに一度に二台の車を出さなかったのだが、監視車は常に二台だった——念のために。

独ソ戦でいきなり流行したロシア語の言葉遊びに、日本の役人は頭を悩ませた。「AIB（ロシア語で「AとB」）が高い所に登った。Aは落ちBは死に、上に残ったのは何か？」。答えは「I」。なぜ公安当局がこれに神経を尖らせたのか。少し頭を使えば、Aがアドルフ・ヒットラーでBがベニート・ムッソリーニ、ならばIはヨシフ〔Иосиф, Iosif〕・スターリンしかいない。ソ連の戦勝を見越した表現だったが、取り締まりはできなかった。

日本軍部はノモンハン事件で敗退し、やや影を潜めた。毎月の一三日は、ハルビン経由で戦死した日本兵の遺灰（ノモンハンからだろう）が日本に運ばれていく追悼の日となった。他方で、中国内域で続いていた激しい戦闘については頻繁に報じられていた——「敵はある方向、または別の方向で攻撃を緩め、日本軍が押さえた重要地点AはB地点の南にあり、さらにC地点の西にある」。広大な中国のどこに小さな村があるかを地図で確認したとして、そこに意味があっただろうか。

同じ頃、ワシントンで延々と続けられていた退屈な日米外交協議の内容は国民に知らされることがないまま、突如として一九四一年一二月八日を迎えた。その朝、遅刻してきた学生が講義室に入るやいなや、いきなりビラの束を投げつけた。小さな紙切れには大本営本部の短い発表があった——「本日夜明けに我が帝国海軍艦隊が米英の軍隊と接触した……」。もどかしく不明瞭で東洋的な表現の意味を、物静かなショウジ先生だけが察知した。「これは大変な戦争になる……」、先生は蒼白となって机に片手をついてつぶやいた。昼までに全容が明らかになった。日本軍はハワイ島真珠湾の米海軍艦隊基地の奇襲に成功し、太平洋での大規模な全面戦争に突入したのだ。それからの日々は四六時中ラジオが勝利を報じ続け、耳をつんざく「軍艦マーチ」が流されていた。日本軍はまもなくインドシナ、マレーシア、ビルマ、フィリピン、インドネシア、香港、太平洋に浮かぶ多くの島々を占領した。こうして（その前年までにすでに掌握していた中国各地のほかに）七〇〇万平方キロメートルの広大な地と、そこに住む五〇〇〇万人が日本軍の支配下に入った。日本人は舞い上がった。ハルビンの白人たちにもお裾分けがあった――陥落したシンガポールを昭南島と改称したのを機に、一人当たり砂糖五〇〇グラムが販売された。「民族調和」の原則は食糧配給制度にも厳密に反映され、日本人は何をおいても最大限に、白人はその一部、中国人はゼロというのは、誇張どころか事実からさほどかけ離れてはいなかった。

日本軍はノモンハンの教訓でシベリア遠征を諦めたが、日本社会には依然としてロシア語とソ連関連の学問への強い関心があった。ハルビンには男子学生のみが学ぶ哈爾浜《ハルビン》学院という特別な学術機関があり、博識なロシア人たちが奇妙な自己流教材を作ってロシア語を教えていた。私は民族友好の交流促進を目的に開催された大学交流会で、その学院の日本人学生と知り合った。彼はロシア語のキリル文字を下品な俗語ですらすらと覚えたという。例えばB、「南国の果物はバナナ、すべての組織はバルダク（乱痴気）」。低俗だからこそ「記憶に刻まれる」らしいのだ。

支離滅裂な文章のほうが速く覚えられると考える日本人教師もいた。例えば当地ラジオ局で聴いた日本語講座から引用すれば、「隣の部屋の騒ぎはなんですか」「あれは騒いでいるのではありません。私のおじがチーズを食べているのです」。馬鹿げた中身だが、単語と文章は確かに即インプットされた。

日本人が外国語学習で苦労するのが、日本語にない発音LとRの区別だろう。LとRの発音を取りちがえることで、悲劇も起こりうる。国境の村にいたロシア人諜報員が報告した——前夜に対岸のソ連側で戦車と列車の音がした。この報告を受けた憲兵が、天皇陛下のいる東京に通知せよと指示を出した。字面にはなんら問題はないのだが、日本人が片言のロシア語で発音すると、なんともお粗末になった——通知《ПОСЛАТЬ》せよが大便《ПОСРАТЬ》せよに聞こえた。

日本人は退屈しのぎにとんでもないこともした。ハルビンのロシア人青年たちが列車で小さな村を訪れ、地元の娘たちにまとわりついて村民に袋叩きにあった。犠牲者が憲兵隊に訴えると、憲兵は中国人警察官に「乱暴者」を即刻探し出して連行するように命じた。命令がすぐさま実行されて、憲兵はあっけにとられた、「三人で九人をやっつけたのか。どうやったか、ここでもう一度やってみろ」。数回殴ったところで「寸劇」は中断された。「やめ。よくわかった。ロシア人コサックはかつてりっぱだったものだが。君たちは始発列車で戻りなさい」。こうした歓楽目的の列車移動も、外国人に対する査証制度が導入されると諦めるほかなくなった。占領者による締め付けが生活全般で加速し、困難が増大していた。

政治的な困難をよそに、アンナおばさんは家の改装にとりかかった。市場に行けば多くの大工が顧客を待ちかねて、バケツ、デッキブラシ、ヘラ、型紙、ペンキ、石膏など、部屋の〝美化〟道具一式を携えてずらり立ち並んでいたため、改装などまたたくまにできたのだ。選び抜かれた職人が注文者の後について現場を見に行き、改装の中身を取り決め、見積もりを提示すると、おばさんは職人を恥知らずの盗賊だなどと呼ばわり、半額に値切るのだ。相手はじっと考え込み、新たな提示額を示す。それが当初の請求額と注文者の値切り額とのちょうど中間となって、交渉は成立だ。翌日の早朝には職人が一族郎頭に友だちや弟子を引き連れてやってきて、一同にせっせと仕事にとりかかった。ハルビンでは、壁紙を貼った住宅も塗り壁も珍しく、たいていは漆喰壁だった。壁は洗浄せず不要な部分をヘラでそぎ落とした。職人はデッキブラシを液体に浸して余計な液をふり落とし、天井や壁を塗った。屋根裏に置かれた暖房代わりの木屑を下ろしてきて、床に敷き詰め、汚れよけとした。ラトヴィアの消防士がこのような暖房を見たら、なんと言うだろうか。壁は吹きつけや紙、あるいは塗料に浸した巻き付け布で塗装した。床を塗らなければ、二、三部屋の内装工事は一日で終わった。弟子が木屑を集めて屋根裏に戻して敷き詰め、床を清掃すると、職人が別れ際に言った、「マダム、ごらんなさい、すっかり見違えました。他のマダムにもぜひ私を紹介してください」。リガの改装業者が喫煙、茶飲み、ひなたぼっこでうつつを抜かしているのを見るたびに、中国人職人の働き方とサービス精神を思わずにはいられない。

中国人の仕事ぶりについて続けよう。暖炉と台所用の石炭は燃料倉庫に注文して買っていたが、一トン単位で買ったのは、それが納屋に置ける量だったためだ。取り決めの日になると、門前に麻袋入りの石炭を積んだ荷車が来た。車夫が麻袋をひとつずつ背負って納屋まで運び、肩越しに中身をザザーっと出した。作業を終えた車夫は全身真っ黒となった。納屋まで遠いとか門からの通路が狭いなどの文句を垂れることもなく、チップをせびりもしなかった。彼らの給金は倉庫で支給されていた。作業が終わって白パンを差し出すと、ケーキのように旨いと、喜んで受け取っていた。どす黒い顔が人のよい笑みに崩れ、パンの白さが際立った。

アンナおばさんは中国人の老人に狭い庭と便所の掃除をさせていた。雇ったというより、〝老頭《ラオトウ》〔おじいさん〕〟の小遣い稼ぎを手伝っていたというほうが正確だ。仕事を終えた老人にシチューを勧めると、汚れた服できれいな部屋には入れないと言って、玄関口に腰掛けてシチューと大きな分厚いパンを平らげた。そして、両手を合わせてぶつぶつと、本人のみぞ知る神への感謝をつぶやくのだった。そんなささやかなもてなしも、やがて日本軍の〝凱旋〟が敷いた配給制度で不可能となった。

我が家の中庭の外便所が汚れたとき、アンナおばさんが中国人の店子を注意したことがある。すると相手は便所に入り、ひと目見て言い放った、「あれはうちのじゃない、朝鮮人のだ」。分析抜きの、一〇〇パーセントの現場検証だった。

戦争が長引くほどに抑圧が脅迫めいてきた。あるロシア人女性が百貨店で万引きをし、警察官駐在所で鞭打ち刑となった。その際警察官は、拷問を加えつつもわざわざ尋ねたという、「どうです、どんな感じですか。あまり痛くないですか」。哀れな娘は警察から解放されると、その苦しみを友人知人に言いふらし、今後は一切店に近寄らないと誓った。その後しばらくは白人の間で「どんな感じですか」と聞けば苦笑いしたものだ。

はるかに悲惨なこともあった。ロシア人青年が憲兵隊に訳もなく拘束された。数日後に青年の両親が呼びつけられると、大佐が出てきた――「遺憾な誤解がありました。お宅の息子さんになんの罪もありません。遺体は国立病院で引き取ってください。葬儀の費用はもちろん当方が出しますので、どうかご勘弁を。それでは私は多忙なもので。失礼！」。

太平洋戦争の初期、日本の喧伝によれば米空軍が日本列島に到達できるはずはなかった。ところが一九四二年四月二八日、東京から神戸までの島民たちの唯我独尊に、米軍爆撃機一六機が与えた衝撃はいかばかりだったか。米軍戦隊はなんの被害も及ぼさずに、中国大陸方面にある基地に向けて飛び去った。それ以降、私たちの生活に対空防衛日が追加された。バケツ、梯子、槍、ロープを軍手をはめた手に握りしめた住民による消防団が結成された。女性は肩から背中半分を覆う長い頭巾を縫わされ、モンペ——古布を再利用した垢抜けしないズボンだ——を穿かされた。白人女性たちは流行のタック入りズボンを仕立てて訓練に出た。一部の日本人はそんな洒落た女性たちを近所の水溜まりや砂山に連れて行き、敵機を見つけたふりをして「地面に伏せろ！」と命令して喜んでいた。それぞれの楽しみ方があったのだ。

一九四二年六月五日に日本艦隊がミッドウェー島沖で大打撃を被り、以降はすべての前線で日本の敗北が続いた。戦場での敗北を心理的な勝利で埋め合わせようと、日本人は躍起になった。ジャズ、フォックストロット、タンゴ、ルンバが、日本精神に不適切だとして禁じられた。「ジャズはアングロサクソンの文化だ。英米的なるものはすべて撲滅すべし」と、大学に来た思想を取り締まる教師が端的に解説した。ということで憎むべきレコードはすべて、たとえ日本製であっても割られることになった。それでも我が家の隣家の美しい日本娘はジャズを聴いていたのだが、とうとう憲兵隊の暴徒にレコードを叩きつけられ、顔を文字通り真っ青にされた。「打倒米英！」の遂行が無理なら、せめて反抗者を殴れ。ジャズの禁止を心から歓迎したのは、「闇、サクソフォン、裸踊り」と、新しいダンスを明らさまに嫌悪していた数学のトマン先生だけだったろう。

ダンスホールが全面的に閉鎖されて、トマン先生の懸念はなくなった。映画館と劇場に酒場も存続していたが、客は娯楽費相当の、戦勝すれば還付される特別報国債券の購入を強制されることになった。庶民の懐からいかなる金も搾取しなくてはならなかったのだ。財布をカラにするもうひとつの術が〝義援金〟だ。あるときロシア語新聞の記事に唖然とさせられた——あるロシア人夫婦が日本軍部を訪ねて深く感動し、軍事力強化のために一〇〇元以上を寄付したというのだ。夫婦は目に涙を溜めて金を差し出した、と報じられていた。「そんな大金を泣かずに差し出せるか」と、これまた冷笑の種となった。献金者の背後にどんな重罪があったのだろうか。

それまでは「大満洲帝国大ハルビンの日」を祝って、毎年、松花江に盛大な花火が打ち上げられたものだが、誇大妄想が潰《つい》えると、小さな爆竹にさえも祭費を割けなくなった。

ロシア人コサックの広大な農業地区には、よく手をかけられた美しい馬がたくさんいた。これに目をつけた役人の指示で、ハルビンで馬術大会が開催された。市内の競馬場に大勢のコサックが集い、走る馬上で自在に動きまわった。六人の御者が三頭の馬を猛スピードで疾走させながら、ピラミッドを作り、リンゴを刀で切り突き刺し、観客は熱狂し、特に日本人は興奮して総立ちとなった。農民兼戦士でもあるコサックの芸当は、日本の騎馬隊員にも中国の農民にもとても真似できないだろう。

大学三年生（一九四二年）時には実に多くのことが起きた。まずはいつも陽気なロシア人でさえ、「日本人は戦い、中国人は商い、朝鮮人はだまし、ロシア人はドタバタ踊る」と風刺するのをやめた。とことん抑圧され虐げられてきた朝鮮人を、これ以上侮辱したくなかったのだ。学舎のない朝鮮人は初等教育から日本語を強制され、朝鮮語の名前を捨てさせられ日本語の苗字を強いられた〔創氏改名〕。私のクラスには、「以前はパク、今はアライ」と二つの名前を書きとおした朝鮮人の同級生がいた。誇り高き朝鮮人のささやかな抵抗の証だった。大学事務は彼を叱ったが、清水学長はこうした政治的行為を学内で穏便に収めていた。英米音楽の禁止から数ヵ月遅れて、ロシア人が内輪でワルツを流しポルカを踊っていることが判明し、ロシア人のこよなく愛するダンスも終焉した。戦時思想にダンスは不適切、以上！

なんとしたことか、学生も学長をあれこれと困らせていた。ある吹雪の夜、学生のズヴェレフは酔って軍事飛行場の領内に忍び込み、軍曹の家に入り浴槽に横たわって、その家の女性を驚愕させた。学長が厳重注意を受けたが、事件の張本人はもっと落胆した。飛行場の幹部が彼に一〇〇元を提示して、侵入箇所を示すように求めたのだ。ところが鉄条網のどこにも隙間は見つからなかった。夜の闇と吹雪に門番の視界がくもり、学生がすり抜けるのに気づかなかったのだろう。学生は目の前にぶらさげられた大金を手にする夢のような好機をみすみす逃して、解放されてなお罰を受けた心地だった。

大学の近くには、ユダヤ人老女が商う小さな文房具店があった。学生たちはこの店でトリペラ(ロシア語で羽根ペン)がないかと次々に尋ねて喜んでいた。これに腹を立てた老女が学長に訴えた。ところが学長は逆に「どうか許してやってください。学生は貧しくて、一ダースが買えません。三本だけでも売ってやってください」と頼んだのだ。火に油を注がれた老女は「日本人には善悪がまったく通用しない」と、ぶつくさつぶやき出て行った。訴えた先が大学で助かった。

大学の民主的な評価方法にも限界はあった。違反すれば学部事務に呼び出され、あらかた用意された文書に署名を求められた。その文の冒頭に「私を大学から除籍してください」を目にすると、学生は必死の言い訳を始めた——「父の体調が悪く、私も病気だったんです」「そうですか。署名して出て行きなさい。自分を治療してから、お父上のことも治しなさい」。

三年生だった私は再び家庭教師を頼まれた。キシモトという役人にロシア語を教える仕事だ。数回目の授業でキシモトは早くもドストエフスキーを原語で読むことを諦めたらしく、以降は姿を現さなくなった。私が授業に訪ねていく度に、中国人ボーイが茶を出しながら繰り返した——「今日は多忙ですが、また来てください。次は必ずいます」。そのまま、毎月の給料日に私の前に報酬入りの封筒が置かれて数ヵ月が過ぎたとき、キシモトの代わりに日本軍士官が現れ、なかなか上手いロシア語で言った、「ロシアの文学作品を読み、ロシア語学習者向け月刊誌の問題を解くのを手伝ってもらいたい」。授業の中断を切り出せなかったキシモトが、身代わりを見つけて、彼にいくらか払わせたという、さも日本人らしい顛末だ。私の新しい生徒となった関東軍医のハタ・マサウジとは親交を深めることになり、以降何十年もの長い付き合いとなった。彼の結婚披露宴に招かれ、高級レストランにしかない御馳走にあずかったこともある。そこで飲んだ香り高く甘いミリン酒は旨かったが、これが不意打ちだった。新郎新婦に別れを告げた私は、記念品をもらって（日本人の結婚式では新婚夫婦から客に贈り物を渡す）家路についたのだが、なんとしたことか。意識は明晰なのに体が言うことを聞かず、まったく足が動かなかった。ようやく広場を横切ったところで路面電車を待つ間、歩道の縁石に腰をおろし、両足を道路に投げ出した。奇妙な目眩が治まるまでに、路面電車を何台も見送った。やっと立ち上がって家まで辿りついたが、強い酒を飲んだのはあのときが初めてだった。幼児の頃に舐めたビールは、どうもそこまで質が悪くなかった。

大学は平常通りだった。ハラ先生（あだ名のハリャはロシア語で鼻面）は倒産した六社に勤務した経験値を自慢としていたが、会計学と金融学のほうは疑わしかった。偶然にもハラ先生の講義の外部視察が立て続き、そのたびに先生に指名された学生が回答した。たとえばカッタイは、毎回同じように「二重会計」の定義を問われて、はきはきと答えたのだ。これを清水学長が見逃すはずがなかった。三度目の視察後に、回答した学生が揃って学長室に呼び出された。学長が内実を知ると、私たちはすぐに講義に戻されたが、ハラ先生は翌日から来なくなった。どこへ去ったのだろう、どこか新しい会社を潰しに向かったのだろうか。代わりに来たアイザワ先生は企業倒産の経験のない有能な講師で、無味乾燥な会計学のほかにも美しい日本語を教えてくれた。

西洋人は日本人のことを、禅仏教の瞑想に浸り柔道と空手に夢中だと思っている。だが私たちは禅も日蓮も、その他の仏教の教えも一切受けなかった。日本人の信仰心が目に見えたのは、唯一、ハルビン神社の前を横切る男性が帽子をとって立ち止まり、深く会釈するときだった。女性は帽子もかぶり物もとらなかった。路面電車の中では礼をする空間も時間もなく、神社の前を過ぎるときに男性が帽子を軽く持ち上げた。

足蹴りなどの武術も教わらなかった。軍事教練では単純構造の有坂銃の扱い、行進、走行、匍匐前進、障害物突破などの訓練があった。藁人形に模した仮想敵を銃剣で突き刺す訓練では、「前進、前進、後退、後退、前進、ぐっと引いて突き刺せ!」のかけ声を合図に「やあ!」と絶叫させられていたのだが、私たちは軍事教官の名前を引き延ばして「スクリャアビン!」と叫んで愉しんでいた。

毎夏、学生には軍事教練キャンプがあった。満洲の夏日にガスマスクをつけて歩き走ることのなんと苦しかったことか。筆舌に尽くしがたい喉の渇きで、どんな溝でも、たとえ馬の足跡にできた窪みの溜まり水をすくえたならば最高に旨い水だった。教練は大佐や司令官の到来で終わり、一団は高位の客を迎えて「敬礼！」と指令がかかると、捧げ銃《つつ》の直立不動となった。司令部はその前を通過してテントへ一服に向かったが、次の指令の「敬礼なおれ。休め」を出す者がいなかった。敬礼姿勢のままの我らに軍曹か誰かが気づいて休ませてくれるまで、一五分も直立不動したことがある。

さらに嫌な目にもあった。その日、私たちは郊外の射撃演習場でさまざまな標的を撃っていた。成果はなかなかであったというのに、なんと不運なことか、その日の終わりに演習を視察していた関東軍中尉がある学生の油染みた鉄砲に気づいた。「あれはなんだ？」と、大学の軍事教官長役であった満洲帝国軍大佐のロシア人コソフが厳しく問い詰められた。「アブラです……」コソフがおどおどと答えると、日本人の怒声が辺り一帯を震わせた、「アブラだと？　なんのアブラだ！」。コソフは学生に敬われていたわけではないが、さすがに日本の一軍人が「同盟」軍のロシア人大佐に喚き散らす見苦しさに、私たち一同はいたたまれなくなった。下僕と操り人形が無価値であることが歴然となり、「日満一徳一心」を会得する教訓だった。

身分の低い者ほど虚勢を張りたがるものだ。ある日、物静かな清水学長が学院の三階で「今日は廊下が騒がしいようですな……」とつぶやいた。そのひと言はあらゆる部位部署の職員に次々に伝達され、一階の事務員の口からは脅迫めいた言葉に様変わりしていた、「三週間の追放だ」。「追放」のつの字も、学長は口にしていなかったというのに。

戦時中にもかかわらず、ハルビン市は緑化運動を推進していた。その推進役であった副市長のツボミさんが自然保護の標語を公募した。「木を守ろう、木は私たちの友だ！」と思いついた私が、審査員会に送るとなんと一等賞となり、木の苗と大金三〇元の現金をもらった（当時の役人は賞金を課税対象にできることを知らなかった)。私は庭を持つ家の所有者に苗を譲り、金はアンナおばさんに渡した。家計に困っていたわけではないが、臨時収入は常にありがたいものだ。おばさんが返してくれた数元で、私はまた辞書を買った。一部の学生が私の幸運を妬んだ。「あれで金がもらえるなんて。大したことは何も言ってない。単純極まりない言葉だ」。私は腹立ちまぎれに言い返した、「世界の天才的なことは、どれも至極単純だ。それなら言わせてもらうがね、なぜ君たちはもっと単純でもっと天才的なことを書かなかったんだい?」「あんたのことは論破できない」。女子学生の恨みがましい一言で落着した。

毎年の九月一八日、日本が満洲侵略を開始した日には、市の郊外に建設された巨大な記念碑「忠霊塔」で深々と最敬礼させられた。その年、だだっ広い自動車道の片側に、ユダヤ人青年組織(マッツァビ、あるいはビリティッシュ・トランペルダーだったか)が整列していた。学生を率いていた工学部の事務員で、まだ若かった白系ロシア軍元大佐が気軽に「隊列、歌!」と命令すると、思いがけないことが起きた。忘れかけられていたロシアの古い流行歌を、四年生がアメリカのフォックストロット『ヴァレンシア』のメロディーで歌い出したのだ——「森の奥には薪がたくさんある、枝を手に取れ、ユダヤ人は多い」、続いて「ラララ、ユダヤ人全員は殺せない、ロシアの大地は救われない」とリフレイン。「歌、やめ!」、司令官が愕然として命令した。民族憎悪の煽動は許されない行為だった。ユダヤ人たちはこれを冗談と受け止めて怒らず、笑っていた。軍部には聞こえず(あるいは意に介されなかった)、幸いにして学長にお咎めはなかった。

歌に関しては実に奇妙なことがあった。隊列行進でよく歌ったのがソ連の有名な「カチューシャ」だったなど、信じてもらえるだろうか。誰に教わったわけでもない。私たちはいつの間にか多くを学んでいた。日本の降伏後にソ連の外交官に聞かれたことがある、「当時君たち学生はなぜ、揃って大声で我がソ連のカチューシャを歌っていたのですか」「あの歌のどこがソ連的でしょうか。リンゴの木が美しく花咲き、カチューシャという名の娘が岸辺を歩き、草原を飛ぶ鷹を歌ったものですね」と私が切り返すと、外交官は押し黙った。ある村のロシア人「スパイ」は、地元ロシア人青年がカチューシャを歌い出したと役人に密告して失敗した。「ああ、あれは素晴らしい歌だ」とサムライに切り替えされて、スパイは啞然とした。日本人はソ連のカチューシャを知らず、スパイは一九一四年に中山晋平がトルストイの戯曲『復活』のために作曲した流行歌「カチューシャの唄」を知らなかった。カチューシャを蔑みでもすれば、さんざん叱責され、果ては首をはねられたかもしれない。スパイにはなりたくないものだ。

三年生の二学期に関東軍司令官が大学を視察し、私たち学生は大いに不安になった。「スターリンはエライか」という質問に、指名されたユダヤ人のアーブラムは「ハイ、エライ」と即答した。アーブラムの父親が汚職の嫌疑で特高（嫌悪すべき組織）に拘留されていたことは周知の事実であったので、私たちは恐怖で息もとまりそうだった。学長も戦々兢々としていたようだが、司令官の反応にその場が驚いた、「そのとおりだ。とんでもなく悪いが、やはりエライ」。皆一斉にほっと胸をなで下ろした。今回も大事にはいたらなかった。

学生生活が終わる一九四二年が近づいていた。私たちは最終試験（国家試験はなかった）に備え、卒業論文を仕上げた。康徳九年（一九四二年）一二月六日には、礼拝、二人の「皇帝」の宮殿の方角に向かって最敬礼、三つの国歌斉唱、要人数人の講話があり、その後に卒業証書が渡された。親、親戚、友人の参列はなく、数日後に送別会をした。工学部の卒業生たちも似たような会をしたらしい。まさかのアンナおばさんでさえ、卒業生のために質素な食事の用意を申し出た。〝フィジョージ（非常時）〟ゆえに贅沢はできなかったが、ニシンとポテト、肉も少しは手に入った。酒は欠かさなかった。一年生のときにロシア人学生に「飲んで愉しもう。死ぬときは誰しも死ぬんだ」との誘いに、「ぼくはいらない。やめておく」と遠慮していた、物静かな中国人のグアンも飲んだ。それまでなぜ飲まなかったのか、飲めないのか、死にたくなかったのか、とうとう彼に聞きそびれてしまった。

つまみは少なく酒がよく回った。清水学長は長廊下のベンチに寝転がる学生たちの奇妙な〝敬礼〟をすり抜けて、帰宅していった。私は同級生のミハイル・パホノフに呼びつけられ、人気《ひとけ》のない講義室に入った。そこで彼は床に座り込んで大真面目に言った、「カッタイは級長だ。問題が起きないようにしろよ」。酩酊していても、意識はしっかりしていたのだ。だがその夜にも一悶着あった。二人の学生がひとつのピロシキを分け合って半分に割った際に、中身が破裂して、大学事務のウリヤニツキ教授の顔にジャムが飛び跳ねた。学生は先生に謝り、和やかに茶の杯を交わした。たかがそれしきでも、ハエは象にもなる。数日後、級長の私はあらゆる〝組織〟を歩き回され散々絞られた――学生が故意に教授にジャムを塗りつけたのは、大学が無秩序である証だ。この無意味な騒ぎは治まったが、残念なことは、そのゴタゴタを引き起こしたのがピロシキの分割を脇で見ていた同窓生のタラソフだということだ。私たちはなけなしの金をかき集めて、彼が送別会に参加できるようにしてやったというのに。裏切りの限りを尽くした恥知らずのタラソフは、過酷な罰を受けた――一九四五年の秋にソ連軍に捕らえられ、シベリアのラーゲリに送られた。彼は一一年後のフルシチョフ時代に名誉回復されたが、もはや生還はしなかった。

働きだす

満洲帝国の大学卒業生は国に就職先を〝配置〟される恐れはなく、自分で探すことができたが、公務員職が人気だった。統制経済下の民間企業は息も絶え絶えだったし、食品店は配給制度のために食料分配の拠点と化していた。残された闇市は密かな投機ということだが、前年の卒業生が闇取引に手を出して特務機関に事情聴取されたことが、大学で知れ渡っていた。その当人は家に戻ると、翌日にまっとうな職を探すと告げた。家の者が尋ねた、「殴られたのか」「いや、茶を出してくれ、ビスケットまでくれた」。非常時にあるまじき贅沢だ。「でも取り調べを受けてもなお取引をやめなかった奴が、殴られるのを見せつけられた」。特務機関は打ちのめすことに長けていた。捕まれば青あざひとつなくとも、身の内は徹底的にやられた。

私たちの就職には学長自らが尽力してくれた。一九四三年一月上旬、私もまた学長の推薦書を手に国立銀行ハルビン支店の日本人支局長を訪ねた。面接のあとに、各種企業の領収書、請求書、支払書、債務書などを一束渡されて、収支を計算させられた。私がそれをさっさと難なくこなすと、支局長はさも満足した様子だった。そして私の生い立ちを尋ね、両親がラトヴィア出身だと知ると、壁に掲げてあった巨大な世界地図に近寄り、ウラル山脈の辺を指した。私はすかさず訂正した。「ちがいます、ラトヴィアはそこではありません。バルト海に面しています」。求職に来たというのに、これはでしゃばりすぎた。「ああ、そうですか……では数日後に結果を知らせます」。私は喜び勇んで帰宅した。これで確実で立派な職場で働ける、家から近く給料もいいはずだ（当時、国家機関に就職する際に給料を尋ねるのはタブーとされていた）。翌日、清水学長に呼びつけられた、「君の銀行行きはなくなった」。いったいなぜ？「課題がよくできたのは承知している。だが身の程を知らなかったようだ。支店長が地図を見たときにどんな魔が差したのかね？国立銀行の支店長がラトヴィアの位置を知らないと思うか。自分のほうが賢いとでも？もういい、がっかりするな。もっといい仕事がある。教務部の教科書編纂委員会だよ」。私は二の足を踏んだ、「では首都の新京に引っ越すことに？」「どうしてかね？支部はハルビンに、しかもこの大学の三階にあるのを知らなかったか？母校で働けるというわけだ。さあ、これから教務部のフクヤマ君を紹介しよう」。学長の言葉に私は安堵した。そこは支部とは言いながら、ひどく狭いひと部屋だった。いくつかの机に、本棚で埋めつくされた壁。フクヤマは哈爾浜学院の卒業生でロシア語に堪能だったが、日本語で（あるいは私の能力を試すために）仕事内容——ロシア人学校向けの各種教科書編纂——を説明した。「これまでロシア人教授とベテラン教員でやってきたが、仕事が増えて日本語がわかる職員を必要としています。よく考えて、その気があれば次の月曜から出勤して下さい。それまでに新しい快適な椅子を用意しておきましょう」

静観の日々が続いていた。月曜の朝に歩道に吐瀉物と伐り倒された若木を見れば、まちがいなく日本軍人が威勢よくとおりすぎた跡だった。口から吐き出すほど酒をあおり、米を食べ、刀を振り回せた者はほかにいなかった。辻斬り（新刀の切れ味を通りすがりの人間で試す）のため、夜の散歩に出た昔のサムライ気取りだったのだろう。現代においてサムライ魂を賞賛する人々が、刀を振りまわす楽しみが一七四二年に「切り捨て御免」とされたこと（寛保二年の「公事方御定書」のこと）を知っているか、疑わしいものだ。

刀を振り回す者はほかにもいた。満洲軍がロシア人移民にも招集をかけだした頃、クリスマス休暇をとったロシア人士官がハルビンに現れた。キタイスカヤ通りをひどく酩酊して歩きつつ馬車を襲い、持っていた刀で御者と乗客三人を殺害した。「やつらはひとりずつやるが、俺は一度に四人やってやる！」との叫び声を、近くをとおりすぎたロシア人がはっきりと耳にした。幸い、「やつら」呼ばわりされた日本人は流血現場にいなかったが、仮に聞きつけても理解できなかったろう。斬殺されたのが日本人でないことから、殺人鬼は腕章を没収され、馬番に格下げされただけだった。「ひとり死ねば食い扶持が増える……」、こんなところにも中国人気質が見える。

一九四三年以降、日本人の大陸移住が激減した。その訳は単純だ――アメリカ空海軍の快進撃で、無数の日本船が海底の竜宮城に沈んだのだ。日本と大陸間の客船の運航は著しく制限された。それでも新参者が数階建ての閉じられた玄関口で、必死に叫んでいるのを見かけたことがある、「カワヤマさん、カワヤマさん」。そんなふうに呼んで聞こえるのは、入り口が障子でできた日本の田舎家だけだ。厚さ数メートルの煉瓦壁に、二重ドアの厳寒の満洲では聞こえるわけがない。

日本人には愉快な挨拶の仕方がある。路上で男同士が出会い、互いに深くお辞儀をする。一方が額越しに相手の様子を窺う。相手がまだ体を起こしていないなら、窺っているほうはさらに低

ハルビン市方正県の典型的な中国人街（1943年）

く、地面に届きそうなほど体を折り曲げる。そして同じタイミングを見計らって体を起こす。

大学内に職場があった私は、大学の行事にも参加した。一九四三年初頭から大学の〝政治講師〟であったサクラギ大佐は、学生にスターリングラード戦の結果を解説しながら、「スターリングラード、ここにソ連軍、左側にイタリア、右側にルーマニア。両側にソ連」と、ヨーロッパの大地図をつついてみせた。そして攻撃するような仕草で、打撃力を表す怒声「ガチャンと！」を発した。そして自分が首を絞められたように息を切らして、両手を合わせて円を作り、ぎゅっと握り締めた。「そして四〇万！」（ドイツ人捕虜数）。賑やかで端的な授業だった。長い話は記憶に残らないものだ。サクラギはイタリアの戦争離脱を端《はした》ない言葉で表現した――「バドリオ（一九四三年七月にムッソリーニから政権を剥奪したイタリアの元帥）は悪党、イタリアは淫売」。

日本人の憂鬱は深まった。男たちは赤紙（召集令状の色が赤かったことからこう呼ばれた）を次々に受け取り召集されていき、女たちは道行く人に「千人針」の助けを求めた。白布に赤（幸福をもたらす）糸で千人の女性が一針ずつ縫えば、愛しい人が敵弾を逃れ無事に生還する一助となる――第一次日中戦争（一八九四―一八九五年）（日清戦争」期に生まれた迷信だ。

当時の重油一滴は、兵士の血の一滴に匹敵した。町からは乗用車がほぼ姿を消した。残ったのはバス数台と、まるで何事もなかったかのようにあちこちを滑走していたいすゞ軍用トラックだ。そのタイヤのやかましい鎖の音は、あたかも日本の武力を誇示していた。私にとって交通の不便が生じたのは冬場だけで、冬以外は通学通勤ともに昔買った自転車で通っていた。タイヤはまだ入手でき、修理人はいくらでもいた。赤紙は中国人には届かなかったのだ。

ガソリン不足でロシア人のタクシー運転手がさっそく取り替えたのは、細い薪束で焚く〝湯沸かし器〟が背後にとりつけられた乗り物だ。日本人は車内に入ってくる煙の匂いを嫌い、馬車を選んだ。そのためか、日本人を風刺する低俗なロシア語が生まれた、「カーキ色の服を着て、柿を食べ、酒《サキ》〔サケをロシア語の格変化させた発音〕（ロシア語の俗語で尿）を飲み、マチェー（中国語で御者、ロシア語の俗語で尿）に乗る猿人《マカキ》」。よりまともな表現では、「さきほど日本人があなたをお探しでしたよ」「どんな人でしたか」「背が低くて黒髪に黒い目、金歯に眼鏡、カーキ色の上着の人」。日本人男性が似たりよったりでなかったら、それなりに際だった特徴ではあっただろう。

捕虜収容所を脱走したアメリカ人兵士がそのような外見であれば、国境を越えて同盟国ソ連に逃げおおせることもできただろう。だが、長身に茶髪の青い目で中国の農民服を着ていたために、まんまと捕えられて死刑となった。報じられた哀れな兵士の風変わりな苗字メリンゴロが、今も記憶に刻みこまれている。ちなみに彼がソ連に入国できたとしても、大歓迎を受けるどころか神聖なる国境を不法侵入した咎《とが》でラーゲリに長年閉じ込められたにちがいない。そんな憂き目を見た日本人の漁師がいたことが、後々明らかになった。ソ連がユートピアだという寓話を信じて海を越え、正真正銘の地獄に堕ちたのだ。

上司のフクヤマは親切な人で、仕事は順調だった。私はロシア語読本の校正にとりかかる傍ら、この先役に立つと勧められて、日本の理科、化学、物理、数学の教科書を毎日数時間ほど熟読する時間をもらった。結局は採用されなかった銀行の面接で金融取引の収支を解いて以降、経済問題にはとうとう係わらなかったが、そのときから日本語と中国語の習得と実務には全力を注いできた。

ロシア人学校で使われていた読本は、ニキフォロフ教授を長とする古くからのロシア人作業班が編纂した良質のものだった。だが不条理もはびこっていた。ハルビンにも腕利きのロシア人と中国人の文選工がいたというのに、すべてにおいて誰よりも物知り顔の上役の人間は新京にある教務部本省での出版を優先した。ところが本省の文選工はロシア文字の文章には無知だったのだ。私が校正しニキフォロフ教授のお墨付きを得たテキストが新京から刷り上がってきたときには、カッコウの腹の黒色横斑なみに乱れていた。それを修正して新京に送り返し、再度受理した修正後の印刷はさらにひどく、しかも訂正箇所と同じくらい新たに多くの誤記があった。私は泣きたくなったが、フクヤマは笑った。「気にするな。こんなのは最初でも最後でもない」。事実、そのとおりで、修正を重ねて刷り上がったいくつかの書物は、質的にかなり疑わしいのだが、それでも日の目を見た。飢えていればカブトムシでもご馳走になるのだ。満洲のロシア人移民は読み物に飢えていた。昔からあった本は読み尽くされてぼろぼろとなり、ロシア人移民の拠点があったラトヴィア、パリ、ベルリンからは物資の送付が途絶え、新たに出版されることもなかった。資金不足というより、許可がおりなかったのだろう。読みたければ日本の本を読め、というわけだ。

フクヤマは私の副業を大目に見ていた。私は週に数時間、ロシア人宗教セミナーという極貧の学校で日本語を教えていた。おもしろい経験だった。「なぜ日本語を学ぶのか」という課題では、「私たちは苦しい時代に生きています」という退屈な文で始まる模範回答があった。終了試験の前には出来の悪い男子を指導した、「試験の監督官に日本人はいない。彼らは何の関心ももっていない。かたや監督する正教会の神父は日本語がわからない。そこでテキストは好きに読み上げていいが、ただし日本語らしく聞こえるように読むこと。つまずかずすらすらと、そしてふざけないように」。試験結果は上々で、神父は生徒の成績に大いに満足し、満面の笑みで長いあごひげをさすっていた。

ある日、教科書委員会に、上品なつば広帽をかぶった優雅な身なりの日本人が現れた。男はフクヤマの隣に腰掛け、何やらひそひそと話し込んでいた。私は元来服装に興味はなかったが、そのつば広帽には妬みに近い憧れを抱いた。見慣れぬ客が帰ると、フクヤマが説明してくれた――遠縁の親戚にあたる駐モスクワ大使館の外交官がハルビン経由（唯一の道）で東京に帰るところだ。そして続くひと言が、明かされなかった話の中身を埋め合わせた、「ソ連は飢餓に近い状態で着る物にも事欠く暮らしだが、戦争にはきっと勝つ」（そのような見方があったために、ヒットラーが再三けしかけた独ソ戦への参入に日本軍は二の足を踏んだのだろう）。フクヤマの隠しだてをしない態度に私は感銘を受けた。それからまもなくしてフクヤマにタバコ工場の職員集会での日本人所長の通訳を斡旋された。所長が何を話したかはすっかり忘れたが、当時としては破格の報酬として、しばらく品切れとなっていた高級葉巻ひと箱をもらった。それで私は密かな願いを叶えた。葉巻を美しい黒のつば広帽と交換したのだ。その頃のバスや路面電車の車内、それに市内のあちこちに掲げられたポスターに、立て襟にサングラスにつば広帽子の怪しげな男が描かれ、「スパイはすべてに耳をそば立てている」と注告していた。つば広帽を被ってもスパイにはなれなかった私には、どうも日本人の賢さが足りていなかった。

どのように治世が変わり、次々と異なる国旗がはためこうとも、ハルビン市は衛生と秩序が弱点で、あらゆるものが路上に転がっていた。ところがタバコの吸い殻はなかった。タバコ専門の収集者が長細く尖ったステッキで吸い殻をさっと突き刺し、背中の籠に落とした。吸い殻を再利用し、枯れ葉と混ぜて新たなタバコとしたのだ。再生タバコにつば広帽子との交換価値はなかったとはいえ。

仕事はますます多岐にわたった。フクヤマが有能な職員を増やしたいと言い、私は即座に優等生だったネヴェロフを推した。銀行でソロバンの数字をはじくだけの悲運を嘆いていたかつての同級生は、その数日後に私の同僚となっていた。

教科書編纂作業は日本語翻訳作業と化していた。とはいえ職場にあった日本人学校のための本ではなく、本省作成の中身と質が低俗な翻訳であることにげんなりさせられた。いぶかしがる私たちにニキフォロフ教授が解説した、「偉大な指導者に教養のある家臣はいらない」。あの日々の歪んだ情けない作業は、ありがたいことに日の目を見なかった。誤記だらけの新しい教本が人目にさらされていたら、恥ずかしさのあまり地中に潜るか、地上でハラキリをしたところだ。

日本支配下での次なる計画「ロシア人を別の土地へ移動させよ！」は、実に悪質だった。神の手が作り出したと思われるほどすばらしい桃源郷に暮らし、農業にいそしもう、との大々的なプロパガンダが展開された。ほぼ未開の肥沃な土壌で美しい広大な森は伐採し放題、猟師も漁師も捕獲し放題は、確かに天国の一郭にふさわしい。だがそれを享受できるのは、精神的にも肉体的にも強靭な者だけだ。そこで弱い者がどうなるかは、日本側に関心はなかった。都市からよそ者の白人を一掃しようとの思いつきのほうこそ、そもそも余計なことだった。この地にロシア人は一八九八年に、日本人は一九三一年にやってきたのだ。一体どっちがよそ者だろうか。実際多くのロシア人家族が未開の桃源郷の地を獲得したものの、横暴なキャンペーンは本格始動する前に歴史の歯車に中断された。日本側の悪知恵の多くはこうして未遂に終わったが、中には遂行された例もある。ハルビン在住の無国籍のロシア人移民、バルト人とポーランド人、恐らくチェコ人も、特殊番号が記された大きく丸い「優秀印」を付与された。ロシア人は白、その他は黄色。ソ連市民（満洲のハルビン以外にも住んでいた）には赤色が準備されていると聞いていたが、それは導入される前に日本支配が終わった。胸に印を着用する命令は私たちにはひどい衝撃で、白人の間では犬番号と言い立てられた。ロシア人はロシア国旗の色で覆い隠すことができたが、「黄色い勲章」をもらった私たちは終戦までもったいをつけて着用していた。

ドゥリーズリス牧師に会うたびに洗礼を受けるよう勧められていた私は、ようやく心を決め、最低限知っておくべき教典を学ぶため、日曜の礼拝後にエストニア人との混血であるエンマ・ヴァルボラと連れだって牧師宅に通った。四度目の日に、私とエンマは映画館のマチネに出かけた。その後、ドゥリーズリス牧師の指導は終わり、エンマとの文化的な散策もなぜか二度と繰り返されなかった。

ネヴェロフと私は「桃源郷に移動する」つもりもなく勉学に励み、日本語国家試験に挑戦することにした。当時の満洲では日本語、中国語、ロシア語、それにモンゴル語まで、三級、二級、一級、特別級の四段階の試験があった。合格すれば証書をもらい、公務員であれば職種と地位にかかわらず昇給した。証書の級によって加算額が五元、一〇元、一五元、二五元と上がり、二五元は高給取りの月収の四分の一に値した。大学二年生のときに二級に合格していた私たちは、特別級に挑戦することにした。「目標を高く設定しすぎて失敗し、評判までも台無しにしたスポーツ選手がいるぞ」と、嫌みな忠告もあったが、なるようになれだ。

難しい試験だった。まず作文では、「大東亜共栄圏」とその世界史的意義に、常套句をふんだんに用いて書くことにほとほとうんざりさせられた。次に翻訳では、万里の長城——遼東湾の底から巨大な竜のごとく這いだし、中国東北部の山脈の頂きに沿って甘粛《かんしゅく》省まで伸び、砂漠の砂に消える——のように延々と続く長文をロシア語にする。日本語と同時に、中国の地理とロシア語の美辞麗句も試されていたのだ。短い休憩をはさみ、日本語会話、続いてラジオ放送で流れるアナウンサーの語りの要約、最後に目の前に逆さまに示された文章を読みあげる問題——これには数分の集中を要した。数週間後、新聞に特別級の受験者カッタイとネヴェロフを通訳として認定すると掲載された。ほかに合格者はいなかった。満洲にはエリート校の建国大学（国立建国大学）で六年間の寮制を卒業した日本語能力に長けたロシア人もいたが、誇り高い彼らは言語試験を見下して受験をしなかった。そして昇給もなかった。

「特別通訳」となって浮かれ気分の私たちは、ブロードウェイと称された美しい松花江の川岸に繰り出した。そこでベンチに腰を下ろして暮れなずむ夕日を眺めていると、少し離れたベンチから賑やかな声が聞こえてきた。日本の軍人士官と「笑顔を売る」ロシア人娘たちだった。それを横目にネヴェロフが言った、「エドガル、聞いてみろよ、あの話し方。彼女らは日本語を二〇

○語だって知らないのにひと晩中ぺちゃくちゃやっている。ところが高く評価された僕たちときたら、朝から汗だくで働いているんだ」。それ以降、私はさまざまな通訳者と翻訳者を見るたびに、岸辺の娘たちを幾度となく思い出した。わずかな漢字と単語に恥知らずな度胸さえあれば、一端《いっぱし》の通訳者にだってなれた。だが、そんな通訳がしでかした失敗はいつも別の誰かが後始末する羽目になるのだ。

松花江の河岸は風物詩豊かだった。対岸から中国人客を乗せた小舟が戻ってきた。船頭に支払いをする際、彼らは一斉にポケットに手をつっこみ、真剣に財布を探る素振りをした。「いや、今回は俺の奢りだ！」、次々に声が上がる。その脇で船頭は突っ立っていた。いつものことなのだ。やっと意を決したひとりが財布を開き、精算をして儀式は終わった。日本人には見られない光景だ。中国は広大で資源豊かだが、人々は倹約好きだ。日本の面積は中国に比較すれば小指ほどで、天然資源もほんのわずかだが、日本人は実は貧しくとも貧しさを見せようとはしない。

松花江の夕暮れ

松花江の川岸には人間大の土台に熊の石像があった。白人の処女が熊の前を横切ると吠え声がする、との伝説が白人の間にあった。だが、どんなに女子が往来しようと熊は押し黙っていた。この手の話は中国人、日本人、朝鮮人には通用しない。

一九四三年、政府は学生が夏休みを無為にしないよう建設

我らがブロードウェーと称された松花江の岸辺にあった押し黙ったままの熊

労働を課した。これはロシア語で「犠牲労働」とつたない訳となったが、中国語訳の「忠労敬虔奉仕」のほうがまだましだった。漢字四文字は西欧語でもやはり単語四つであっても、綴りでは三五文字となる。漢文は簡潔で場所もとらない。学生は無償労働だったが、毎年の作業着、履物、帽子を返す必要がなく、食事も配給された。

学生たちはひと月の勤労奉仕の後にハルビンに戻り、大学の校庭に整列した。私がその様子を二階の窓から眺めていると、大集会に若い指導者が現れた。名高いサクラギ大佐は移動したようだ。マイクはなく、登壇した来賓が深呼吸して声を張りあげた。冒頭の「今回《По случаю》」というロシア語は、息継ぎのタイミングがずれて「大便をする《Посру》」となった。この「愉快な告白」に続き、「貴重な集会で皆さんを指導できて光栄に思う」。髭が伸び、薄汚れすり切れ、憔悴が明らかな労役上がりの学生たちを目の前に立たせているとも考えず、「皆さんの溌剌として喜びあふれる顔を見て嬉しい」と、賞賛の嵐を浴びせた。先頭の指揮官役の上級生ピスクノフはむきだしの刀を手に立っていたのだが、その日は猛暑であったせいか、食当たりでもしたのか、いきなり吐き気を催し、近くの花壇に駆け寄ってしゃがみこんだ。大佐の演説に特殊な反響音が加わった。胃の中の異物を吐き出した〝指揮官〟は、袖で口を拭いながら、「溌剌として喜びあふれる顔」で、抜き身の刀を手に所定の位置に駆け戻った。どうあれ任務を遂行したのだ。

一九四四年初頭に日本で総動員法が発布され〔国家総動員法の発布は一九三八年。四四年三月に第三回の改正〕、満洲もこれに倣った。ハルビンの白人集会で日本軍幹部がその意味を説いた、「日本男子は揃って実業家から兵士となった。日本女子は揃って慈善看護師となった」。店から品物が消え、「砂糖は子を殺す」や「祖先は肉食でなかった」と書いた紙が店内にベタベタと張りめぐらされた。わずかにも砂糖が買え、肉屋にあばら骨がぶらさがっていたときには、聞いたこともなかったスローガンだ。とうとう日本人にも食料が尽きようとしていたのだ。そんな時期に店頭に歯ブラシが並んだのは皮肉だった。こうした情勢をニキフォロフ教授は「あまりに滑稽な統制に大勢が涙した」と、満洲のユダヤ人は「洪水のときに遊郭で火事発生」と豪快に表現した。

人々の悲嘆をよそに私は、それまでラジオでしか聴いたことのなかったクラシック音楽を、演奏会に通い生で聴きはじめた。バイオリンを嗜む同僚のスビャトスラフの影響だった。ある日、いつもの演奏会ポスター「演目チャイコフスキー、指揮シュヴァイコフスキ（地元の指揮者）」に代わって、コブネ〔小船幸次郎。日本の指揮者・作曲家。一九〇七—八二〕という指揮者の名が登場した。舞台の幕が上がると、髪をなでつけた日本人が不釣り合いな燕尾服と純白のシャツ姿で楽団の前に立った。だが譜面台がない。設置を忘れたのだろうかと思った矢先に、指揮棒が振り上げられ、チャイコフスキーの名曲が会場に響き渡った。後半はリムスキー・コルサコフの「シェヘラザード」（優れたバイオリニストのジガルは、その数年後にシベリア送りとなり、白熊を聴衆とした）、最後にシベリウスの「フィンランディア」。コブネは滞在先の欧州からソ連と満洲を経由して帰国の途にあり、「国民服」のカーキ色にはまだ染まっていなかった。暗譜で演奏する指揮者は当時でも世界にはいたのだろうが、ハルビンでは目から鱗だった。コブネの出現で、日本人は刀だけでなく交響楽の指揮棒も振り回せることを知った。

北満学院の卒業生ネヴェロフ、カッタイ、ウスチノフの三人は、中国語に精進していた。昇給を狙ってとか、いずれは終わる日本語支配に備えてといった算段があったわけではなく、純粋に「粋《すい》を極める」ためだった。私たちは大学講師イェ・グイニャンに頼みこみ、週に二度、仕事上がりに彼の家に集まった。光熱費を極力節約していた彼の家で、私たちは寒さに歯を震わせながら教えを受けた。帰り道は体を温めるために幾辻かを走り、最後に歩を緩めると、ウスチノフが笑ったものだ、「これぞ通訳特訓だ！」。

日本語の最新報道をロシア語新聞向けに翻訳していたウスチノフは、日本各地の空軍の爆撃情報に精通していた。ロシア語に訳す際、名高いカミカゼはすんなりできた。英雄戦隊「蘭花（ランカ）」が登場したとき、原語の発音を翻訳に残すように要求されたウスチノフが軍部に説明した――ランカという音は、ロシア語で傷を意味する。「では報じないことにしよう」と決まった。攻撃圏万朶（バンダ）はさらにひどかった。ロシア語で盗賊団を意味するのだ。そう説明を受けた軍部の対応「それならいっそマンダとせよ」に、報道局のロシア人は大爆笑した。万はマンとも読めるため筋は通っているが、ロシア語では女性陰部をさす俗語に変わるのだ。日本軍部検閲官はドブネズミのような歯をむいて唸った、「なんてこった。ロシア人とはろくなことがない！」。

ウスチノフによれば、日本人は目障りな社員のリストラを進めていた。支局長が怠惰な飲んだくれを呼びつけると、驚くほど丁寧であっけなかったそうだ――「ペトロフさん、なかなかいい仕事ぶりですが、明日から来なくてよろしい」。労働組合など、その定義さえない国で、誰に訴えられようか。

非常時と総動員体制下で生活が苦しくなった。だが私を苦しめたのは、本の販売は日本人に限るという差別的な条例のほうだった。書籍の刊行がますます減少していたためだ。だがこの困難もやはり克服できた。本屋への立ち入りは外国人にも許されていたので、私が本屋に行き、気になる新刊書をフクヤマに伝えると、その翌日には欲しかった書籍が私の手中にあった。フクヤマにも要求があった、「中国人から肉をこっそり譲ってもらえまいか」「時間をください」――信頼のおける知り合いが、肉塊の包みを隠し携えてくるまで。軍医のハタもまた、日曜日に我が家でロシア語談義のついでに、アンナおばさん手料理のボルシチを賞味していった。すると、ハタは謝意を表して、厚手の士官コートから丁寧に包んだ餅の塊を差し出した。陛下に下賜された米を兵舎からくすねて、褒められるはずがなく、大いに危険な行為だった。だが持ちつ持たれつなのだ――本の代わりに肉を、ボルシチの代わりに米を。民族共生のスローガンは、虚構どころかこうして実質的に機能していた。

清水学長の追放

一九四四年六月末、ハルビン神社境内にて五大学合同の「犠牲労働」隊集会があった。日本人と中国人の要人の方々が延々と退屈な演説をうつ間、北満学院の隊列はそわそわと乱れ、「講師の訓示」を聴くよりも互いに無駄話をしていた。それが最強日本軍部を代表するアキクサ軍帥〔秋草俊。当時は陸軍少尉。一八九四―一九四九〕の激昂を買った。軍帥は皆の面前で清水学長を罵倒し、教育機関の指導力がないと糾弾した。学長は即日辞職を決意した。実際は、別の銅山とステップ地方の道路建設に当たる学生労働の職務が残されていたことから、公式の辞職は八月半ばに持ち越された。清水学長の右腕であったアイザワ先生も辞め、脆弱なショージ先生や若手講師らは赤紙を受け取り、学院は大打撃を被った。

清水学長の辞職後まもなくして、私とネヴェロフは学院事務を通じて、新学長となったトイズミケンメイ〔戸泉憲溟《といずみけんめい》。ウラジオストック本願寺僧侶。生年不詳〕に呼び出された。耳慣れない名前だったが、ひと目見てすぐにわかった――春に受験した日本語試験で委員会の進行役をしていた人物だ。新学長が単刀直入に言った、「状況は厳しく、どこも人手不足です。君たちの新しい任務のことは、フクヤマさんも承諾済みです。彼もまた講師になります。特に指導も管理もありませんから、日本語の教授法は自分で考えるように。一年生から始めます。学生を君たちのレベルに少しでも導けてもらえればすばらしい。建国大学のアボルマソフも加わります。首都で知り合いましたが、気立てのいい博識な人です。成功を祈ります。では、よろしく」。

戸泉学長は革命前のロシアで学び、ロシア人の妻がいた。戸泉に期待された大学の規律強化と刷新は当てがはずれたようだ。私たちが講師として招かれたのは、小麦がなければもみ殻でもよしとする人材不足が横たわっていたためだった。

私は周囲から新しい職場を祝福されたが、清掃員のロニヤには「よくも教授になれたものだ」と嫌みをぶつけられた。学生たちは概ね好意的で、特に美男で賢く軽妙なネヴェロフは女子学生の人気者となった。講義中にネヴェロフはヒマワリの種を嚙んでいた女子学生に尋ねた、「種の煎り具合はどうかい?」。以降、彼の講義中につまみ食いはなくなった。

アナトリー・アボルマソフは、首都での四方山話、特に傀儡政権の張景恵《ちょうけいけい》首相の愉快な逸話を得意とした。首相は建国大学を表敬訪問し記帳の際に、漢字の〝建〟に余計な辺を付け加えて、「国立健国大学」と書いた。「戦死者霊廟」開設日のほうは、さらなる醜態だった。〝廟〟に二画を書き加え、実に奇妙になったのだ。〝廟〟には家屋を示すまだれがある。そこに二画を加えると病気に酷似してしまう。首相の文盲に日本の役人はどうにも反応しなかったという。匪賊出身者に何が期待できたろうか〔張景恵は馬賊出身〕。

私は講義の教材に日本の歌謡曲やパイロットが活躍する威勢のいい軍歌を使用した。歌う授業を学生たちは喜んだが、私は彼らに課題として歌詞と漢字の丸暗記を要求した。当時ラジオで流れてきた「月月火水木金金」という調子よく陽気な歌は、たちまち学生に人気を博した。土曜日の労働短縮と日曜休日を返上して生まれた歌だ。何曜日であろうと勤労せよと、カレンダーまで書き換えられた。

政府の思いつきは次第に狂気の沙汰となった。前線の兵士は座っていない。ならば銃後も座るべからずということで、路面電車とバスの座席が撤去された。誰しも立つべし。

日本人はロシア人をあらゆる点で中傷するようになり、ロシア人に対する「監視」の目が張り巡らされた。ある集会で「ユダヤ人慈善協会からロシア的に大いなる謝辞」があった際、同席していた日本人がその意味を問い詰めた。ロシア人に馴染んで生きていたユダヤ人はロシア人並みのロシア語を操り、意味不明も疑念もない発言だったというのに。ロシア人学校二校ではもっとひどかった。卒業式で保護者代表が呼びかけた――「卒業生の皆さん、ロシアを支援してください」。そのときも、ロシアは正統なロシアのことであって、悪なるソビエト・ロシアではないと釈明させられた。別の学校では「悲観の必要はない。あらゆる事象は一過性だ」という発言に、日本人の疑念が向けられた――現行の秩序も一過性であって、言い換えれば消えゆく運命にある、そんな思考がこめられているではないか。

そうして迎えた一九四五年の雲行きは暗澹としていた。あらゆる指導者の、あらゆる演説が同じ主旨を示していた――「状況は楽観を許さない」。日本上空をアメリカ空軍「爆撃機三〇〇、七〇〇、一三〇〇が飛行」旋回と、日本語で報じられている最中だった。白系ロシア語新聞はそんな恐怖の数字に触れず、ドイツには食物が豊富にあり、人々は立派な衣類に身を包んでいるとの寓話をひたすら綴っていた。第三帝国降伏の日、同新聞は最終欄に、ニワトリの盗難とか犬が迷子といった〝重大〟ニュースに紛れこませて、小文字で報じたにすぎない。

春の日に、長年日本〝組織〟に仕えてきた日本語の達人であるロシア人のドモホフスキの死亡が報じられ、多くの人々が戦慄した。彼は沈みかけた船を予測して身を引き、アルメニア人の美女と結婚したのだが、〝組織〟からは離脱できないことを知らなかったのか。ドモホフスキは当初の結婚予定日に埋葬された。急死の原因は多様かつ重度のチフス。一九四三年に大連市で人力車の上で急死したロシア人グリゴリエフもまた、日本文学者として優れ、有能な翻訳者であった。彼がロシア語編集部に所属した雑誌社《東洋の見解》は明らかに日本寄りだったが、政府プロパガンダの急先鋒であった低俗な《アジアン・スター》と異なり、論評はまともだった。グリゴリエフはきっと知りすぎていた。政権にとって証人は邪魔者なのだ。ドモホフスキの葬儀で高齢のロシア人世代は記憶を蘇らせた——満洲国初期に、日本語に堪能な若いロシア人グロモフは日本機関に就職したが、とんでもない〝組織〟に入り込んでしまったことを察知してアメリカ行きを決め、上司に反対されることもなく旅立った。ところが不幸なことに甲板から落ちた。月夜に映える太平洋の波を眺めていて、うっかり足を滑らせたのだろうか……。

一九四五年六月上旬、ブヘドゥのベールジンシュ一家から息子エドワルドの結婚式への招待状が私の元に届いた。さて、どうしようか——外国人には数年前から国内査証制度が導入されていて、査証を取得するには警察署で出張証明書やら、特別重要な理由を何かしら示す必要があった。上司のフクヤマは結核で長期入院中だった。出張命令を書いてはもらえまい。困った私は戸泉学長を訪ね、結婚式に出たいのだがと正直に申し出た。学長は結婚式への出席は非常時における査証取得の理由とはならないと言いながら、別の抜け道を提案した、「新学年度を迎えるにあたり、ブヘドゥの現地校を視察し、卒業生の大学入学希望者数を調べてくること。遠方渡航で一校ではもの足りないから、バリマとジャラントゥニャ〔いずれもブヘドゥに近い東清鉄道路線上の駅名〕にも立ち寄ること。〝ジャラントゥニャの眺め、美しきジャラントゥニャ〟というロシアの古い詩を知っているかね?」。ジャラントゥニャがかつて保養地であったと、私も聞いたことはあったが、その詩は知らなかった。

私は査証をもらい切符を買い、列車に乗り込んだ。そこで驚いた。座席が撤去されていなかったのだ。途中、陰気な目つきの日本人憲兵が車両に入ってきた。食料を無許可で持ち出す者がいないか、抜き打ちで調べているのだ。車両の向かい側から中国人が、体を折り曲げるようにして憲兵に近づいた。男は媚びるようにひれ伏し、何やら書き付けのある紙を差し出した。その顔めがけ、強打が飛び、中国人は直立した。「どけ! 必要ならこっちからおまえの股間を調べてやる」、憲兵は怒声をあげ、書き付けには目もくれずに次の車両へと出て行った。「日本の警察は世界最良の警察だ」という、もちろん日本人の口から聞かされた言葉を思い出した。

ハルビンを早朝に発ち、夜半過ぎに生まれ故郷の村ブヘドゥに到着した。二二年ぶりだった。私は代父であるヴェイスマニスおじの家に泊めてもらい、翌朝、母の墓参にロシア人墓地に赴き、墓を探したのだが、徒労に終わった。中国人農民が開墾地をどんどん広げ、荒れ果てた外側の墓地の多くを掘り起こしていたのだ。おじは私を悲しませないため、そのことを知らせていなかった。亡骸が別の場に新たに埋葬されたとは思えず、その成り行きは尋ねないことにした。乳をくれたタチヤーナ・ミヘイェヴナ(私の代母)の墓を見て、私は心に空いた穴を埋め合わせた。

ベールジンシュ家の結婚祝いは、歌あり踊りあり盛大な食卓で和やかに行われた。一家の主は加工肉作りの腕前を披露することができた。町でのように踊りが禁じられることもなく、豚肉も牛肉も配給券で入手するどころか、家畜小屋で調達できた。それに私の知る限り、決まって酒だけはどの時代にもあった。砂糖壺は底をついていたため、家主が得意とする手製の菓子はなかった。祖国を遠く離れてほぼ四〇年となるベールジンシュ父子が、ラトヴィア民謡「カラスがカシの木に座っている……ラララ、金の竪琴を手にして」を歌うと、二人のロシア人妻もまた涙していた。

私は発つ間際にどっしりとしたハムの塊を手土産に持たされかけたが、丁重に返した。許可証がないために、「世界最良の警察」の強力ビンタをくらうのはごめん被りたかったのだ。そして帰路、予定どおりにバリマとジャラントゥニャのロシア人学校を訪ねたが、ジャラントゥニャには幻滅した。美しい自然の中で、かつての公園は荒れ果てあずまやは崩壊し、橋は壊れベンチの跡形もなかった。芝生どころか雑草が生い茂り、帝国となる以前に保養地を誇った輝かしい鉄道村の欠片もなかった。

ハルビンに戻り出張報告をした私に、学長は「結婚祝いはどうだったか」としか尋ねなかった。その後、大学事務室に立ち寄ってみると、ちょうどアボルマソフが電話口で学長の名前ケンメイの漢字を説明しているところだった、「ケンは憲兵のケン……」。横から事務員が諌めた、「なぜ憲兵などと言ったのか、憲法と言えばいいものを」。アボルマソフは言い返した、「憲法なんて言葉はとっくに忘れ去られている。だが憲兵は窓を見れば、ほら、あそこにもいる」。言語論争はそれで終了だ。

翌日、ネヴェロフが仕事を辞め、親戚のいる田舎に引っ越すことにしたと、私に打ち明けた。彼の決意は固かった。そこで彼と連れだって、その日の夕方に川岸まで散歩に出た。イタリア人のヴィンチの指揮で市立管弦楽団が演奏していた――マーチ、前奏曲、ワルツ。続く第二幕で、ロシア人娘が日本人士官を罵っていた。支払いをケチったのだろう士官が、言い返すこともなくさっさと姿をくらました。パトロールに見つかったら、散々な目にあったはずだ――「陛下の士官がロシア娘ごときと穏やかに公正な取引もできないとは情けない」。

日本の降伏

一九四五年八月六日、その朝にアメリカ軍が広島上空で原子爆弾とやらを落としたことが明らかになった。ハルビンの庶民にはピンとこなかった。たとえ原子という名前であろうと大都市に爆弾一発ではないか。ハルビンと満洲北部全域は穏やかな眠りについていて、備え付けの黒カーテンさえ閉じなかった。だが限界が近づいてきた。八月八日の夜明け前にハルビンの人々は、対空防御警報のうなりに叩き起こされた。「満洲南部までしかこなかったヤンキーが、とうとうこの北部まで来たか」、と私は思ったが、爆破も銃声も聞こえてくることもなく、そのまま寝入った。朝一番のラジオ放送で我に返った――「ソ連が日本に宣戦……」。これぞまさしく爆弾だった。日本はソ連と一九四一年の春に日ソ中立条約を締結していたというのに。青天の霹靂《へきれき》だった。このニュースに戦慄した私たちは、八月九日に原子爆弾が新たに長崎に落とされたとの報道にはほとんど関心を寄せもしなかった。

ソ連軍の急襲は、山も川も、暑さや豪雨といった天災も、または日本の必死の抵抗ももののともせず、数日間のうちに満洲に配置されていた関東軍を全滅させた。一九四五年秋に、かつて武力と規模で極東の平和を脅かしていた猛威が崩壊したのだ。

八月一五日の早朝、ラジオのアナウンサーが呼びかけた――極めて重要な知らせがあるため放送を消さないように。一一時五八分、いつもどおり戦死者追悼の音楽が流れ、次にそれまでは昼に聞こえてきたことのなかった日本国歌が流れ、その直後に日本史上初めて、天皇自らがラジオで語りかけた。演説は短くひどく高尚な様式で、あまりにもったいぶった言い回しがわかりにくかった。わかったのは全人類のために「堪え難きを堪え、忍び難きを忍」ぶべきとの部分だけだ。ということは戦争は続行するのだろうか。戸泉学長は即刻、大学にいた全職員を集め、ほんの短く言った、「今すべてが終わった。陛下は降伏せよと命じられた……」。そして机に大学の印鑑と金庫の鍵を置き、深々と敬礼をして大学を後にし、二度と戻らなかった。

数時間後に全容が明らかになった。戦争大臣阿南惟幾《あなみこれちか》が天皇の宣言をラジオで解説した〔阿南は八月一五日未明に自決しているので、著者は解説したNHKラジオのアナウンサーと取りちがえている〕、「日本軍はすべての前線において作戦を中断しなければならない、戦争は終わった……」。日本女性は日本国旗を焼き払い、日本男性は酒を大量にあおりだした。アジアでの一四年におよぶ日本の軍事化を発端とした戦争が終わり、ようやく平和が訪れたのだ。人々は飲んで、国民的恥辱を癒やし、自分の行く末を考えたくなかった。「堪え難きを堪え、忍び難きを忍」ぶため、飲まずにはいられなかった。阿南将軍はラジオ出演の直後に切腹（あるいはハラキリ）自殺をした〔前述のように、実際には八月一五日未明〕。日本軍部の支配が終焉し、「満洲はドラゴンの力、法律はすっかり空《から》」と当地の人々に揶揄された満洲国も崩壊した。法に重きはなかったが、秩序のほうはあったのだ。

降伏の告知からほんの数時間のうちに、キタイスカヤ通り（おそらく別の場所でも）の中国人の店先に中国国旗がはためきだした。地下組織が粛々と機能した証拠だが、日本軍もまだ完全に力を失ってはいなかった。いすゞトラックが商業地区の大通りに乗り付け、ヘルメットを被った日本兵が銃剣を突き立てて整列し、戦闘態勢をとった。街角の店で国旗おろしの一騒動があり、殴られた店主は旗をおろした。当面は仕舞っておくことにしたらしい。連鎖反応のように国民党の旗がさあっと消えた光景には、一見の価値があった。「秩序」を敷いたサムライは次へと移動し、旗を引きずりおろすよりも、盗品を突っ込む頭陀袋をすかさず手にした火事場泥棒を追い払った。

市内の混乱を防ぐため、ロシア人たちは（旧白軍派も赤いソ連派も）領事館の承諾のもとに自警団を組織し、高校や大学の武器庫から取り出した有坂銃で武装した。日本軍からも、拳銃と銃弾とが大量に引き渡された。傀儡軍を解除された兵士、それに武器の扱い方を知っていた学生と高校生たちが自警団の中核をなし、ソ連軍の進入前に市内の重要拠点を強奪や破壊から守った。

この私も商工会によって結成された自警団の秩序維持隊に名乗りを上げたのだが、団長であったソ連領事館のドロジン書記官（実際はソ連軍大佐）に門前払いをくらった、「君は来るな。家で待機していろ。必要となれば呼び出す」。実際すぐに呼び出しがかかった。八月一八日の朝、兵士を大勢乗せたソ連機が飛行場に着陸したとの噂が広まった。その日の午後、我が家の前に小型オープンカー（アメリカのウィリスジープだと後で知った）が乗り付け、ロシア人士官が二人出てきて、私にソ連軍部で日本語通訳として手伝ってもらいたいと、丁重に申し出たのだ。私は隣室にいたアンナおばさんにラトヴィア語で尋ねた、「軍の呼び出しを受けたんだけど、どうしようか」

「行きなさい。後で首根っこをひっつかまれたら、どこに連れて行かれるかわかりゃしないよ」。

というわけで、私は士官についてウィリスに乗り込み、高級なヤマトホテル〔満鉄経営の高級ホテル〕に向かった――そこにソ連のさまざまな階級の軍人たちが護衛付きで停泊していた。

早くも第八の旗、ソ連軍にて

　ヤマトホテルでは早速、長く難解な文書を日本語からロシア語に翻訳させられた。傍らにいた短気なソ連の大佐が私を急かした、「縦書きを横書きにすればいいだけなのに、なんだってこうも時間がかかるのか！」。翻訳が字並びを変えるだけならば、どんなに楽なことだろうか。

　ソ連軍の弾丸の嵐を受けたハルビン最初の標的は、中国慈善協会の巨大な赤い卍で装飾された建物だ。仏教で幸福と善良を象徴する火の十字を、ナチス・ドイツは逆さにして歪曲した。散々に痛めつけられた不幸な卍を、中国の慈善事業者は板で覆い隠すことにした。私もまたささやかな不幸に遭遇した。ある夜、日本軍の施設に一晩泊まることになった。ベッド脇の引き出しはコンドームであふれそうだった。ちなみに銃剣の絵に「突撃」（正確には「突然一番」）と赤字のあるその包装は、それなりに美しいデザインだった。そこにはまた、ロシア語と日本語の辞書や教科書でぎっしりの本棚もあった。それらの本をソ連軍司令官は、「軍部の日本語学習に役立つ」として、箱詰めしてソ連に発送させていた。そこで私も、辞書を数冊、懐に入れた。その罰が当たったのか、翌日、私の両腕は発疹だらけとなった。医者に診てもらう暇もなく近所の薬局に行くと、ロシア人薬剤師のボロディンが一目で診断した、「二日後にはきれいさっぱり治る」。そのとおり、処方された軟膏で発疹は拭き取ったように消えた。薬は高価だったが、清潔感の維持とは引き換えられない。軟膏を買いながら私は思い出していた――一〇年前に父が二度目の家を建設中に、塗装していた中国人の目に石灰の破片が入り、私がこの薬局に連れてきた。目の洗浄液の支払いは小銭程度だったのに、中国人は頑として金を出さなかった、「そんなに安い薬に効き目はない」。中国人らしさが滲むささやかな出来事だ。

ソ連軍で働いた当初は、憲兵隊と警察、特務機関といった日本の弾圧組織の重要拠点を回っているうちに、時は万華鏡のように過ぎ去った。日本軍の武装解除がまだ完了していなかった数日間は、双方の兵士が軍事拠点の警備にあたっていた。指揮官に対し、ロシア人は帽子に片手をあて、日本人は捧げ銃で敬礼した。日本軍は無抵抗に降伏条件を遵守し、市内の暴力沙汰は皆無だったが、郊外の混乱は壮絶を極めた。中国人が日本軍倉庫の強奪を始めたのだ。彼らは白人による秩序維持活動には指一本も動かさなかったのに、日本人の財産の強奪には躍起になった。上陸数がわずかだったソ連軍部隊は市郊外には配備されず、また日本人に略奪行為を阻止する力はなく、さらに自警団は人を撃ってはいけなかった。高校生グループが本部に報告した、「どうすればいいんでしょうか。空砲を撃っても壁をどんどん越えて盗みにくるんです」「やらせておけ。ただし自分が盗まれないように気をつけろ」、領事館のドロジン書記官でもそんなジョークは言えた。倉庫の強盗を狙撃しても意味がなかった。中国人は自分に当たる弾はない、当たらなければ儲けもんだ、生き抜いて稼いでやろう、という運命論者なのだ。飢えた人が倉庫から小麦粉の袋を引きずり出すのは理解できるが、市場に小麦粉が山と積まれたことから需要が減った一方で、小麦粉を包む滑らかな白布は以前から欠乏していたため、小麦粉は地面にばらまかれ、布袋のほうが高額で売れていた。小麦粉は後で誰かにかき集められたかもしれないが。私がソ連軍の指示で倉庫にラジオ受信機用の真空管を取りに行ったときには、倉庫の床一面がガラスの破片で覆われていた。箱を開けた強盗が、見慣れない形の電球だと思って床にぶちまけて踏み潰したのだろう。実に気が滅入る光景だった。

軍事教練を受けた移民の学校生徒が空砲を撃っていた一方、ソ連国籍者のシュトフは自警団本部で不器用なことにピストルの弾をこめすぎて、ソ連国籍者協会のセルグノフ会長を撃って死なせてしまった。葬儀はあったが、どういうわけか殺人罪とはならなかった。不慮の事故は裁きの対象とされなかったのだろうか。

日本降伏の直後には、思いもよらない異常事が相次いだ。日本軍の武器弾薬の引き渡し目録が提出された際、銃五、六丁を紛失との釈明書と謝罪状が添えられていた。「謝罪のしどころを作りだしたようだ」と、ソビエト軍人たちは腹を抱えて笑ったものだが、その数日後には笑いも失せた。我々が明け渡し予定の日本軍兵舎に出向くと、日本人の大佐が不遜にもベッドに寝転んでいて、前夜の決定に従って退去する気配がなかった。「兵士が屋外に整列していないのはなぜだ?」「そっちの軍隊はどうだか知らないが、日本軍の大佐はスリッパを履いたままで兵士を指揮しない!」。どうやらソ連兵の〝戦利品部隊〟が大佐のロングブーツを収奪していた。ソ連の指揮官が怒声を上げた、「できそこないをとっとと見つけ出して、返却させろ!」。また、日本軍の高位軍人を尋問した際、私が通訳に当たったとき、相手は、ロシア語がわかるから通訳はいらないと言い張った。そして自ら対空防衛組織を説明した――「私たちはこうやってこうやったが、あなたの軍では……（ひどく低俗なロシア語で続けた）。それで全部終わり」。明らかにロシア語をまともに学んでいなかった。「まったく騒々しい話だ」と、ソ連元帥が断じた。

休憩時、私はソ連兵に、招集される前に何をしていたのかと尋ねてみた。「コルホーズで働いていた」と言うので、コルホーズとはなにか、どんな仕事かをもっと聞き出したかったが、兵士は「働いた日数分の報酬をもらった」こと以外はとうとう語らずじまいだった。またソ連兵がハルビンのロシア人は「映画の言葉」で話していると言ったのを聞いて、我らがロシア語の水準の高さを私は内心誇らしく思った。「我らに赤い星があり、日本人にも赤い星がある。それなのになぜ日本と戦うのだろうか」と、まるで無邪気なことを言う兵士もいた。確かに色は同じだが、ちがいはひとつ――日本の赤い星は日本軍の大好物サッポロビールのラベルなのだ。

ソ連軍がハルビンを完全に掌握した正確な日付はいつだったろう、八月二五日以降であったか。日本軍は一九三一年に徒歩で侵攻してきたが、今やソ連軍は堂々たる戦車、大砲、武器輸送車、唸りをあげるアメリカ製一〇輪装甲車、中型ジープ、それに小回りが利くウィリスジープでやってきた。これほど盛大なパレードを見るのは初めてのことだったし、延々と終わりがないようにさえ思われた。

大半の中国人はソ連軍を心底歓迎した。白系ロシア人も、日本の諜報機関に密接に関わっていた共謀者を除けば、日本の君臨から解放されて喜んだ。かたや日本人がソ連兵に不安と不信を抱いたのは言うまでもない。

ソ連軍が極東での戦争に終止符を打ち、満洲と朝鮮北部を日本のくびきから解放したのは、疑いようのない事実だ。ただし日本からの解放後、奇しくも別の解放が始まった。刑務所の収監者が全員釈放となり、父の蒸気機関車で石炭を焚いていたミーシャも帰宅した。ミーシャが拘留されていたのは幸いにして三ヵ月ばかりだったが、彼は「日本時代に捕えられていた」という名誉を賞賛され、民族の英雄よろしく帰宅した。ではなぜそもそも捕まったのか。ガソリン一滴が「日本兵の血の一滴である」ところ、朝鮮人とつるんでガソリンを密売したためだ。それで大金を着服したことは、誰もが忘れたように触れなかった。ちょっとした悪さで箔がついたわけだ。

ソ連の指揮官が「人が人の上に乗る」行為は嫌悪すべき非道であるとして、人力車を「恥ずべき奴隷労働」から解放せよと命令したときには、市民の不評を買った。人間のひとりや荷物のひとつくらい、自転車に乗せて運ぶのは難儀でもない。「隷属」から解き放たれた者は、その後どうやって生計を立てればいいのか。別の仕事を斡旋されるでもなく、すべてが崩壊した混乱期にそもそも仕事はないも同然だった。

軍人に同行して、遊郭を「解放」に行ったときのこと。政治局員は熱意に満ち、救世主のように両手を高らかに掲げて厳かに呼びかけた、「市民の皆さんは自由になりました!」。だが私たちの前には、「おまえたちの自由などくそくらえ!」という、怒りに満ちた目が少なく見積もっても二〇は燃えていた。

日本の敗北で私が素直に喜べたのは、ラジオの部品を換えれば、ウラジオストック、ハバロフスク、イルクーツク、果てはオーストラリアからの放送が受信できるようになったことだ。ところがそれも束の間、「ラジオはすべて供出せよ」と、またも指揮官の命令が発令された。提出したラジオに対し引換券を受け取り、その数ヵ月後、返却の知らせが届いた。戻されたラジオからは、真空管五つがなくなっていた。私がそのことを遠慮がちに訴えると、「祖国の無数の町や村が瓦礫の山と化したというのに、真空管ごときにこだわるとは！」と一蹴された。私は何も言い返せないまま、改造されたラジオを抱えて外に出た。帰り道のなんと遠かったことか。こんなときにつくづく人力車があったならと思った。古物市場で買い足した真空管は、中国人の密造酒と引き換えにラジオ倉庫から出て来た品ではなかったか。失業した車夫による新種の商売だったかもしれない。

ラジオの短期没収とほぼ同時期に、軍は運転免許証の調査に取りかかり、すべての車を共同広場に運んでくることとなった。この私が辞書を数冊くすねたならば、車を分捕った狡猾な者もいて、司令部はそのような「不労所得」を看過しなかった。この命令はソ連領事館の車両には適用されなかったのだが、私が仕事でウィリスジープに乗って陸橋を走っていたとき、ソ連国旗をつけた高級車がパトロールに停められていた。「司令部の命令を知っているか？ 車を停めて降りろ！」「私はソ連の総領事だ」と返されても、兵士には意味をなさない言葉だった。「ふざけるな、さっさと降りろ！」。あれはどう決着したことだろうか。一連の解放作業に追われて先を急いでいた私たちは、その顚末を知らない。

腕時計と万年筆も、解放者の狙いの的だった。日本の若者は兵役に就くと、軍服のほかに時計と万年筆を支給されたのだが、時計はソ連兵にとっては夢のまた夢であって、時計に対する常軌を逸した渇望があった。中国人写真館に掲げられた傑作ともいえる看板には、凜々しくたくましい青年が腕まくりをした両腕に複数の時計をつけてポーズをとっていた。写真の下には「満洲からよろしく」との文字。ロシア語の祈禱文句「キリストを愛する我が軍隊」をもじり、「時計を愛する我が軍隊」とまで揶揄されたものだ。中国人アーティストははるかに辛辣だった。市内の壁に貼りめぐらされた大型ポスターには、ソ連元帥たちが勲章をずらりと胸にぶらさげた軍服を身につけていた。そこに強力なライバルが現れたのだ――同じ元帥たちが勲章の代わりに多種多様大小さまざまの時計を、しかも目覚まし時計までぶらさげている。哀れな元帥たちよ、解放してやった相手からの敬意はゼロに等しかった。

降伏した関東軍兵士が六〇万人の捕虜となってシベリアに送られたのは、国際人権条約違反だった。太平洋域でアメリカに武装解除された日本軍隊のように、日本に送り返されるべきだったのだ。ソ連には大勢を移動させる船に不足していたと正当化されることがあるが、実はずっと単純だったろう。アメリカには船があり労働力も足りていた一方で、ソ連には船がなく、しかも常に労働力を欲していた。日本兵捕虜をシベリアまで運ぶ鉄道に、食料、衣類、靴を積んだ車両が延々と連なった。それは、日本軍が数年前に未遂に終わったシベリア遠征のために建ててあった壮大な倉庫群から取り出した物品だった。ようやくそのすべてが役立つときが来たのだ。

戦利品委員会も活発だった。工場設備や国境で引き剝がした線路、各種資材に水力発電所の巨大タービン二機までも、貨物列車に載せて運び去った。タービンはのちに中華人民共和国にこっそり返還された。ソ連では使い物にならなかったのだろう。台所に喩えれば、設置できるレンジそのものがなかったというわけだ。

捕虜と戦利品が国境を越えて運び去られると、私の拠点も変わった。コジク少佐の配下で、日本の地下〝組織〟に当たる職務となった。要は戦利品漁りや人民の敵、それに戦争犯罪人を捕らえるのだ。スメルシュ（〝死のスパイ〟）と呼ばれた諜報員と内務人民委員が、息をつく暇もない人狩りに乗り出した。その最大の犠牲者となったのがロシア人だ。

私はコジク少佐の面接を受け、生い立ちを聞かれ、ラトヴィア旅券を調べられた。その際、ラトヴィア旅券はすでに無効となったから捨てるつもりだと明かすと、コジク少佐が引き留めた、「焦って無茶をするな。外国在住のロシア人移民とバルト人への国籍付与については、そのうちきっとソ連政府のお達しがある。そのときこの旅券がとても役に立つ。その機を逃すな」。

コジク少佐の指示を受け、私はロマノフ中尉の部下となった。その日の夕方、ロマノフ中尉に挨拶に行くと、中尉がガラスのコップにウォッカを注ぎだしたので私はあっけにとられた。「コップで飲むんですか？」「ほかにどうする？　ボトルから口飲みするわけにもいくまい」。これにはさらに唖然とした。盃を交わす挨拶は延々と長引き、帰宅の途に就いたのは深夜近くだ。帰り道、どこかで道草をくっていたソ連軍下士官とばったり出会った。「とまれ！　どこの誰だ、どこから来た？」「スメルシュ」——敢えてはっきりと答えた単語が絶大な効果を発した。兵士はがらりと態度を変え、「よし、行け。次はただではすまないぞ」と、空威張りを装って立ち去っていった。

ソ連軍の到来と時を同じくして、内務人民委員会はソ連国籍者の青年を大量逮捕し、ハルビンのロシア人を戦慄させた。日本の手先となってソ連国籍者を密告していたという理由からだ。それに続いて、白系ロシア人がまさしく残虐な一斉弾圧を受け、昼夜を問わず、自宅、職場、路上で逮捕された。正確な数は列挙できないが、少なくとも一万人の満洲のロシア人がスターリン収容所の奴隷の列に加わった。こうした無実の罪人は、フルシチョフ政権時に大半が名誉を回復された。「不愉快な誤解があった。あなたがたにはなんの罪もない……」とは、まるで日本時代を彷彿とさせるではないか。

　コジク少佐の部隊は悪質ではなかったように思う。そこに関わったほぼ四ヵ月間に、私に課せられた仕事は不審者五、六名の書類の翻訳だった。その頃、私は時間をもてあまして学院を覗きに行った。ロシア人の教授陣が学業を再開しよう、ソ連領事館と司令部に支援を求めようと話し合っていた。そこで興味深い会話を耳にした。サヴィン教授がハルビンのある建物について「あそこに内務人民委員会の施設があるのか」と、恐る恐る問いかけた。それに元白軍のポドゴレツキ大佐が「そうだ、近い未来に我々もあそこに行くだろう……」と答えた。この予言が禍となって、大佐はその後大学をクビとなった。一方、スターリンの初期粛清時代（一九三六―一九三七年）にロシア極東の化学工場所長だったシャムラエフ化学部長は、逃亡先の満洲で内務人民委員会を引きずりまわされたが、結局は無事だった。

　学生とその親は新政府の支援を期待して学業再開を記念し、司令部と社会団体の代表を招いて祝賀会を開いた。私も同席したその晩餐の席で、どこかの代表であった中国人のロシア語の演説が忘れられない。「同志諸君！　我が大国はあなた方の大国と同じだ。我が大元帥（蔣介石のこと）はあなたがたの大元帥だ。中国人とロシア人はすべて同じだ。ファシストは皆終わった」。まだまだ続きそうな演説は、ソ連軍中尉の横槍で中断された。「あなたがたの大国ですと？　我々はこの目で見たところ、ここはひどく遅れた文化のない国だ」。そこで司令部の代表者が私に指示を出した、「二階に部下が二人待機しているから、ここに呼んできて、あいつを連れ出し頭を冷やさせろ」。祝賀会は続いた。歯に衣着せぬ発言をした中尉が哀れだった。彼は事実を述べたにすぎないのだ。

中国語に訳す必要が生じた場合を想定して、念のために私は軍の高官の隣に座らされるのが常だった。そのときも、中尉の行為に機嫌を損ねた高官が私に明かした、「先日のことだがね、ヤマトホテルのレストランで働いている日本人女性が、いつもどおりにホテルのロビーで朝食にきた元帥たちを出迎えた。だが挨拶代わりにロシア語の卑語を言ったのだ。誰かに悪い冗談で教え込まれたのだ。誰がやったかはすぐにわかった。少数民族の者だと思うだろうが、とんでもない。我がロシア人だ。困ったものだ」。

下級兵士が地域の言語を学ぼうとして、中国人に尋ねた、「おい、水は中国語でシュイだな。ではウォッカは中国語で?」。中国人がそれとなく私の背中に身を隠すと、兵士は次の教師を探しに立ち去った。

実際日本人のような規律をもたなかったソ連軍下級兵は、しばしば事件を起こした。別の通訳者から聞いた話では、日本人文学者がソビエト司令部に書面の訴状を提出した――「泥酔したソ連兵二人が押し入ってきた。何も盗まれなかったが、彼らはトルストイとゴーゴリの胸像を見て、それを東条首相と阿南軍事大臣だと勘違いして撃ち壊した」。ロシアの若者がすぐに忘れ去られる軍人の名前で頭を穢され、母国の文学の栄光も知らないことに、学者は哀しみを隠さなかった。仕方があるまい、政治委員による教えは文学教師の授業より効果があったのだ。

私の隣人のロシア人老女ダーリャに、ソ連兵がこれからは共産主義の時代だと説明していたときのこと。

「買い物に行けば欲しいものは欲しいだけ手に入る。わかるか?」

「わかったよ。わかったけど、どっちにしても全部盗まれる」

「いいや、盗む必要はなくなる。なんでも山ほど売られるようになるからね。服が一〇着要るなら一〇着買える。砂糖が一キログラム要るなら一キログラム手に入る。わかるか？」

「わかったよ。わかったけど、どっちにしても全部盗まれる」

兵士のほうは理想論を述べていたが、老女は現実と人間心理を熟知していた。

ソ連士官がロシア人の老人にロシアから逃げた理由を尋ねた。老人が聞き返した、「君たちは何を肩につけているのかね？」。「士官の肩章だ」と誇らしげな答えが返ってきた。「私も持っていた。だからこそ祖国から逃げた」。そういうことなのだ。

時と場所を別にして、「住めば都」はどこかという議論では、「我々がいないところはすべてよし」と、ソ連軍中尉が古くさい格言を持ち出すと、元白軍兵が賛同した、「まったくだ。君たちのいないところは実にいい」。

ロシア人には「神はいなくなった」と奇妙な主張をする者がいた。かつてはいたのなら、どこにいったのか？　少年のように若いロシア人兵士の多くが、「出征のときに祖母がかけてくれた」十字架を胸にぶらさげていたのは確かだ。そのような下級兵らがロシア正教会の礼拝に通うのを、ソ連の政治局員がどう捉えていたのかはわからない。ナチス・ドイツ軍の攻撃から救われるためにスターリンがロシア正教会に与えた〝合法化〟が、未だ有効だったのだろう。

満洲に来たソ連兵は偽満元と日本円との双方と同価値のある通貨を所持していた。「正真正銘の財産だ。偽造されるはずはあるまい」と豪語した司令部長官は、中国人民の卓越した技術を知らなかった。半月も経たないうちに、司令部に印刷物と印刷機が没収されてきた。それは印刷機と呼ぶには疑わしい代物だったのだが、偽造紙幣は見事な出来映えだった。致命的だったのが紙質だ。中国人の会計係の敏感な指先は、偽札をまんまと見破っていた。

日本人はソ連兵を極力敬遠していた。ある日本人の家の前にロシア語の掛け札が大きく掲げられていた――「ここに住む日本人家族は、勇敢な英雄である極東軍を本部の指示に従い心から歓迎します」。その真意は何か、解釈は人それぞれだが、大方はその意味を同じように翻訳した――「歓迎はするが、この家には入ってくれるな」。

ほろ酔いのソ連兵が通りすがりの女性に、大きい枕をふたつ押しつけようとした。「おばさんにやるよ。ロシア兵には要らない」。それならなぜ、別の女性の家に押し入って盗んだのだろう。中国語による駄洒落「ソ連兵は皆 Товарыищи《タワリイシ》（同志を意味するロシア語 Товариш《タワリシ》を間延びして発音すると〝品探し〟となる）だ」を実行してみせたのか。分捕った物が役立たずならば、持って行けと。

ソ連のプロパガンダの効果は絶大だった。通りすがりの若い兵士に訊かれたことがある、「アミグラント〔エミグラントと言うべきところ、この言葉を知らない教養のなさが垣間見られる発音か〕はどこに住んでいるか」。私は大部分が移民だと説明した。「いいや、あのロシア人は親切だ。戦前に政治委員に教えられた――満洲では気をつけろ。アミグラントが大勢いて、連中はとても危険だ」。実際は、白系ロシア人がソ連人に気をつけなければいけなかった。ソ連人は白系ロシア人移民の危険性はすり込まれながら、中国の伝統と慣習については皆目教えられていなかった――一時的な中国駐留にその必要はないと予見されていたのだろう。だが現実の無知は悲喜劇を生んだ。ある日、盛大な行進があった。立派な輿《こし》を二〇人ほどが担いでいた。その先頭に、大きな紙製の馬、牛、家、車などが見えた。爆竹が破裂し、二弾ロケットが宙をつんざき、笛と銅鑼が鳴り、太鼓の響きが天を震わせた。まるで正月のような光景にソ連兵が声をあげた、「なんて騒ぎだ。きっと自由になって喜んでいるのだな。それにしてもちっとも嬉しそうじゃない」。葬列なのだ。笑えるはずがなかった。白装束に身を包んだ人々は、雇われの泣き役だった。墓地で輿から赤や黒の重い棺をおろして埋葬すると、墓地の上で紙銭を燃やし、あの世で死人に寄り添うようにと願う。泣き役たちは駄賃をもらうと、葬儀用衣類を小脇に抱えて嬉々として帰って行った。途中で分け前にあずかりながら。

〝アミグラント〟の危険性と戦争犯罪人のことを洗脳した革命家の知恵にも、やはり欠陥があった。ソ連軍部に中国人が情報をもたらした——中庭に住む日本人娘が何度かソ連士官を同伴して帰宅したが、そこから男たちがいつになっても出てこない。パトロールが現場検証に行ってみると、ゲイシャの姿はなく、地下室からは刺し殺された遺体四体が発見された。脇には軍服と小刀が転がっていた。エキゾチックな交わりの成れの果てだった。

日本は一九四五年八月一五日に武器を置き、同年九月二日に米軍ミズーリ艦上で降伏文書に調印した。九月三日、ソ連は祝日（数年後には国費の浪費とされて中止となった祭日だ）を宣言した。九月一六日は日曜日だったが、ハルビンでは対日勝利を祝賀して大軍事パレードと労働者の行進があった。

この日、私は思いがけないことに三度遭遇した。まずは集会所で、私の出身校（もはやYMCAとは呼ばなかった）の隊列の先頭に吹奏楽団がなくなったこと。数年前のナチス・ドイツが実行しなかったことをソ連軍は堂々とやってのけ、学校の楽器をとりあげていた。

二つめは、教育機関の原始的な謄写版が没収されたこと。大学職員が近々モスクワから教授陣が来たときにとても必要になると言っても、なしのつぶてだった。逆に問いただされたという。

「日本時代に反日ビラが市内にでまわったか？」

「見たことがある」

「それで日本はどうした？」

「捕まえて殴った」

「それなら捕まえて殴らずにすむよう、機材を集めて運び出せ」

ソビエト体制の本質が少しずつ見えてきた。事前に防ぐ策を講じることが肝心なのだった。

三つ目は、労働者行進のリーダーにこの私がプラカードを持たされたこと。亡き父は、ロシア人やポーランド人が聖人画《イコン》を掲げて恭しく行進するのに眉をひそめていた。その息子が聖なるイコンを掲げて路上を歩くとは。それがソ連労働組合長の肖像画だとわかっても後の祭りだった。

日本女性は、夫が捕虜となったり逮捕されたり、あるいは行方知らずとなって困窮し、路頭にあふれだした。華やかなキモノが売りに出され、ソ連軍人が我先にと買い漁っていた。抜け目ない中国人とそれに倣った日本人は、空き地に小屋を建ててソ連兵向けの飲み屋を開き、彼ら曰く「熊の首を絞めた」。〝音楽で足を温めに〟〝旨いペリメニと美女〟〝あなた方の休息の旅籠〟――飲み屋が掲げたロシア語の看板は愉快だった。

コジク少佐の部隊に話をもどそう。直属の上司ロマノフ中尉は親しみの持てる、しかも公正な人物だった。私がひと月働いても給与が支払われず、食事も出してもらえないと愚痴をこぼすと、ロマノフはすぐ対応した、「ガブドラギポフ（それから幾度となく聞かされた名前）、通訳が当直に来たら食事を出せ」。それからは米粥であれば好きなだけ食べられるようになった。

その職場ではまったく奇妙な、関東軍にはありえないようなことを目撃した。各施設を移動していると、命令する上官の声が聞こえきた。それに対し、部下が答えたのだ、「昨日やってあります」。コジク少佐とロマノフ中尉のなにげない会話には、もっと驚かされた。中国語通訳が必要となった際に、私は中国語に自信がないから別の通訳を探すようにと進言したのだが、少佐はそのための車を出さなかった。すると中尉が声をあげた、「ハルビンの女を訪ねる車はあるのに、通訳を連れてくる車はないとは！」。その発言で少佐にクビにするぞと脅されても、なお平然と言い放ったのだ、「小屋が燃えれば新しく探せばいいだけだ」。

あっけにとられた私は、その日の休憩中にロマノフに尋ねた、上司に向かってあのように口答えしていいものか。ロマノフが言った——ソ連は民主主義を尊重するのであって、上司との対話は民主的なことだ。その数日後、私はまたも中尉に疑問を投げかけた——快適なカフェの看板が付け替えられて、「同志及び士官専用カフェ」となったのだ。そのような差別は日本の占領期にさえ見られなかった。ロマノフが応じた、「それがソ連の民主主義だ。いちいち尋ねるな、子どもじゃあるまいし」。これには返す言葉がなかった。

ソ連中央の新聞に神社の鳥居の写真が掲載された記事には、無性に腹が立ったものだ。「ハルビン中心地で中国人愛国者を首つりにした現場」とは、記者の無知をさらけだして、あまりにお粗末ではないか。海軍基地・旅順口からの報道は、さらに恣意的だった。そこで四〇年前に戦死したロシア兵士の墓地とロシア軍屈指の名将ロマン・コンドラチェンコ司令官（一八五七—一九一四年）の埋葬地を日本人が破壊したとあったが、戯言もいいところなのだ。日本人は墓地荒らしをしない。それにコンドラチェンコは兵士を激励中に日本の砲撃を受けて亡くなり、日本はその場に立派な記念碑を建立し「露国コンドラテンコ小将戦士之所」と記した。私はその数年後に記念碑に花を添えて、この目で確かめている。

目と鼻の数百メートル先にある鳥居のことも旅順の報道についても、私は懲りずにロマノフに意見を求めた。すると彼は、当地のロシア文学を読むのに忙しく、新聞を開く暇がないと話題をかわした。どこかのロシア人所蔵の書籍を調査していたらしい。「どれもこれも実にひどいでっちあげだ。これを読んだか?」、彼が指した山積みの書籍はリガや他の都市で発行された反ソ冊子で、ハルビンのロシア語話者が目もくれてこなかったものだった。そんなものよりも、ワンダ・ワシレフスカヤ〔一九〇五―六四年。ポーランド出身の小説家〕の代表作『虹』の邦訳を夢中になって読んだと告げると、ロマノフは素っ頓狂な声をあげた、「まさか!?」「本当です。我が家に来てください。お見せしますよ」。ロマノフは以前から地元に根付いた暮らしぶりを見たがっていた。招くのにいい口実ができたというものだ。早速その翌日に招待することに決まると、中尉が別れ際に紙幣を数枚差し出して、さりげなく言い添えた。「君のお袋さんに普段どおりのシチューを作ってもらいたい。西洋ワサビのすりおろしも頼む。お袋の味なのだ」。翌日には共に食卓を囲み、キャベツと西洋ワサビを地元のおろし器ですってみせた。ウォッカ用の美しいショットグラスも置いた。「こんなのでチビチビ飲むのか」「まさかボトルから口飲みするわけにいかないでしょう」。だがロマノフはなにより、私が見せた『虹』の邦訳本を欲しがった。なぜかはわからない。日本人が盲目の狂信者ではないと、政治委員「仲間」に示したかったのだろうか。

その数日後、私は職場の暖炉の前で素足になって足先を温め、濡れた靴下と靴を乾かしていた。ロマノフにその訳を尋ねられ、雨で歩道が水浸しとなり、穴開き靴で指まで濡れたと説明すると、すかさず命令が発せられた——「ガブドラギポフ、通訳に靴をやれ」。そして倉庫から日本兵の履物が持ち出された。門前に置いてある袋を指示どおり持ち帰り帰宅して開けてみると、憲兵隊の茶色の革長靴が入っていた。私はそれを黒に塗り変えて、それからだいぶ長いこと愛用した。日本の軍人は上質な品に恵まれていたのだ。

ロマノフの元では大した仕事をしなかったが、それなりに鮮明に覚えていることもある。ムラカミという弁護士兼通訳は、住居の賃料を滞納し、しかも前金を取りながら仕事をしないことで、当地ロシア人の不評を買っていた。ただしロシア語に堪能で、かつて共和会では特権的な立場にあった。そこでファシスト組織の一味であったと見なされて拘留されたのだ。ムラカミが口先巧みに弁明した——自分にはなんら罪はなく、日本側の暴力に苦しんだロシア人を助けたかったにすぎない。ロマノフは辛抱強く最後まで聞いたあげくに言い放った、「なるほど君は聖人だ。部屋の隅に掲げておこうではないか。そこにぶらさがっていてくれ。ガブドラギポフ、寒い部署（暖房のない部屋を意味した）に入れて、ほかにもじっくり業績を思い出させるように」。ムラカミはその後シベリアに旅立ったのだろうか。

キジという名の写真家は、日本軍の命令で国境の山岳地帯からソ連領土をひた走る列車を撮影した〝戦犯〟として、取り調べを受けていた。ウラジオストック路線の一部は満洲に手を伸ばせば触れられるほどの国境至近に敷かれていたが、帝政時代の東清鉄道とは異なり、未完成に終わっていた。キジはロマノフに銃殺刑をほのめかされても、なお冷静だった、「ロシアの古い軍隊にも中国人にも日本人にも常に狙われてきた。もうこりごりだ。どうか撃ち殺してくれ、これでやっと終わりにできる」。その後も尋問が続き、キジは人生を語るうちに、質屋との繋がりに触れた。ロマノフが調書に綴った“lambart”を私が“lombard”と訂正すると、それはなんの意味かと問い返された。私が質屋のなんたるかを説明すると、ロマノフは取り調べをよそに怒りだした、「なんというろくでなしだ。ごろつき、吸血鬼め」。そして気を落ち着かせると命令した、「困ったぞ。ガブドラギポフ、老いぼれを家に送り返せ。夜までつきまとわれたら、たまらん！」。

またあるときは、ロシア人女性が萎縮している日本人をロマノフの元に引きずってきた。「この人を逮捕してください！」「その理由は？　反ソ的転覆行為や乱暴を働いたのか？」「日本人ですよ。逮捕して！」。そこでロマノフはソ連の民族政策を長々と説明した——ソ連軍人という浮気相手ができたからといって、失職してもはや役立たずの日本人伴侶を逮捕する理由とはならない。ロマノフは呆れて腹を立てた、「ふてぶてしいにもほどがある。ガブドラギポフ、女を追い出せ。日本人には何か食べさせてやれ。厚手の服と下着もやれ。あんなに凍えているじゃないか」。

朝鮮人の取り調べもした。苗字はパクかキム、それともリだったか。朝鮮人の姓はごく限られている。彼は頭を垂れた、「朝鮮人は皆ソ連軍のオブシエリ（士官のことを言わんとしていたが、ロシア語では〝怒りを買った〟と聞こえる）だった」。ロマノフがそれに応えずに尋ねた、「だが日本の憲兵隊で朝鮮人が大勢の拷問にあたったのはなぜか」。これを朝鮮人は断固否定した——日本の憲兵にいても、人に手を下す拷問はしていないと。「書類を作っていただけです」「どいつもこいつも書類を作っただけだ。ではその書類を書いたのは誰か」。ロマノフが声を強めた、「そもそもおまえは朝鮮人ではなく、姓は日本語にちがいない。革靴を履いている。朝鮮人なら草鞋を履いているはずだ」。ロマノフは机の引き出しから美しい短剣を取り出し、朝鮮人に押しつけた。「それでハラキリをしろ、おまえの上司がここでやったように。あれは勇敢な正直者で、罪の贖《あがな》い方を知っていた」。その場でそんな処刑はなかったのだが、担がれた朝鮮人は額から冷や汗を垂らした。するとロマノフの命令が飛んだ、「ガブドラギポフ、こやつの首根っこをつかんで尻を蹴って放り出せ。どこにでも好きに行かせろ、どうせ同胞が始末してくれるわい」。ロマノフは見るからに自分の職務に疑問を感じ、嫌々ながらにやっていたように思われた。

一二月半ば、私は高熱を出し、ひどく咳こみながらロマノフの元に行った。「病気になったのか」「仕方がありません。石炭がなく暖炉が焚けないので」。悲惨なことは事実だった。石炭の備蓄は我が家どころか燃料屋でも底をついていて、アンナおばさんは大豆を細かく砕いて煮炊きに使っていた。大豆は本来飼料用だったが、暖炉に入れるとその油脂がよく燃えた。ロマノフが即刻処方した、「ガブドラギポフ、通訳に暖房の燃料を確保しろ。ぼやぼやするな。小屋から板を引き剝がして通訳の家に運べ。中国人車夫を二台頼むんだぞ。一台は通訳のため、二台目は板用だ。さっさとしろ！」。私は紙に住所を書きつけ、アンナおばさん宛てにも数行したためた。帰宅すると、すでにガブドラギポフによって板が運び込まれてあった。アンナおばさんがスープでもてなすと、「ありがたい。米粥にはうんざりしていた」と、無邪気に喜んだらしい。

それから数日後、ロマノフ中尉の元であまりに暇をもてあましていた私は、先々について相談しようとコジク少佐を訪ねた。私の気持ちを察したらしいコジクが、クリスマス前のある朝、別の職場へ行こうと声をかけてきた。私たち二人は車でソ連領事館に乗り付け、そのままパヴリチェフ総領事の前に通されて、慇懃に出迎えられた、「ようこそ。すでにあなたのことは聞いています。この領事館で働いてもらいます」。私はあっけにとられた。実はすでにその前にソ連太平洋艦隊の軍人にウラジオストック基地での船上通訳の職を斡旋されて、面接まで済んでいたのだ。

私はすっかり船上で働くつもりになっていた。シベリアの日本兵捕虜収容所での仕事も持ちかけられていたが、そっちは気が進まなかった。総領事は私に明快に説明するためと言い、ロシア語でなく日本語で話しだした。そして私はその場ですぐに承諾した。ソ連の民主主義では、上司の決定は絶対であって背くことはできなかったのだ。戦艦への道は途絶えたが、「ハルビン市ソ連総領事館」に魅力を感じたのも事実だ。領事の説明によれば、私の仕事は報道局で毎朝当地の中国語新聞に目を通し、重要な情報をざっと翻訳して職員に渡し、その後全文を翻訳しロシア語校正を経てタイピストに手渡すことだった。それを月に二回、ソ連外務省にまとめて発送する。領事は続けた――「仕事は山積していて、できるだけ早く、明日にでも始めてもらいたい。あとのことは職員と調整してもらいたい。ついでに中国語を磨くよう、また日本語も忘れないように。いつか必ず役に立つ」――予言に満ちた言葉だった。

領事館からの帰路、コジク少佐は近く部隊を引き連れて帰国する予定だと言い、その日は私が彼らと共にする最終日となった。さっそくロマノフ中尉の声がした、「ガブドラギポフ、通訳に報酬を出すことにする。カメラ一台を処分だ」。故障品や使い古しは日本の組織でも処分されていたが、社会主義経済ではまだまともな備品でも個人にやるためだけに処分扱いにできるのだろうか。ガブドラギポフは創作力に長けていたとみえる。「銃撃戦で川を渡渉した際にカメラを損失」という始末書を作成しながら、「カッタイ、なんという名の川を渡渉したか?」と尋ねるのだ。そもそも渡河などしていない、あなた方が満洲に来たとき、日本人はすでに武装放棄していた――そう言いたいところだったが、真実を述べるのが常に正しいとは限らない。そこで適当に思いついた川の名を挙げると、始末書は完成し、晴れて私はカメラの所有者となった。フィルムがないために数年間は使うことができなかったのだが。

その日は、意外なことに、コジクの部隊で私に接点のなかったスダルスキ少佐が、「ポーランド人とラトヴィア人のクリスマスを祝って送別としよう」と提案した。その夕方、ロマノフとスダルスキ、それに見知らぬ士官たちまでもが、高級なウォッカのボトルを数本とつまみを携えて我が家に集まった。いつも助けてくれたガブドラギポフは来なかった。喧伝されたソ連民主主義の許可が下りなかったようだ。家主が上機嫌のあまりに立て続けに何杯もグラスを空にして酩酊してしまったため、宴は長くは続かなかった。記憶はそこで途切れた……。翌朝に目覚めた私は、割れるような頭痛とむかつきに襲われた。領事館には行けそうもなかった。飲み過ぎたのは、あのときが人生初であって、きっと最後だろう。泥酔で身体も気持ちもボロボロだった。ぞっとして、二度とウォッカをむやみに飲まないと決心した。生涯の教訓だ。

酔いから冷めた私は、領事館で働く先々のことを考えた。前任者であった当地ロシア人のペルミャコフは、軍の通訳となってロシアへ渡った。だが同じ例に倣ったほかの有能な言語の達人たちは粛清された。ハルビンでは明らかに通訳が不足していた。そんな状況で、私の隣人で、領事館のボイラー係をしていたソ連国籍者のボリスが私のことを領事に何か話したのだろうか。ボリスに尋ねても「領事館の外交官とは話したこともない」とはぐらかすばかりだった。なぜこの私が選ばれたのだろう？　ええい、なるようになれ。

クリスマスと新年の祝賀気分は、遅ればせの悲報で打ち消された。日本人はソ連軍の侵攻が始まってから、ハイラル町でソ連国籍者のロシア人とユダヤ人、それに武装解除された満洲軍ロシア人士官を大量惨殺していた。ほんの数カ月前に私が結婚の祝儀に呼ばれたエドワルドも、サムライの刀で八つ裂きにされていた。戦争がもっと長引いていたならば、満洲の市町村でも大虐殺となっていたはずだ。そうなれば、多数の白人が、特に「知りすぎた」者がまちがいなく標的とされていたことだろう。

領事館では多忙を極め、領事に言われたとおりに毎朝中国語新聞各紙に目を通すのが私の仕事だった。戦後の自由を背景として新聞紙数は多く、共産主義寄りも国民党寄りもあり多面的だった。文字通り朝から夕方まで読みふけっていた私の中国語の知識は、劇的に向上した。同様のテンポで生産的に仕事をこなし、上司は私の仕事ぶりに満足した。だが領事は、私の細かい筆跡（タイプライターは使わせてもらえなかった）を辛辣に評価した、「こんな字では批判しか書けない！」。これには身の置き所もない心地がしたもので、以来努めて筆跡を改めてきた。今私が書いているアルファベットは漢字のように角張っていて奇妙に見えるらしいが、中国人にもラトヴィア人にも判読はしてもらえるようだ。

一九四五年末に、ハルビン工業大学が再開され中国長春鉄道の傘下に入ったとの朗報が広まった。同年八月、ソ連と中国は東清鉄道の共同運行再開協定を締結し、その本部は依然としてハルビンにあったのだが、新たな呼び名は奇妙にも「中国長春鉄道（長春は以前の偽満洲国首都新京）」となった。ハルビン工業大学は、一九二三年に祖国繁栄に貢献する中国の若い人材を養成するためにソ連政府から中国人民への寄付として創設されたもので、授業はロシア語で行われていた。日本中国の勉学熱心な若者たちは、あらゆる障壁をものともせずロシア語をマスターしていた。日本に占領された時期には日本語での授業に代わったが、それが再びロシア語に置き換えられたのは、一四年におよぶ日本統治の結果、中国語で講義できる優秀な人材が見つからなかったためだ。ハルビン工業大学の再開に伴い、北満学院の教授陣と学生、それに研究室も新施設に移動したが、工業大学は北満学院より設備に恵まれていた。学生部隊が新しい殿堂となる将来を予測して、日本降伏の混乱期とその後の破壊と略奪から死守したおかげだ。

オーストラリア発行のハルビン工業大学卒業生職員誌で、大学再開の正確な日付について激論が交わされたことがある。とにもかくにも、あの不安に満ちた八月、大学の半地下室に落ちて死んでいた日本の軍馬を学生たちが苦労をして撤去した日に、大学の新たな一ページがめくられた。大学の運営は当地ロシア人とソ連から来た鉄道管理職が担ったが、この私も招き入れられた。私は報道局の業務に差し支えない範囲でとの条件つきで領事館の了承を得て、それからの一〇年間、領事館の一辻先にあった大学で教える仕事に携わった。

悲喜こもごもは人生の常だ。一九四六年五月中旬にハルビンで壮大な葬儀があった。大学の学生四人がハルビン市の二〇キロメートルほど先で、銃撃を受けて亡くなったのだ。学生の一部は、深夜の盗難と、それに不測の転覆行為から大学を守るため武装警備していたのだが、本来の活動枠を超えて、盗賊に脅かされている寒村からのロシア人一家の引っ越しの手伝いを請け負った。学生の小型トラックは村に近づいたところで、木陰から銃弾の嵐に見舞われた。トラックは同行した仲間の亡骸

クレーンを使わずに建設されたハルビン工業大学新館

四体を乗せて引き返してきた。誰の仕業だったのか、盗賊か国民党の転覆行為か、人民軍の先駆けか、とうとうわからずじまいだった。大勢の白人が学生の葬儀に参列した一方で、若い鉄道員のカピシン中尉はひとり寂しくソ連に戻っていった。中尉は大学の警備長官でありながら軽率な許可を出し、惨劇のトラックに同乗していた。私たちは死者を悼んだが、規則違反で失職したソ連青年もまた哀れだった。

当初、大学で私が担当した仕事は、技術系学部のロシア人学生に週に数回、中国語初歩を教える程度だった。しばらくして大学本部の指示で、四年制の東洋経済学部を新設するため、精密なカリキュラムを立てる作業班を構成することになった——中国語を習得し、中国の経済、歴史、地理、民族を理解し、会計学と金融、そして銀行分野の知識を有する人材を養成し、必要に応じ鉄道の専門知識を与え、そしてもちろん全学問の基本であるマルクス、エンゲルス、レーニン、スターリンの教え（中国語で〝マンエンレシ・イスム〟と呼ばれる課目）を叩きこむのだ。作業班はロシア人と中国人、また鉄道の専門員を含む、老若の世代を超えた東洋通の者たちによって構成され、学部の概念、教科、年間カリキュラムを細部まで協議した。それは大量の文書となって鉄道局長ジェイ元帥に提出され、元帥は果たしてそれに目を通したのかどうか、ともかくそのまま承認され、一九四六年九月一日に新学部が開設された。

その間も私は領事館報道局で汗水垂らして働いていたが、ソ連軍に奉仕したときと同様に、身分証明書がもらえなかった。「君には領事館への通行証などいらない。日直は君のことをよく知っているからね」。書類を携えたカッタイが、こっそり消えるとでも疑っていたのだろうか。広大な中国をもってしても、白人が身を隠す場などどこにもなかったというのに。その後、中国政府が確立して外国人は在留証を受け取ることになり、私の書類には領事館と大学とが職場として併記された。

他方で、ソ連旅券は迅速に発行された。一九四五年末に始まったソ連国籍者旅券の交付は、逮捕と選別と粛清とを効果的に遂行する手段でもあった。ソ連国籍を申請するのに、ロシア人移民には詳しい履歴書の提出とアンケートの回答が義務づけられた一方、バルト人の旅券はそのような手続きなしにソ連旅券と交換された。私たちラトヴィア人は、一九四六年一月にソ連旅券を懐におさめた。とはいえ万人がソ連旅券を喜んで受け取ったわけではない。だがほかに選択肢があっただろうか。無償でくれるという新品の冊子を断っては失礼だろう。

ハルビンの暮らしは徐々に安定し、鉄道が機能しはじめ、ロシア語新聞も再び発行された。ソ連的に改編されたロシア人学校では、生意気な不良が幅をきかせるようになった。「矯正された生徒たち」はどこで手に入れたのか、手榴弾を教室の机にドンとぶつけて教師を脅かした、「先生が日本時代に言ったジョークを忘れていませんよ」。物騒な悪ふざけは即刻やめさせられ、幸い、学校で手榴弾は爆発しなかった。

中国の日本人は悲惨を極めた。特にひどかったのが満蒙開拓団としてやってきた農民だ。中国人の農民は日本の国策で豊かな土地を追い出されていた。一方、移住してきた日本人は米作しか知らず、トウモロコシとコーリャンや大豆の栽培に不得手で、農業は不作となり経済が停滞した。そこに日本男子に動員を命じる赤紙が猛威を振るったため、女性と子どもと老人がその地にとり残されていた。鉄道や自動車道から遠い日本人村まではソ連軍の警備は行き届かなかった。中国人は復讐心に駆られて日本人村を襲い、女性を犯し殺害した。日本人の母親は赤子と幼子を溺死させ、体力のある年上の子だけを連れて逃げて身を守ろうとしたものだ。都市に移っても安寧はなく、バラックなどにすし詰めにされて飢えと病に苦しみ、伝染病が猛威をふるった。かつての倉庫であった建物から死体が運び出され、車に堆く積みあげられて郊外に運ばれていくのを、私は何度も目にした。おそらくあれらの死体は、遺灰とされて日本に運ばれはしなかっただろう。

ソ連領事館で私は主に翻訳にあたり、通訳に出ることはめったになかったが、当地のロシア人妻たちを警察署から救い出す通訳をしたことがある。賭け事好きな中国人は、賭けにはまりすぎて、金はおろか家も妻や娘までも差し出し、はては自分が首をくくることすらあった。満洲時代には私の父の墓地のすぐそばでも、ひとりの賭け師が首をつったことがある。人民政府は人生を破綻させる賭け事を厳しく禁じた。やはり御法度となった麻雀は、ロシア人老女たちが好んだ複雑な知能ゲームだ。私が目にしたのはもの珍しい光景だった——ロシア婦人四人が中国警察伝来の長い棒に並んで縛り付けられ、涙を流していた。棒の輪っか部分に各犯罪者の手首を絡め、そこにつながる縄を、銃を携えた警察官が握っていた。その行進を先導するもうひとりの警察官が、物証となった麻雀牌セットと金庫、小銭を盆に載せて運んでいた。警察署長は幸いに、麻雀に興じた女性たちをすんなり釈放してくれたが、その際、秩序と人民生活に有害な賭け事を家の表側でするな、やるなら裏手で人の目につかないように、と念を押した。

一九四六年の春、ソ連軍は旅順口の海軍艦隊基地のみを残して中国から撤退した。日本の侵略を瓦解させて解放したソ連は、賢明にもこの帰還によって好感を残したのだった。

ラトヴィアの独立意識が高まった時期に、私はリガで中国での体験を講演したことがある。そのとき、聴衆から刺々しい質問を受けた、「ソ連軍があなた方にも文化をもたらしたというのか?」。

私は答えた、「そのとおりです」。なにごとも杓子定規には測れないものだ。戦前のラトヴィアは高度に発展した国家だった。ラトヴィア語という独自の言語で美しい書籍が多数出版されていたうえに、文化的に多くの価値が生み出されていた。他方で、今となっては〃ロシア語話者〃と呼ばれるようになった〔一九九一年のラトヴィアの独立回復以降、ロシア語を日常使用する人を〃ロシア語話者〃と呼び、ラトヴィア人と区別するようになったことを指している〕私などは、日本の占領下にあって非文化的な底なし沼に陥っているほかなかった。革命前に出版されたロシア語の本は何度も読み返されてボロボロとなり、ヨーロッパ（リガやベルリンなど）のロシア語の出版社とのつながりは途絶え、ロシア人学校向けの良質の教科書は粗悪な代理品となり、ソ連的なことにはすべてに厳しいタブーが布かれ、欧米の映画は一切上映されなかった。その時期にハルビンで発行された当地の詩人による十数冊ばかりの詩集がいかに優れたものであったとしても、文化に飢えていた私たちの渇きを癒やしてはくれなかった。ソ連軍の満洲上陸は、当地の白人から西欧とロシアを隔てていた厚い壁を取り払ったのだ。一〇年間の空白の末に再びソ連映画が上映されると、映画館は文字通り観客であふれかえった。最初の映画『四つの心』では美しい女優が青年たちを虜にしたが、次作映画『豚の世話役と羊飼い』のタイトルに観客は二の足を踏んだ。だがその疑いの氷も数日後には溶け去り、以降は題名で善し悪しを判断しなくなった。ソ連軍隊の満洲駐留期には軍隊による歌と踊りの上演もあり、それまで聴いたことのなかった新たな歌謡の世界が切り開かれた。今となって見れば、ソ連で歌われていた歌詞のイデオロギー性をけなすことはできても、音楽性は否定されないだろう。「国際書籍」という新しい本屋も開店し、そこではソ連のプロパガンダだけでなく、ロシアその他の古典や辞書から各種専門書まであったし、幅広い嗜好と関心を満たす楽譜やレコードも買えた。長年を経てだいぶ記憶が薄れたとはいえ、今も目に浮かぶのは、特に注目の的であった交響楽団の若き指揮者ヴェロニカ・ドゥダロワ（一九一六―二〇〇九年）の気品に満ちてすらりとした立ち姿だ。彼女が指揮した二つの演奏会には、ずらりと並ぶ「マンエンレシ」の著作集と山のような政治冊子よりも絶大な力があった。指揮者の譜面台と指揮棒に女性が触れることができなかった時代だが、ソ連ではそれが可能だったのだ。身の毛もよだつような弾圧がなかったならば、ソ連には秩序ある最良の暮らしが実現されたことだろうに。

ソ連の複数の資料によれば、満洲と北朝鮮の解放にソ連の若者一万人が命を捧げた。その大部分が、ほんの一週間ばかりの実戦ではなく、不慮の事故や無意味な小競り合い、酒に酔った末の仲間同士の撃ち合いで失われたというのが惜しまれる。日本軍がガソリン代わりに用いたメチルアルコールで、失明し命を失った者もいた。それはソ連兵にとって蠱惑《こわく》的な滴となって、飲用の危険性を口うるさく説いて禁じても無駄だった。ある兵士は「オリエンタル」醸造所の巨大なビール樽で溺死した。おそらくはひどく酩酊していて興味本位から梯子で樽の上に登り、足を滑らせたのだ。ビール職人のラトヴィア人ヴィンクスによれば、試飲ビールを大盤振る舞いした果てに、まさかこんなことが起きようとは予想だにしなかった。ビール会社を経営する朝鮮人は、巨大な樽ごとビールを廃棄させられた損害に憤慨しきりだった。あれは果たして流し捨てたかどうかわかったものではない。清潔なボトルに移し替えて、酒場〝我が酒場はあなたの娯楽の家〞に置かなかっただろうか。ヴィンクスはそれについては口を閉ざした。

悲劇は続いた。我が家の近所に二階建ての粗末な小屋があり、一階は食堂で二階にソ連兵士が暮らしていた。ある夜、一階で兵士同士が餃子と美女の取り合いでもしたのか、撃ち合いとなった。拳銃の弾は薄い天井を貫通し、布団に寝そべって読書をしていた二階の兵士を撃ち抜いた。

ソ連軍の満洲駐留は、若い娘にも中年女性にも相当数の赤子を残した。当地の口さがない連中に〝戦利品の子〟と呼ばれたその父親たちは、ソ連映画でお馴染みの「北極圏にいた〔シベリアのラーゲリに収容されていたことを指す〕」。

一九四六年にはいろいろなことがあった。ロシア人移民とバルト人に対するソ連旅券の発給が完了したが、その申請書には一九四五年までの職歴という項目があった。ロマノフが解放した多種多様な女性たちはその欄に「家政婦」としたためた。領事館のジュキン書記官は、ハルビンは家の数より家政婦のほうが多いと皮肉ったものだ。

領事館の職員には、私の翻訳を校正する漢字の達人レペヒンがいた。大言壮語なデマゴーグで、若い同僚に「レペヒン同志、給料をくれ」と求められると、「ソ連人は金に関心をもたないものだ」と、尊大に突き放した。ソ連軍が撤退する際、市内の混乱を懸念した私はうっかりチュルン（庶民）という言葉を口にして、レペヒンにたしなめられた——「穢れた白軍の思考そのものだ」。私はそもそも白軍ではなかったと言うと、「わかった、そうムキになるな。日本の大学で勉強したそうだな。それで帝国主義を叩き込まれたのだ。庶民などいない。いるのは中国人民だ」。そこでレペヒンは、満洲建国一〇周年記念に出版されたロシア語の大型本を取り出した。冒頭のカラーページに、そばかす顔のにこやかなロシア人少年が穴空きの半ズボン姿で座っている写真があり、その下に「満洲の一〇年間は幸せと喜びに満ちた暮らしをくれた」とあった。「その喜びと幸せで靴が破けたんだ」、レペヒンが嘲るように評した。私は口を挟んだ——戦利品のブーツと闇市で買った日本軍人の乗馬ズボンを穿き、領事館の薄給で働いているが、私は不幸せでもなく、喜びも失っていない。レペヒンはこれには耳を貸さず、さらに当地のロシア人バレエダンサーのページを開き、「これが君たちの女だ」と罵った。レペヒンはまもなくして翻訳校正役をはずれたため、私はやっと不毛な会話から救われた。

私が日本語を教えた外交通信員ショーロホフは、レペヒンとは対照的に、おおらかで理解があった。私が養母を連れてラトヴィアに行きたいと漏らすと、彼は驚きの反応をした――「ここで何の不満があるんだい？　住まいがあり仕事もまともだ。まがりなりにも給料があり、毎日のパンもある。苦しい時代としては大した報酬だよ。大学の収入も少しはあるだろう。腰を落ち着けて学んでおくがいいよ。向こうに行ったら、搾り取られて使い捨てられるぞ。そうがっかりするな。いいことを教えてやるがね、君が働きはじめたときに、クレームが寄せられたんだよ」「どんなクレームですか」、私は尋ねた。「日本語がわかりすぎるということだよ」。どこかで耳にした言葉だった。終戦時の日本降伏期、ヤマトホテルの玄関口で当地のロシア人が分厚い紙切れの束を手にして待ち構えていた、「王政主義者名簿です。こっちはファシスト名簿。日本の協力者名簿も」。すると大佐が私に命じたのだ、「向こうへ行っていろ。君は日本語がわかりすぎる」。情報提供者はヤマトホテルから広いシベリアのどこかに移送されたかもしれないが、彼には外国語話者名簿もあったのだろうか。ショーロホフと話した数日後、通りでばったり出会った教え子のグリグレーヴィッチが私に尋ねた、「日本語はどうですか？」。あのとき私は何も答えなかったが、今ならばきっと言う、「上々だよ。日本語のおかげで私もまあまあだ」。だがこの先、中国からの帰路、ブラジルで降船した彼に会うことはないだろう。

情勢は刻一刻と変わっていた。一九四六年七月、蔣介石の軍隊は毛沢東と締結した戦闘中止協定を破り、満洲を含むすべての前線で共産党に総攻撃を仕掛けた。このような中で、中国全土から一般の日本人の引き揚げが通達された。異国残留に夢も希望もない日本人はこれを前向きに受け止めたが、旧北満学院の戸泉学長はひとり哀しんだ、「まったく絶望的だ。息子たちは兵隊に取られ行方知れず。ひとりはフィリピンで、もうひとりはこの満洲で。もう一年が経つのに音沙汰なし。ロシア人の妻はどうなることか、見知らぬ地で歓迎されないし日本語もわからない、教会もなく心の拠り所がない……」。引き揚げ者が港に辿り着くまでは、長く苦しい道のりが待っていた。満洲南部ではすでに内戦の大砲がとどろいていた。引き揚げ者たちは客車だけでなく家畜用車両にも乗り込んだが、石灰を積む無蓋貨車に乗せられた者たちは特に苦汁をなめた。満洲の秋の長雨は冷たく降り注ぐ。そして彼らはなんの賠償もなく、背負い荷物と手荷物のみで旅立った。日本の公式数値によれば、満洲からの引き揚げ者は一二七万一四八三人、そのうち一七万六〇〇〇人が日本に辿り着けなかった……古いほうの我が家に住んでいたタカムラ一家の姉妹はどうなっただろう。ある朝、姉妹はハルビンを去る際に別れを告げにやって来て、

中国から出ていけ！　日本行きの船に「詰み込まれる」日本人（1946年）

アンナおばさんにハンカチをくれた。アンナおばさんはタンスの奥から日本円の入った小袋を探し出して姉妹に渡し、しっかり隠すようにと忠告した。高級品も紙幣も持ち出しが禁じられていた。姉妹は乗り込もうと急いだ列車から振り払われ、列車は年老いた父親ひとりを乗せて走り去ったという。「日本円はなくてもなんとかなる」、アンナおばさんはつぶやいたが、そのとおりだった。一九四七年初頭に「流通する全通貨である偽満元、日本円、ソ連軍紙幣は無効である」と発表され、満洲の住民を騒がせた。なんと簡単になんの交換もなく、紙幣が価値を失ったと宣告されたのだ。この〝改革〟の痛手を私は被らなかった。そもそも貯蓄はなかったし、食料は職場で配給され、大学の給料は数日後に新通貨で支払われたためだ。だがソ連軍から稼いだ札束を失った商人たちは、文字通り次々に首をくくった。

当地のロシア語新聞は去り行く日本人を揶揄したが、私は友人につぶやいた、「いつどんなふうに私たちの番が来るだろう」。それはまもなく現実となり、翌年の初め、長春からハルビンにロシア人亡命者が現れた。彼らを追いつめたのはいったい正式な国民党員なのか、あるいは〝庶民〟もしくは大中華人民なのか、いずれにしても強奪され殴られた彼らは追い出されるようにして、こっそり徒歩で前線を越えてきたのだ。

明るい話題に変えよう。一九四六年九月一日、ハルビン工業大学の講義が始まった。

東洋経済学部

大学本部の中国人は選抜試験を軍事帝国主義時代の名残と見なし、新入生に入試を課さなかった。日本占領期でも大学が必ずしも選抜したわけでなく、試験は明らかに運頼みだったのだが、それで入試の必要性を説いても通用しなかった。はずれくじなしで受け入れた希望者は総勢六〇人ほどと多すぎたため、講師会議は数を減らすことにした――しかもその手段は教育原則からはかけ離れていた。初回講義で、恐ろしくむっつりとして陰気な中国語学科のバラノフ学科長が、東洋学がいかに難しいかとあれこれ強調し、学部の移籍はまだ間に合うと言い添えた。次の講義でバイ・ユンジエが〝攪乱〟した。口から泡を吐くほど熱心に、ひたすら中国語で丸一時間話し続けたのだ。次に有能な書道家シュ・エンタイは、黒板に漢字を次から次へと書き連ね、それをさっと消してはまた新たに別の漢字を羅列した。とどめはロシア人講師サヴチクの講義だった。巨体でひどく冴えない容姿の彼は、たったひと言、「全員が卒業できるとでも思っているのですか。甘い期待は抱かないように。一五名残ればましだ」。そのような冷水を浴びせた翌日、五、六人の学生が講師陣の〝総攻撃〟にまいって脱落した。それ以降は通常の講義となったが、事実、課題の重さと家庭環境や病気などの理由で、スタートラインに立ったうちの半数ほどしか卒業できなかった。その翌年に開始した夜間部には、若い就労者が若干名集まったのみで、冷酷なふるい落としはなかった。

中国語学科の中枢であった私の恩師イェ・グイニャンは、バラノフ学科長との共著でロシア人向け中国語教材を何冊も書いていた。小柄ながらもよく通る大声を教室の外にまで響かせていたグイニャンはロシア語が堪能だったが、講義中には決して使わなかった。学生に人気があったバイは長身であごひげを生やし、やはりずば抜けて博識で、ソ連映画をこよなく愛していた。バイに会いたければオリエント（大学に近いソ連映画館）に行け、前の席に座っているよ、と同僚たちは笑ったものだ。バイにちなんで日本占領期のハルビンでの出来事を思い出した。ある夕方、路面電車に乗り込んだ中国人が乗客の日本人大佐をピストルで撃ち殺し、車両から飛び降りた。当時の路面電車のドアは簡単に開けることができたのだ。目撃者の証言では、犯人は長身であごひげのある中国人だ。その夕方、すべての警察官駐在所から連絡が寄せられてきた、「自白せよ！犯人を逮捕する」。

風変わりな講師であったシュ・エンタイは常に現行の制度に不満で、日本時代にすこぶる腹を立てていた、「小柄の侵略者が押し入ってきて、我が国の人々を殺し財産を奪った。北の隣国がきっと日本の悪魔を追い出してくれる」。そして満洲にソ連軍がやってくると、「あれが解放者なものか。盗賊そのものだ。時計を奪い取り、レイプし、夜中は騒ぎどおしで気が休まらない。我が中央政府（国民党）の軍隊が来れば秩序が戻るにちがいない」とまくしたてた。この軍隊はハルビンには来なかったが、満洲南部にはやってきた。シュはまたも黙ってはいなかった、「ロシアとアメリカは激戦を交わしたが、〝中央〟はただ勝利の冠をつかんだ。メダルなんぞをぶらさげ、ほろ酔いで軍用車を乗り回し、素性の知れない女を乗せて、人民のことなど考えていない。だが大丈夫だ。そのうち人民軍ができ、我が国はやっとまともになる」。〝コオロギ〟（白人は緑がかった制服の中華人民軍兵士をそう呼んでいた）がハルビンにやってくると、シュは失意を隠せなかった。「あの軍隊はなんだ？　馴染みの日本の銃を持っているが、彼らの足元をこの目で見たぞ。片足は日本のブーツ、もう片足は農民の草鞋だ。あれでは、まちがいなくどこにも行けない」。どこにも行けないであろう人民政府に、シュ・エンタイは自分の罪を暴かれることを恐ろしく心配していた。爪の垢ほども受け継いでいないというのに、満洲帝国時代に満族出身だと名乗り出て高い給料を得ていたのだ。大満洲帝国時代に誰がどんな恩恵に浴したか、新政権には解明する暇も関心もなく幸いだった。

学科の二番手ジャオ・ジグアンは中国人に珍しい大酒飲みで、彼の提唱した酒のたしなみ方は職員たちに定評があった。「始めに水、次に炭酸水、それからビール、その先はワイン、日本酒、そして老酒（大量生産された安酒の温燗は匂いがきつくまずい）、さらにウォッカ、あれば締めにコニャック。この順番を決して変えてはいけない。そうでなければ腹に〝ツィゲラン・バゲラン〟が出てきて、最悪なことになる」。政治意識の学習意欲もなく世界情勢に関心もないジャオは、そうした批判にさらされないようにと、同僚にいつも同じ質問を繰り返していた、「新聞でよく見かける〝冷戦〟という熟語は、どういう意味か」。そして隙を見て職場を抜け出して飲んでいたが、学生たちにはその弱みを握られなかった。

少なくとも当時の中国人は〝ツィゲラン・バゲラン〟にかなり気をつけていた。彼らが泥酔して乱痴気騒ぎやくだを巻く様は見られなかった。中国人も日本人も数杯ですぐに赤ら顔になるが、酔った中国人はバスや路面電車の座席にじっとしがみつき、口を一文字に閉じ人目をはばかっていた。泥酔は極めて不快で大いなる恥だったのだ。

博識で才能豊かな東洋学者のユリス・グラウズのことは、惜しくも学部の仲間に引き込めなかった。彼はカリキュラムに従って講義をするより、鉄道本部で翻訳をしているほうがよかったらしい。しかも鉄道から大学までの、ほんのわずかな距離でさえ億劫がった。「カッタイはいいよ。領事館はすぐ隣だ」。ユリスはユダヤ人との混血でありながら、ユダヤ人を敬遠していた。ところが裕福なユダヤ人の依頼で、その子どもに中国語を教えることになった。「漢字をどんどん叩き込んでほしい」と親に頼まれたユリスは、意味をなす熟語でなく漢字を個別に教えたので、哀れにも子どもは一〇〇の漢字を学んだ後も、読むことも話すことすらもできなかった。そのような意地悪な教えでも、日本時代のエストニア出身の学生よりはまだましだった。その学生は教養のないロシア人家庭の子どもに、依頼された英語でなく、実はエストニア語を教えていたのだ。それが明るみになって彼は辞めさせられた。モスクワから来たソリャコフ顧問は通訳にノルマを導入した。ソ連人にとって絶対神聖なものであるノルマの遂行も、ユリスにとっては朝飯前だった。ユリスはその日のノルマをさっさと片付けると、筆と紙を脇によけて椅子をぶらぶらと揺らしていた。ソリャコフはユリスを再教育しようと、彼のノルマを上乗せした。ユリスはそれもさっさと済ませてしまうとまた椅子を揺らして、大勢の通訳が必死にノルマに向かっている様をのんびりと眺めていた。ソリャコフが転勤してノルマ制度が崩壊すると、ユリスは再び頭を上げて、量的にも質的にも精力的に働いた。

ウィーン大学を卒業したジィセルマンが、中国語学科に職を求めにやって来た。彼は独仏英の三カ国語を得意としたが、この学科でそれが発揮される余地はなく、しかも中国語はお粗末だった。その日、学院に来た彼は偶然にもソ連の技師に中国語で通訳することになり、中国の化学工場について、「解放前の中国に機械のない化学があったとすれば、解放後には機械のある化学が広範囲に発展した」と訳した。ソ連の専門家が尋ねた、「興味深い説だが、学術的には意味が理解できない。何を言わんとしているのか?」。ジィセルマンは漢字辞典を開きもしなかった。〝機〟の漢字には〝有機〟という意味もある。機械のあるなしは、無機化学と有機化学を意味していた。中国語は化学同様に細やかな言語なのだ。

バラノフ学科長が苛立った――「ジィセルマンはウィンナーワルツでも踊っているがいい。学科では混乱の種を蒔くばかりだ」。のちにジィセルマンはニュージーランドに渡り、他方、ユリス・グラウゼは祖国のラトヴィアでなく、母方のイスラエルを選び、そこの大学で専門を極めた。

ラジュラジィガエフは博識で大人気の若い講師だった。彼は一年生の一学期に女子学生を困らせておもしろがっていた。「次の文章を中国語に翻訳しなさい、〝このムスリムは大きな鼻で肉屋から戻ってきた〟」。女子学生は顔を赤らめたかと思うと、たちまち青くした。ロシア革命前の満洲のロシア人女学校では、中国語は〝奇異な音〟のために教えられなかったという。ラジュラジィガエフの出題文に回答するには、その音を連発しなくてはならず、女子学生には口が裂けても言えなかったのだ。「解けないなら出直して来なさい」。初回に冷水を浴びせると、それ以降はどんな響きであろうと〝大豆油のごとく〟淡々と講義が続けられた。ロシア語で頻繁に発せられる三文字綴りの卑語と同じ発音hui〔ペニスを指す〕の中国語漢字は、どんなに少なく見積もっても一一〇はあるのだ。その都度構ってはいられない。

一九四六年六月、ハルビンは大打撃を被った。蔣介石大元帥の軍隊が吉林とその近郊にある巨大な豊満水力発電所――一九四三年に日本が着手完工したもの――を占領した。そのためハルビンの発電所が不要とされ閉鎖された。たったひとりの判断で、高圧線全長約三〇〇キロメートルの供給が止められ、ハルビンを含む広大な地域が闇に沈んだ。当地の電力配電盤は一日当たり石炭一五〇〇トンの燃料を消費したものだが、炭鉱はその前年八月に日本軍によって破壊されたままだった。中央駅、鉄道局、ソ連領事館、病院、工業大学などの重要拠点では、どこからか見つけてきたのか、発電機が使用された。よくもソ連軍に戦利品として運び出されたり、破壊されたりしなかったものだ。まもなく関東軍が豊富に備蓄していた重油などの燃料も見つかった。中国の露天商はこれを好機に即席カーバイドランプの商いを始めたが、炭素ガスの汚臭は耐えがたく、室内では使い物にならなかった。私の机上には、大豆油に灯心を浸した小皿が半ダースほど置かれるようになった。大豆とは、食材、飼料、燃料、さらに光源ともなる、なんと秀逸な植物だろうか。路面電車の運行が止まり、バスは以前から動いていなかったのだが、それでも暮らしは滞りなく、極寒の冬（平常でも零下三五度）に人々は徒歩で通勤通学した。その頃、深夜に一人歩きの女性が、毛皮のコートとブーツを追い剝ぎされる事件が相次いだ。ハルビンでは前代未聞の事件だ。そこで領事館の許可を得て、ロシア人の青年たちと元ソ連軍の若者数人が自警団を組織した。まもなくして捕まった強盗は、なんと二〇代半ばのロシア人三人娘だった。暮らしに困ったためどころか、面白半分での気晴らしだと判明し、さて、この娘たちをどう裁こうかとなった。

警察と裁判所はおろか、法も道徳も機能していなかった。中国人民軍の手に掛かれば、犯罪者は頭を打ち抜かれ投げ捨てられるのがおちだ。そこでロシア人の〝長老会〟が鞭打ちを決定した。以降、歩行者の襲撃はなくなり、大学の夜間部学生は女子学生を家まで送り届ける際に携帯していた棍棒を放り出した。

砂糖はひとかけらも手に入らなかった。甘い物が無性に食べたかった私はイイメンポ村近郊に朝鮮人農夫が作る糖蜜があると聞きつけて、フィリップおじとニーナを訪ねることにした。鉄道が正確に運行されていた満洲帝国時代のまま、往復三〇〇キロメートルは一日で往来できると計算した。時刻表では早朝出発して夜遅くに戻ってくることが可能なのだ。だが現実はまったくちがっていた。車両の窓は割れ、座席のベルベット布地が剝ぎ取られ(ふと見ると、駅のホームをかけまわっている中国人の子どもの多くがベルベットのズボンを穿いていた)、しかも肝心な列車が亀の歩みなのだ。鉄道員の話では、石炭の質が悪く〝蒸気を出〟さず、しかも混乱期に通信・集約・制御システムが破壊されたという。目もあてられない有様だった。戦時中であれば日本政権に重宝された非鉄金属屑は、日本降伏後には好き放題に分解して盗むことができたが、剝ぎ取った線路の銅線はもはや売れなかった。信号が消えた各駅では、鉄道員による通行許可証の受理なくして列車は前進できなくなっていた。だが電話通信が劣悪なため、通行証が数時間をかけて届くこともあった。何事も壊すのはたやすいが、再建は困難を極める。

一九四七年の夏だったろうか、私はいつになったら休暇を取れるだろうかと領事に尋ねた。すると領事がさも驚いたように聞き返した、「どこでそんなことを読んだのかね」「ソ連憲法で」と即答すると、「我が国の基本法を覚えたのは大変よろしい。だが左ページの権利しか読んでいないようだね。右ページの義務についても、よく学んでおくように」。

その場を退出した私は、どんな法律もとうとう読むことのないまま、丸一〇年間を休暇なしで(休暇旅行に準じた数回の出張を除いて)、領事館と大学に奉仕した。それでもこうして元気に生きている。

私がめったに遠出しなかったのは、休日がなかったというより領事館からの極端に少ない報酬のためだった。インフレが昂進しても給料は低く〝凍結〟されたままで、時計の修理さえできなかった。直属の上司ウラジーミル・サッに訴えても、「いい天気だよなぁ。松花江に泳ぎに行くとするか」と朗らかに空を見上げて、はぐらかされた。

訴えても埒《らち》が明かないことから、諦め気分で工場での集会の通訳を続けていた――ベテラン労働者(高齢の)ワンが共産党と人民政府の政策を学んで感激し、自宅の電気モーターを大切な工場に寄贈した。その意味を訳すならば、「工場の政治委員が言うところ、ワン同志は混乱期に我が企業のモーターを家に持ち帰ったそうだ。まだ間に合ううちに返してもらおう」。

ハイパーインフレ対策として中国政権が類をみない手法を打ち出した。国家機関と国営企業の給料を、元《げん》でなく暫定的な通貨フィルで算出することにしたのだ。その価値は毎月、穀物、大豆油、塩、燃料、木綿生地の五種目の平均市場価格をもとに算出され変動した。就労者の給料がわずかずつ上昇した。以前、中国の田舎の挨拶代わりは「ごはん食べたか?」だったが、今や「フィルをいくらもらっているか?」となった。私も路面電車(ハルビンで再開していた)の中でいきなり訊かれたことがある。かつての満洲で白人は中国人をクジャクと呼んでいたものだ――長身の中国人が民族衣装を着て走るときに舞いあがる上着の裾がクジャクの羽に見えたためだ。そのクジャクの代わりに〝フィルガン〟という新しいあだ名が生まれた。ちなみに銃を持たない貧しい中国農民は、クジャクが好む場所にトウモロコシを酒に浸して撒き散らし、酔わせて捕獲した。そのまま首を折り、近くの市場、あるいは遠くハルビン、または外国に売り飛ばしていたものだ。

一九四六年から一九四七年の満洲は複雑を極めていた。停電が二年も続いているうちに、蔣介石軍の攻撃がハルビンから一〇〇〜八〇キロメートル先で弱体化した。奇跡とはまさしくこのことだ。もしあのとき国民党の急襲がハルビンに達していたならば、私が今これを書いていることはなかっただろう。ハルビンが神に護られた町と呼ばれる所以だ。

一九四八年初頭に、大学時代の同窓Kに出会った。のちに運命の風に吹かれてオーストラリアに渡った男だ。真っ暗闇のキタイスカヤ通り——日本占領期には、その終盤でさえ街灯が煌々と点されていたものだが——を歩きながら、Kが私に尋ねた、「人民解放軍は国民党に勝てるだろうか」。私は答えた、「人民解放軍が勝つに決まっている、彼らは愛国者の集まりだ。国民党軍の傭兵とはちがう」「そんなのきれい事だよ。奇跡なんて起きないさ」とのKの言葉で、我々は別れた。だが奇跡は起きたのだ。華北（満洲）人民軍が反撃に出て、一九四八年二月にハルビンに再び電灯が灯った。その一二月二日に、人民軍前衛部隊が満洲の省都瀋陽（以前の奉天）に突き進んだ。

東洋経済学部の学生たちのほうは、中国語の迷路を突き進んでいた。一九四八年の春に、中国語学科会議で私は三年次用の中国語教材の作成を託された。バラノフ学科長曰く、「カッタイの鞄とポケットは、いつも新聞紙でいっぱいだからな」。まさしく新聞には事欠かず、領事館には《北東日報》が三〇部も配達されていた。私はさっそく上司ウラジーミル・サッに、読本を編纂する任務を受けたため、仕事で書き溜めた新聞記事の雑文を活用する許可を願い出た。サッが笑みを浮かべた、「また特別任務に昇格したようだな。好きに切り貼りして縫い合わせるがいい。ただし条件がある。完成したら、一冊を私によこすこと」。〝特別任務〟というのは、満洲帝国時代に私が教育省勤務であったことを指していた。嘱託扱いの教科書編纂にあたっていたにすぎないが、当地のロシア語新聞局が私のことを〝特別任務役人〟と呼んでいたことから、ことあるごとに領事館で「昔の話だが、君はどんな〝特別任務〟をしていたのか?」と、半分からかわれていた。

新たな〝特別任務〟は数カ月で完了した。まずは章を立て──軍事、政治、農業、工業、輸送、文化、教育など──、次に分野ごとに選んだ新聞記事を白紙に貼り付け、新聞紙名、日付、発行番号を付した。そして几帳面な学生四、五人（女子ばかりだった）を夏の研修と称して手伝わせ、新聞の山を学院に運び入れて講義室にこもり、ひと月間作業をした。七月末にバラノフ学科長に製本した三〇冊を差し出すと、学科長は見直しもせずに、めったに見せない笑顔で編纂係と学生たちに感謝を表した。

新学年度の開始前にサプライズがあった──鉄道本部ジュラヴリョフ元帥の辞令により、教材「中国解放地域報道」編纂に対して、ハルビン工業大学中国語講師カッタイに月給相当の賞金を授与するというのだ。バラノフ学科長が推薦し、ジュラヴリョフ元帥の所轄が即対応した結果だった。大金ではないが、同僚に努力を評価してもらえるのは実にありがたいことだった。

当時の私にとって金はとても必要だったが、手助けしてくれた学生と敬愛する恩師イェ・グイニャンを招いて一席を設けることにした。グイニャンが高級中華料理店ヤンビンロウのマネージャーにかけあい、予算内でコースメニューを取り決めた──辛口の肉と魚料理、点心三昧、蒸しパン、米にソース各種。講師と私にビールのジョッキ。当時の女性は酒をたしなみはしなかった。女子学生が宴の終わりにため息をついた、「ああ、アイスクリームがあったらなあ」。それはかりはどうにもならないことだった。キタイスカヤ通りのカフェ（コーヒーの香りさえ漂わない）にはあったが、あまりに高価で店内を覗くことすらできなかった。人民解放軍の勝利を固く信じていた私は、それと同じくらい強くアイスクリームは二度と買えないと思っていた。

一時期、ハルビン工業大学長の座にオブヴィンツェフ少佐という、本国ソ連では大きな教育機関の長にはなりえなかっただろう、風変わりな人物が就いた。元白軍のアジトであるハルビンでは話が別だったのだ。少佐はハルビンに着任早々、経理部長に下着やシャツなどの衣類を買い込ませた。経理部のロシア人が驚いて尋ねた、「持ってこなかったんですか？」「君は頭がおかしいね。気がおかしくなりそうな遠方はるばる、布きれを背負って来るものか」。そうして少佐は新しい下着を入手した。

学生会代表がオブヴィンツェフ学長を訪ね、クラブ活動の支援を請願した。

「どんな要望かね？」

「管弦楽団に足りない楽器があります」

「ほかには？」

「ダンス団に指導者が必要です」

「ほかには？」

学長が早朝からやけに陽気であることに女子学生たちは気づかないまま、さらに続けた、「舞台を作り直さなくてはいけません」。さすがに要求が過ぎたらしく、学長は立ち上がって声をあげた、「なんだと？」。女子たちは恐れ入って学長室からそそくさと退散した。だがすべての請願は実現された。修繕された舞台上で吹奏楽団はますます威勢よく奏で、各種ダンサーは旋回し、合唱団が歌った。ところが学生のトゥラノフが突然チューバの演奏をやめると言い出し、楽団に衝撃を与えた。オブヴィンツェフ学長はこれを耳にすると学長室に張本人を呼びつけ、〝その管〟を持ってこさせた。「トゥラノフ君、君は祖国ソ連を愛しているか」「もちろん愛しています」（祖国ソ連を愛していないなど、まちがっても言えなかった）「それならこの楽器をやりなさい。ソ連が望むのは、君がこれを吹くことだ。ほかのことではない！」。トゥラノフは悔い改め、それから卒業までずっとチューバを吹きつづけた。

　学生のクラブ活動は高い水準に達し、特に男声合唱団が多くの大会に優勝して名声を博していたのだが、合唱団を指導していた元同級生が頭を抱えた――「どうしたものか。日本時代に日本の愛国マーチを歌わせられたとき、合唱団が〝フジスガタ〟という歌詞を〝フジ・スカ・ター〟（富士の雌犬）と発音して、こっぴどく叱られたのだが、今度はもっと大変だ。スターリンは我らが師〔учитель《ウチーチェリ》〕の部分を、わざと発音をこもらせて〝拷問者〔мучитель《ムチーチェリ》〕〟と聞こえるように歌うのだ。どうしたものか？」。私は助言した、「放っておけばそのうち終わるよ。清水学長を覚えているか？　細心の注意を払って穏便に治めていただろう」。相手は懺悔で許しを得たように安堵していた。

　オブヴィンツェフ学長夫人が来訪した際、大学が中華料理店での晩餐会を開いて歓待した。来賓の両隣に二人の通訳――中国人青年と私がついた。夫人が料理に興味を示した、「これはなんですか」。特殊なレシピの漬物です、と私が説明しかけた矢先、青年に先を越された――「腐った卵〔ピータンのこと〕です」「遠慮します」と夫人。しばらくしてコックが中華料理の名物であるナマコをテーブルに置いた。皿の上で煮こごりの中の化け物がぷるぷる震えていた。「これはなんですか」「海の毛虫です」。またも迅速な答えには啞然とさせられた。「これも遠慮します……」。晩餐の席を立った夫人は、さぞかし空腹であったことだろう。

オブヴィンツェフは祖国に戻る際の荷造りで、同じ経理部長に「下着、シャツ、その他の衣類」を畳んで荷物に入れるように指示した。部長が驚いて尋ねた、「気がおかしくなりそうな遠方はるばる、布きれ背負って帰るおつもりですか？」「なるほど君は馬鹿ではないらしい」。オブヴィンツェフ夫妻はハルビンの人々と別れを惜しみつつ去って行った。

同じ一九四八年に、すんでのところで悲劇となる出来事があった。春のある日曜日、東洋経済学部の学生たちとバラノフ学科長を先頭に日帰り遠足に出かけた。ハルビン近郊の鉄道村スヤオリンは、標高は高いが登りやすい小興安嶺山脈の裾野にあった。山の斜面は咲きほこるスズランの絨毯で覆われていた。私は目眩がしそうなほど香る花畑に寝転び、青空にゆっくりと流れる雲を眺めながらも内心穏やかではなかった。周りで学生たちは好き好きにしていたが、そのひとりが小口空気銃を持ってきたのだ。百貨店に開店したソ連製品部門で買った〝玩具〟だという。どんな物を売るかと思えば、そんな武器を筆頭にガラクタだらけだったのだ。遠足にあるべからざるものだが、青年が言った――「本物じゃないんです。何も起きません」。だが起きたのだ。美しい平原の小川の岸辺で軽食とし、サンドイッチを食べて牛乳を飲み終えると、学生たちは空の牛乳瓶を木の切り株に置いて、射撃遊びを始めた。なかなか当たらないようだった。かたや、私たちはおしゃべりに興じていた。バラノフが提案した――帰りに駅でホームの構造を観察していこう、中国語でプラットホームを〝平台〟という意味がわかるだろう。山の多い中国には鉄道線路が山間を縫うように蛇行し、プラットホームはしばしばまるで新月の形に湾曲して敷かれていた。

そこに息せき切って駆けつけてきた中国人が話を遮ぎった。地元の村長だった。「大変です！人が撃たれました」。まさしく青天の霹靂だった。大急ぎで駅に向かってみると、プラットホームに小柄な中国人女性が上半身の衣類を血まみれにしたまま座っていた。村長が負傷者をハルビンの病院に連れて行くようにと求めた。「年長の教員は女子学生を連れて帰るがいい。若いほうの教師（私のことだ）は射撃手たちと残ってもらおう。まもなく〝保安官〟が到着して、取り調べがある」。しばらくして駅を走り過ぎていく貨物列車から、すらりとした長身の軍人風の男が軽やかに飛び降りてきた。男は女性を立たせ座らせ、被害の程度を調べ、女性にあれやこれや問いかけたが、どうも埒が明かないようだった。ハルビン行きの客車が来ると、発車間際に被害者の親類が駆け寄り、女性をよれよれの古着に着替えさせた——倹約のためなのだろう。かたや〝スナイパー〟たちは事件の現場に立ち合わされた。女性は茂みに隠れてこっそりこちらを眺めていたらしい。取調官は現場を見回り、発砲地点から切り株までの距離と高さ、撃ち手の身長まで計測し、それぞれの撃った順番を確認した。さらに女性が隠れていた茂みのしおれた草の中から、肝心の弾を見つけて拾い上げた。牛乳瓶のほうは駅のプラットホームで検証されたが、問題はどうやら拳銃にあるらしかった。「いかにもソ連製の粗悪品だ。照準がずれている」。取調官は的確に把握し、腰をおろしてノートに軌道のような図を描き計算をし、私を脇に呼び寄せて小声で言った、「この件はどこにも報告しないし調書も作らない。伝えておくが、女性に当たった弾を撃ったのは……（学生のコンスタンチン・ズダンスキだと記憶している）」。そして、私たちの身分証を見ることもなく、名前すら尋ねず、銃ごっこはしないよう忠告を残して、のろのろと進む貨物列車のステップにさっと飛び乗り、ハルビンと逆方向に去っていった。

私たちはといえば、翌朝のハルビン行きの列車を待つため駅舎に向かった。小さな村スヤオリンの駅に宿舎があるとは意外だった。大きな共同部屋の夜はまだ肌寒いため、宿の主が暖房をつけようと提案した。住居の床下に管を張りめぐらせて、暖炉の煙を隅々まで行き渡らせる効果的な暖房システムのことだ。喜ぶ学生たちを横目に私は渋った。日本人が人民友好も民族感情の侮辱もものともせずに命名した南京虫が、暖房によって動きだすにちがいないと案じた。そんな懸念は宿の主に一蹴された、「とんでもない。今は昔とはちがう」。

翌朝の帰路、ステパノフという学生が延々と恨み言を垂れていた――「警察に捕まったほうがよかった……」。そのつい先日に、市の社会保安部で矯正指導を受けたというのだ。私がどんなに取り越し苦労だととりなしても、ずっと気をもんでいた――「あの取調官が嘘をついていたら？電話一本で、あっという間にどん底行きだ。僕たち白人は黄色い海に逃げ場がない」。逃げる必要などなかった。月曜日、バラノフ学科長が大学本部に報告して事なきを得た。問題が生じたとすれば、翌日曜日に被害者を家まで送り届ける際に、本人が帰宅を望まなかったことだ。清潔で暖かい病院暮らしと離れがたくなったらしい。しかも彼女を鉄道病院に運び入れたとき、身分証明書（そもそも田舎の中国人にはなかったか）も求めず、鉄道関係者かどうかも調べなかった（彼女は生まれて初めて列車に乗った）。長い説得の末に、女性はやっと村に帰ることを納得した。「即帰宅しておとなしくするがいい」との、病院側の指導が効いたようだ。女性は取調官の質問には要領を得なかったが、駅から自宅までの道筋はよくわかっていた。女性の家族はその帰宅を歓迎するでもなく、学生が手土産とした大きな白パンには喜んだ。事はこれで落着したが、モスクワ出身のシチョフ学長はつぶやいた、「これがソ連で起きていたなら一大事だったぞ」。

一九四八年末に共産党が満洲での立場を固めると、モスクワから研修生の一団がやってきた。モスクワ国立大学中国語学部の上級生たちだ。彼らは鉄道本部機構で働き、中国語の特別講座を受けることになった。驚いたことに彼らの知識は中国の現実からかけはなれていた。ハルビンの広場や街角には「長春は自由だ、万歳!」とのポスターが掲げられていたが、彼らは長春が何たるかを知らず、満洲帝国期に使われていた新京しか知らなかった。また、モスクワの教授に勧められたと言って、市場でショシュディ(説本人)〔物語の語り部〕の話を聞きたがった。私も説本人という職業は聞いたことはあったがこの目で見たことはなかった。高齢のバラノフ学科長が呆れた、「確かに帝政時代にはいたが……」。

研修生のひとりがソ連領事館の通訳に就いた。そこに中国人がやってきて、門前で通訳に話しかけた。研修生通訳は車のガレージという単語だけをなんとか聞き取り、役人らしからぬ身なりにもかかわらず相手を検査官だと勘違いして、ガレージに連れて行った。すると訪問者は片言のロシア語を絞り出し、通訳をギョッとさせた、「ちがう、〞シリシリ〟(ロシア語の俗語で大便する)の場に連れて行け」。ガレージの裏手の中庭にある穴から、肥だめの回収に来た庭師だったのだ。雪隠やはばかりの類いは授業では教わらないものだ。

モスクワから来た通訳者たちは鉄道の専門家として養成されていたわけでなく、大半が「国家共産党即席コース」から引用された教材で中国語を学んでいた。そのうえモスクワで出版された中国語辞書は政治的に偏っていた。ある研修生が言った、「鉄道管理局で手紙の翻訳をしましたが、その発信元の印を辞書で見ると国民党機動隊です。そんなことがありえますか。国民党はいなくなったのに」。組織の名称は自在に変化しており、機動隊とは社会公安局、つまり警察のことだった。

研修生が勝っていた分野といえば唯一、古典中国語だった。だが、孔子、孟子、老子、荘子、荀士ら、いにしえの知識人の言語が必要とされる場はもはやどこにもなかった。

研修生は当地のロシア人学生に、モスクワには話し手が話すのと同時に通訳する同時通訳者がいると豪語した。すると私の学生が平然と言い返した――「ハルビンには話し出す前から訳しているエドガルがいる」。そういうときも多々あったのは事実だ。饒舌な話し手は、同じことを延々と繰り返すためだ。

一九四九年を迎えた頃には暮らしぶりが徐々によくなっていた。かたや満洲在住の白人数はハルビンでふたたび激減した。五月半ばにポーランド政府代表がハルビンを訪れ、ポーランド出身者に帰還を促したのだ――戦争の傷跡から立ち直っていない祖国の再建に携わるようにと。愛国心に駆られたポーランド人数百人が早くも七月に連結された車両に乗り込み、広大なロシアの向こうの祖国に向けて旅立った。翌年にはポーランド船が中国の港に二艘入港し、残っていたポーランド人およそ二五〇人を乗せていった。共産主義国への帰還を敬遠した者もいたが、別の道を選んだのは少数だった。私は、アンナおばさんの家事手伝いだったカロリーナの一家と、スヤオリンでの銃撃事件で捕まるのではないかとぎりぎりまで怖じ気づいていた学生のズダンスキを見送りに行った。駅のプラットホームでささやかな送別会が開かれ、帰還者代表が中華人民に長年の謝辞を述べ、愛国歌「ポーランドは滅びず、我らが生きるかぎり」を歌って列車に乗り込み、満洲の山々に別れを告げた。

当地のソ連人は将来に備えて二つの組織を作っていたが、ハルビンのソ連人協会は満洲全土の市町村のソ連国籍者組織を統合して「ハルビン及び近郊ソ連国籍者協会」となった。新しい理事の選出となり、私もナハロフカ地区の代表となった。理事の選出は当然ながらソ連領事館作成のシナリオにのっとっていたが、想定外の混乱も起きた。司会者が理事選出の「提案」を受けて候補者の審査を始め、法学者Kの番となったとき、場内から突然声があがった、「その人は却下。強盗団を率いていたというではないか」。これに賛同の声がした、「そうだ！ 却下だ！」。すると、名指しされた本人が立ち上がった、「言い訳ではないが、その盗賊団が革命後にロシア極東を荒らしたとき、満洲にいた私は六歳でした。このような侮辱を受けてまで協力しなくてはならないなら、私の推薦を取りやめるよう断固要求します」。その意思は尊重され、推薦は却下された。また別の、中国語が堪能で適任とされた法律家についても、ある代表者が手と声を震わせながら暴露を始めた、「この人は日本時代に電気局にいた。私が電灯をもらいに行くと、電灯はないし今後もないと追い返した。日本の手下は却下」。場内が騒然とした、「却下だ！ 追い出せ！」。人民の声は神の声なのだ。〝手下〟と糾弾された者はその場から出て行ったが、数週間後にはいつの間にかぬけぬけと理事になっていた。いまさら覆しようのない過去の些細な罪をあげつらい、復讐に燃える選任のプロセスはどうにもやりきれなかった。さらに明らかに泥酔した者がヤジを飛ばしだし、壇上の議長席にいた領事館書記官が遮った、「なんたる態度か。名乗りなさい」「俺のことは町中が知っている。おまえこそ名乗れ！」。日々、多くの人々の腹を満たした美味しいパンで名高いパン職人ポルセフの名を、書記官のぶんざいで知らなかったとは恥を知れ、というわけだ。

満洲ソビエト青年組織もやはり改編されることになった。それまで職場や学術機関、クラブなどに属していた各種団体は、ソ連青年組織にがっちりと統合された。それは全連邦レーニン共産主義青年同盟〔コムソモール〕の明らかな模倣であったが、部分的なちがいはあった。領事は彼らの提出した計画書から「万国の労働者よ、団結せよ!」のスローガンを消した。「万国では多すぎる。我が祖国ソ連に絞ろう」。

さらにこの組織は無神論プロパガンダと宗教的欺瞞との闘争にはなんら関与しなかったので、教会には自由に行けたし、教会で結婚もできた。私はといえば、そもそも結婚式か葬式にしか教会に行かなかった。ルーテル派教会はかなり以前から中国人の所有に移っていた。ドゥリーズリス牧師もオルガン奏者のイルベ・イルビーティスも日本の降伏直後に亡くなり、教会は機能不全も同様だった。牧師不在のルーテル派教会は、斜め向かいにできた巨大な外国語(ロシア語のこと)学院の書籍文具店と成り果てた。すばらしい響きのパイプオルガンはどこへ行ったのだろう。かつてオルガン奏者のイルベは、礼拝のとき以外にも私を中に入れてくれた――「来週の日曜日、一時間早く来るといい。新曲〝ダンゴ・クンパルシータ〟を弾いて聴かせよう」。牧師もオルガン奏者もいない、聖歌もクンパルシータもロッシーニも聴こえない教会に、私はもはや足を向ける気がしなかった。

ソビエト青年協会の創設大会で、私はハルビン工業大学職員組織代表とされた。当時二六歳だった私は、誰に強制されたわけでなく自発的に参加した。大会後、学生団体は個別のソビエト青年協会団を作り、大学職員も第四一七団を構成し、その代表に私が選出された。大学は大規模で、月に数回職員同士の交流会があった。そこで郊外の準備学部（中国人学生がロシア語を学び、その後の学問に備えた場所）に勤める新米講師とも知り合い、私は中国の話をし、文学好きの女子は本の話をし、ソ連の新作映画については、共通の話題で盛り上がった。ソビエト青年協会地区委員会となった大学内組織は学生の文化活動を支援し、成績不振者を助け、スポーツ活動も促進した。春の学期末試験後に開催された運動会では、最終種目の綱引きで学生が中国人とロシア人とに別れて対戦した。中国人は地面を這うように綱にすがり、相手を引きずった。観客席からロシア人学生が声援した——「フマキラでやっつけろ、フマキラを使え！」。フマキラとはなんと、日本時代にいたるところで使用されていた殺虫剤のことだ。

それから数日後、私は忠実な友であった中日辞典を売り払った。ずっと置物と化していた自転車にぴったりのタイヤを、中古市場で見つけたのが理由だ。タバコ工場が紙不足で閉鎖されていた当時、古紙買い取りが跋扈《ばっこ》していて、葉巻用のライスペーパーが高額で売れていた。市場の買い取り人は、良質のライスペーパーに印刷された私の数百ページにおよぶ大辞典を見て目を輝かせた。かたや辞書がみすみす破壊されると思うと名残惜しく、私は涙がこぼれそうだった。せめてもの慰めは、かなり使い古していたうえに、ほぼ未使用の同じ辞書がまだ一冊手元に残っていることだった。辞書を売った金で、タイヤだけでなく古紙業者から二冊の本も買い足した。紙が厚すぎて包装紙にも葉巻にも使えなかった本は価値のつけようのない代物で、まさしく門外漢にはなんの価値もなかったが、私の胸は高鳴った——一九〇九年、北京出版のロシア正教イノケンティ司教が編纂した『中国語ロシア語大辞典』という希少本だったのだ。しかも表紙には、「この辞書を中国・北京の大司教イノケンティからウラジーミル・ストロジェフへ贈る。北京、一九二九年」と手書きの献辞があった。ストロジェフは著名な中国学者で、ハルビン転覆以降の日本時代に姿を消していた。それから長年を経て、ニューヨークで中国語通訳をしていたらしい。イノケンティ司教がいた北京ロシア正教会は、一九一七年のロシア革命まで活動していたロシア正教会中国代表部であり、中国人正教徒は少数であったとはいえ、長年存続していた。ロシア正教の神父はカトリックの神父と異なり、中国人民への普及に熱心ではなかったのだ。

重たい本二冊（合わせて約一〇キログラム）と自転車のタイヤを人力車に積み込み、私も乗り込んだ。中国共産党は人力車を人権侵害（言葉そのものが存在しなかった）と見なさなかったため、私は悠々と「人の上に乗って」持ち帰った。

新しいタイヤをつけた自転車にまたがった私は、再びハルビンの町に繰り出した。かたや人民解放軍はあぜ道と大道を南下し、各地方の戦士たちと肩を並べて国民党と闘い、天津、北京を掌握していた。一九四九年四月二〇日、人民革命軍委員長毛沢東と人民解放軍総司令官朱徳が長江突破を命令した。数日後に国民党軍の首都南京が陥落し、蔣介石は政府ごと、日本時代の重慶よりもっと近い台湾に逃亡した。漢口、武昌、漢陽、上海……連日のようにラジオと新聞が都市の占拠を報じていた。

「まもなく中国の中央、華北、華南の全州で中国農民数百万が立ち上がる。その攻撃は竜巻のごとき急襲となり、いかなる力も押しとどめることはできない」——毛沢東の予言は的中した。中国共産党はなぜ勝利したのか。それは中華民国初代大統領孫文の願い「農民ひとりひとりに自分の耕作地を」を実現したからだ。かたや蔣介石は国民党の思想の基盤には孫文が編み出した民族、民権、民生の三民主義があると強調しながら、その崇高な主義をひとつとして実現させなかった。蔣介石とその支配層は、農民ひとりひとりに耕作地を与えるどころか、地主の利益を擁護したのだ。青シャツ攻撃部隊（中国人は青を好み、農民は藍で青色に染めた）に飽き足らなかった国民党秘密組織の副局長戴笠《ダイリ》は、「中国人民の精神に基づき、日本憲兵の経験に学び、アメリカの技術を用い、ゲシュタポの例に準じた組織を作る」夢を唱えた。バラ色の夢を唱えながら、「共産党の手に落ちれば金持ちが貧しくなり、貧民はますます貧しくなり」「共有財産は共有妻」程度のプロパガンダを連呼するばかり。かたや共産党は広大な土地改革を実施し、一九五二年までに農民四億七〇〇〇万人が自分の耕作地を所有した。

国民党の軍人役人は収賄にまみれ、外国（主にアメリカ）から得た支援物資を横領し腐敗し、長年日本占領に苦しんだ地域住民を蔑んだ。対する中華人民解放軍は、厳格な組織、思想性、統制、人民に対する思いやりで際立っていた。人民解放軍の「三大規律八項注意」を引用しておこう。一、いっさいの行動は指示に従う。二、大衆のものは針一本とらない。三、いっさいの捕獲物は公のものとする。

八項注意は、一、言葉遣いは穏やかに。二、売買は公正に。三、借りた物は返す。四、壊した物を賠償する。五、人を殴らない。六、罵らない。六、農作物を荒らさない。七、婦人にみだらなことをしない。八、捕虜を虐待しない。

土地改革の初期には農民同士が対立した。夜、村の南側の農民が銅鑼を叩き笛を吹きながら、線路の土手を越えて北側の不逞分子を退治に向かい、翌日には北側から南側に同じ目的で越えて行った。土地改革どころか財産強奪に過ぎず、時にはリンチに発展した。人民政府は即刻このような行為を厳しく禁じ、破れば厳罰に処すとして、人民政府委任団の同席なくして勝手に土地を分配することを禁じた。

蔣介石政権の終わりが明らかに近づいていた。一九七五年、蔣介石は台湾で悲劇に満ちた八七歳の生涯を閉じた。生前、共産党に捕らわれたとしたら、自宅監禁とされただろう。台湾に逃げなかった国民党戦犯は、「思想を改造」された。満洲の子らは「共産党なくして中国なし」と歌い歩き、突如にして湧いた流行句「関東三宝は人参、鹿角（漢方薬の原料）、ウラツァオ（烏拉草。冬の革靴に詰めた綿に似た草植物）！」と叫んだ。

遠く華南ではなお国民党軍の残党を撃退する大砲音がとどろいていたが、毛沢東はそれに構わず、一九四九年一〇月一日、北京（再び中国の首都となった）天安門広場で中華人民共和国建国を発布した。抗日戦争期の愛国歌「立ち上がれ、奴隷となることを望まぬ人々よ」（中国の国歌となった）〔義勇軍行進曲〕が流れ、美しく晴れた秋空に次の旗が掲げられた。

人生九番目の旗

赤地の左上端にある大きな金色の星は中国共産党、その片側を囲むように小さい四つの星が並び、一本の光線をなして大きな光に向かっている。四つの星は――労働者、農民、知識人、愛国的資本家という四層の象徴だ。四つ子たちはいずれ、擁護者然としてのさばる大きな星を突き刺さなくてはならないと知るだろう――ニヒリストのシュ・エンタイが相変わらず悪態をついていた。

一二月一日、大学は東洋経済学部の学部長不在に気づき、その座はソ連から来る専門家のために確保し、代理に私をあてた。「特待生クラスを作って万全を期すことにしよう」、モスクワ出身のシチョフ学長が言った。

中国全土から選抜された学生と外国の大学を卒業した者たちは、ソ連の大学への進学を希望していたため、ハルビンでロシア語を習得しておく必要があった。彼らは皆、すでに露英辞典や露和辞典を携えていて、ある程度の外国語を身につけていた。中にはスペイン語が堪能な者もいた。若き中国人エリートは愛国的で視野が広く、努力家でずばぬけて優秀であり、ロシア語も瞬く間に吸収した。ロシア語はロシア語学科のロシア人ベテラン講師が教え、二学期に私が通訳の実習を担当した学生たちは、揃って頭脳明晰だった。ロシア語講師としてソ連から派遣されてきた若い娘は、賢いばかりか当然ながら崇高な政治思想を掲げていたが、あるときひどく興奮して私に訴えた、「見てください、あなたの愛弟子の作文を」と、「ガラスとその利用法」という課題の作文を差し出した。読んでみると、なかなかよく書けていた。「これが何か？　書き方は正しく文章構成もうまい。最高点をつけられますね」「最後の段落を見てください……〝将来、透明のガラス繊維は衣類にも使われるようになり、女性の魅力が増すだろう〟」。そこで私が応じた、「あなたはロシア語と文学の知識があり、とても魅力的です。しかも絹の服を着て容姿端麗だ。絹の代わりにガラスを着たとしたら……」。相手は話にならないと諦めた、「私たちは捉え方がちがうようです」。私は穏やかに言った、「わかり合えるよう努めましょう。以前とはちがって、今や中国は新しく、近い将来に超大国になることを考慮すれば……」。

「以前とはちがい、今や」という台詞は、暮らしの隅々で使われるようになっていた。当地のロシア人青年が工場で同僚の中国人と衝突し、相手を蹴りつけたあげくに裁判となった。判事は「以前とはちがい、今は新しい中国だ。なぜ足を尻にかけたか？」と、被告を厳重注意した。今後は品行方正に振る舞うようにとの忠告で裁きは済み、誰もが新しい中国において蹴ることのできる範囲が規定されたと理解した。

日常の暴力はなく、日本時代にソ連領事館を悩ませていた悪名高いソ連市民ヴァンキ・ジムもおとなしくなった。映画館に鑑賞に来た人に、券の代わりにレンガを売りつけた男だ。ヴァンキに睨みつけられて誰しも思った——差し出されたレンガで頭をガツンと殴られるよりは、小銭を払ったほうがましだ。実際殴ったことがあったかどうか、ともかくとんでもないことをやらかす常習犯で、路上で老夫婦を恐喝したこともある。夫を強引に引き離して、恐怖に震える妻を脅した、「奥さん、未亡人になってもいいんですか」。

新しい中国は「思考の矯正」に染まった。ある朝、私が自転車で陸橋を降りながら両手をハンドルから放すやいなや、警官に呼び止められた。「なぜそんな危険な乗り方をするのか」「まったく危険ではありません。道はなだらかで、前に誰もいない」「どこに行くのか。大学だと？ ということは教員か？ それならここで思考しなさい。もし君が自転車で転んで怪我をして入院したとしたら、君の学生と中国全人民にとっていかなる損失となるか」。三〇分間、私はそこに突っ立って自転車の乗り方について思考を促された。職場には遅刻したが、その朝に私の授業はなかったので中国人民に損失は与えなかった。だが、中国人が些細な自転車走行違反で捕まり、同じように思考を矯正されている様を見かけたことがある。足止めをくらった中国人は、怒り任せに自転車を地面に叩きつけた。中国人の一挙一動は予測不可能なことがある。

さらに大きな違反を犯した場合には、自己の〝業績〟の新聞掲載を強制された。罰金は課されなかったが、新聞掲載の費用のほうが高額だった（金の行き先は果たして新聞あるいは警察だったろうか）。掲載者の姓が印象的で、頭から放れない記事がある、「一二月三一日の夜から一月一日にかけて、私はハルビン中央駅の社会秩序を乱しました。乗客の行列を乱し、切符売りを殴ろうとし、社会公安局員の忠告に従わず、相手を侮辱し蹴りつけました。この行為を深く後悔しています。二度と決してそのようなことをしないと誓い、人々が決して似たような違反をしないように呼びかけます。ヤコフ・ラズウームヌイ（ロシア語で賢者の意）」。ヤコフは大晦日の夜にハルビンから家に帰ろうとした際に、「今は以前とはちがう」ことを忘れ、売り切れていた切符売りの窓口の仕切りを壊そうとし、うっかり警察官の尻を蹴ってしまったのだ。

ある夜、市内に登場した社会公安局の大型告知は、漢字が読めなかったとしても意味が歴然としていた。冒頭文字が朱色で強調された数行と、各文末に同じ朱色の小鳥の絵。行数と同じ数の犯罪者が、小鳥のように銃で撃たれてこの世を去ったことを意味していた。そこに付記されていた稚拙なロシア語訳が忘れられない、「……彼ら（犯罪者たち）は政府の説得に同意しなかったため銃殺となった」。日曜日には「労働者と農民の競技場」で公開処刑が実施された。国の担当官吏と野次馬の前で、裁かれし者は両手を後ろに縛られて、それぞれの名前と犯罪内容——盗難、強姦、国民党員による妨害、収賄等——が書かれた札を首にぶら下げて舞台に立った。進行係によって審議の結果、死刑が宣告されると、盛大な拍手と共鳴の雄叫びに包まれる中で、罪人らがトラックの荷台に乗せられた。競技場から嬰児塔〔町外れにある大型の塵埃処理場の代名詞として用いられている〕までの道は我が家に隣接していて、自宅の二階の窓から（右側通行に変わっていた）よく見えた。……六人が正座し、その周りを兵士がモーゼル銃を手に厳戒態勢で囲んでいた。軍用トラック・スチュードベーカーのサイドゲートを乗り越えての逃亡や、罪人を逃がそうとする動きを警戒していたのだ。懲罰遠征の随行員が再び我が家の脇を逆向きに走り過ぎたとき、荷台は空となっていた。中国保安機関幹部が言ったものだ、「中国人とは中国語で話す。ロシア人とはロシア語で話す努力をする。だがならず者とはならず者言葉だ。彼らに通じる言葉はほかにない」。

革命が敢行されると、ヘロインやモルヒネ（大麻は高値だった）の麻薬中毒者と身体に障害のある物乞いの姿が消えたが、彼らは治療機関や福祉施設に送り込まれたのではないだろう。ハルビンには底深い谷や土石採掘などいわゆる嬰児塔が多数あり、盗人や売春の常習犯は豚革加工現場に送り込まれていた。豚革産業は中国の主要な輸出品をなし、その作業工程は単純ながら、豚革の固い粉塵が呼吸器と肺を犯し健康にひどく有害なため、いつの時代にも嫌われる職種だった。

一九四九年のスターリン生誕七〇周年にはハルビン工業大学でも盛大な祝賀会があり、アマチュア団の演奏の後に、ソ連青年協会の会員たちは大学食堂でささやかな宴を持った。「人類の父」の健康を祝し、数杯はジョッキを傾けたような気がするが、いつの日か祖国ソ連で祝う日を忍耐強く待とうと、皆で手をつなぎ誓ったことを覚えている。一九五〇年になると、ロシア出身のユダヤ人たちが中国からの出国を始めた。多くがソ連国籍者であった彼らは、ソ連旅券を携えたまま日本占領期を過ごした者もいた。ソ連領事館が阻止を試みようにもユダヤ人の決意は固く、彼らは揃って約束の地に出発した。中にはイスラエルを逸れ、オーストラリア、アメリカ、カナダに漂着した者もいた。

その年、私もどこかに行きたくてうずうずしていた。希望の光を点してくれたのがソ連貿易省中国代表ボイコによる発案だ——当地のソ連国籍者のうち中国語ができ満洲情勢に明るい若者若干名を、モスクワに派遣して貿易を学ばせ、中国に帰還させる。この大いに魅力的な計画に私は綿密な履歴書を作成して証明写真を付して申請し、いざ荷造りの指示を受ける時を待った。ところがいくら待とうともボイコからはなんの音沙汰もなかった。町でボイコとすれちがいざまにこの件のことを尋ねると、のらりくらりとはぐらかされ、怒る気も失せた。ボイコは突飛な思いつきで、きっとソ連上層部の厳しい咎めを受けたのだ。

私は諦めてハルビンのソ連領事館に通いながらも、心は大学に奪われていた。ある初夏の日、領事館の上司ウラジーミル・サツがモスクワに発ったと知らされ、私は口惜しかった——離任をひた隠しにされていたためではない。サツはその数日前に私の集大成ともいえる中国の報道をまとめたノートを数冊、借用したまま持ち去ったのだ。以降、領事館では誰も私に仕事を課す者がなかった。それで手持ち無沙汰で日がな一日庭に腰かけ、まめまめしさを買われてその前年に採用された中国人庭師のまだるっこい仕事ぶりを眺めていた。「ワニャ（ソ連兵は中国人をそのように呼んだ）、調子でも悪いのか？」——さすがに庭師の豹変ぶりを案じてか、領事館の気さくな門番が声をかけた。庭師は臆面もなく答えた——「いや、これが仕事なのだ」。領事館の経理部に定められた報酬に対してふさわしい働き方とでもいうのだろうか。

日向ぼっこにも大概飽きてきた。いまや中華人民共和国にはソ連通信社タス通信もあればソ連中央の新聞とラジオの支局もあり、領事館の報道局はすでに役割も意味も失っていた。これは領事に相談する頃合いだと見計らい、私は日直に尋ねた——「いつ総領事に会えるか？」。ところが「決して会えない」と取り付く島もなかったのだ。こうなっては破れかぶれだ。私はそのまま辞書を小脇に抱えて大学に直行した。その後、領事館に足を踏み入れたのは五年後の一度きりとなった。

工業大学に携わった期間は悲喜こもごも、ハチャメチャな珍事もあった。学生は講堂の木目板の上で踊り、学生バンドがジャズを演奏したものだが、ある日、当地ロシア語新聞に「闇のソコロフ・ジャズバンド！」との大々的な見出しが掲載され、大学に波紋を呼んだ。学生パーティーの夜に学生弦楽アンサンブルのリーダーが同級生から料金を徴収したことが、道徳的かつ政治的にも異常だとして取り沙汰されたのだ。リーダーのソコロフは大学の教授陣に呼び出され、反省を迫られた末に音楽活動の継続を許可された。

あるとき、大学内でのパーティーに一律に同じ服装の小柄な青年集団が現れた。彼らは農業者だと自称したが、中国のパイロット養成にきた空軍士官であることは周知の事実だった。女子学生は彼らを相手に踊りながら、「凝り固まった粘土質の地面をどうやって開拓するのですか。中国の鍬で、それともソ連の近代的な爆破で？」などと、敢えて尋ねておもしろがった。相手は無言のまま、その厚い胸に娘の体を引き寄せた。そんな開拓の仕方もあったのだ。

それから半年も過ぎないうちに、ある学生の「犯罪」もどきが学内会議の議題に浮上した。学生の釈明によれば、「大学のパーティーに行き、中国人のタイが運営するバーで我知らずワインを一本拝借した」。学生は現行犯で捕らえられ、学内を大きく騒がせた。

大学では祝祭日のたびに、アマチュアの演奏とダンスがある盛大なパーティーが催されていた。その会に参加するには招待状が求められ、ちまたの娘が学生の誘いを受ければ大いなる自慢の種となった。ある日、そんなパーティーに、大酒飲みで知られた学生Zが娘を同伴してきた。学内のクロークでZは娘が毛皮のコートを脱ぐ手助けをし、クローク係に気取って手渡すと、受け取ったロシア人女性が声を張り上げた。「おや、ジャジュケーヴィッチ、懲りずにまたお出ましとは。ここの壁は辺り一面、どこもあなたが汚したのだよ」。隣の娘の心地が推し量られた。晴れて噂にまで聞いていた知の殿堂にやって来たというのに。

学生たちが揃って守銭奴やこそ泥、大酒飲みというわけではなかった。時に規則違反もあり、ずぼらな怠け者も出来損ないもいたが、総じて優秀で、当地の教師陣とソ連から派遣されてきた専門家の指導の下で確実に学問を修めていた。大学の卒業生が中国とソ連以外にも多くの国々で高い地位や役職に就いたのが、その証だ。

この時期の私は無性に未知の世界を求めていた。そんな頃、北京にいるハルビン出身のロシア人アレクサンドル・キリロフから便りが届いた。貧しい出の彼は日本時代に中学校に通って以来、その日暮らしで独学しながら革命直後の数年をやりくりしていた。のちに二年制の無償中国語コースに入り、家財の多くを質に出しながら朝から晩まで学問に励んだ。その努力が実り優秀な成績を得て、担当教官の私が署名をした卒業証書を手にすると、チュリン百貨店の法務部に中国語通訳として就職し、一九四九年末には《プラウダ》新聞北京支局に職を得ていたのだ。私はひたむきに学ぶ彼の姿勢に感心し、彼は私の通訳経験に基づく知識を認めて、互いに親交を深めていた。彼の便りは、《プラウダ》支局の業務が増え、支局長が新たに有能な職員を探していると知らせ、したためていた――「すぐに履歴書を送ってほしい。一緒に仕事ができたら嬉しい」。私は即座に応じ、果てはバラノフ学科長の計らいで同僚に送別会まで開いてもらった。その数日後、ガオ・チェ学長代理に廊下ですれちがった。綿密で精力的なガオは学長代理にふさわしい人物だった。その名も訳せば高鉄となるのだが、厳格さゆえにロシア人学生に「鉄のガオ」と呼ばれていた。「まだここにいたのか?」、ガオが私を見て驚いた。「どこにも行かなくなりました」。私は真相を打ち明けた。履歴書に私は自分をラトヴィア人だと書いたのだが、《プラウダ》支局長は何を血迷ったのか、「ドイツ人に用はない!」とソロモンの審判そのものに切り捨てたのだ。鉄のガオが慰めるように微笑んだ、「ここにはそんなドイツ人がとても必要だ」。

九月一日の新学年度開始日、私は水準向上学部の学部長代理に任命された。またしても代理で、またしても学部長不在。学部に集まったのは、ロシア語習得後にソ連に留学予定の学生一〇名ほどだ。勉強熱心な秀才揃いだったが、第一グループの超エリートにはおよばなかった。彼らには夜間授業もあり、私は早朝から夜遅くまで大学で長い一日を過ごし、山ほどの仕事を捌いていた。ガオ学長代理がハッパをかけた――「辛抱だ。がんばれ。大学の未来は明るい」。年末に近づいていたが、報酬は相変わらずでパッとしなかった。給料が現物支給――食用とならないコーリャンの籾殻や小麦粉、大豆油など――された時代は終わったが、それでも前金や助成金しか支払われていなかった。人員整理と報酬加算の見直しがあると流布されると、せっかちなロシア人職員がガオに詰め寄った。するとすぐに告知板に回答が掲載された、「給料は支給あるいは一時保留（そこが赤線で強調されていて、ぞっとしたものだ）またはやや遅れる」。この意味するところは何か、我々は揃って頭をかしげた。

数カ月後、その意味が明らかになった。政府は高等教育機関の教員に新たな報酬加算を承認した。誰もクビにならず、しかも過去に遡って給料が加算され、札束で給料を受け取った。私はそれで、すっかり使い古した日本製スーパーヘテロダインを高品質のリガ製ラジオに買い換えた。受信量が増えたラジオのつまみを回し、ありとあらゆる音に耳を傾けることは、私の毎晩の楽しみだった――ロシア極東とシベリアのラジオ番組、大好きなビング・クロスビーはオーストラリアから、東京にある米軍ラジオ局のアルバート・コヴァルコ伍長が一分で世界ニュースを読み上げた超人的な速口、リムスキー・コルサコフとトミー・ドルセイの「シェヘラザード」で一日の放送が終了した。ニコライによる作曲をジャズマンのトミーが演奏するフォックストロットは爽快だった。広大なロシア極東の電話通話が、うっかり一方的に受信されたこともある――「イワン・ペトロヴィッチ、極秘情報だ。ここに監察官が来ているが、この次におまえのところに行くようだぞ。わかったか？」。まさか自分の声がはるか遠く国境を越えて聞こえているとは知らなかっただろう。

私の給料は月額八〇〇フィルに増額された。国家要人の最高報酬が定額一〇〇〇フィルだった時代だ。鉄のガオとソ連専門家シチョフの根回しがあったのだろう。私たちの家計には余裕ができ、アンナおばさんは内職していた編み物、縫い物に一息つけるようになった。毛糸は当時の市場にあふれていた。日本降伏後に無数の兵舎で盗み出された日本兵士のハラマキが、中国人の手でするすると解かれて糸となり、鮮やかに染め直されて（染料もどこかで調達された）売られていたのだ。流行に敏感なソ連婦人たちの願いを満たすためアンナおばさんがせっせとジャケットやワンピースを縫い、ニットを編んで、そのようにして私の薄給を補ってくれていたのだ。

私が共産主義中国で一〇年以上働いていた間、納税の義務はなかった。当時の考え方に従えば公務員職は人民奉仕であって利益がなく、謝金を可能な範囲で受け取っていた。収益のある民間事業者と賃貸料のある不動産所有者だけに、所得税の負担義務があった。アンナおばさんもアパート賃貸料の一部を、地区納税局に納入していた（納税額に不満をこぼすのを聞いた覚えはなく、おそらく少額だった）。我が家が面する通りは、満洲時代の大同通りから新日大通りに改名されていた。しかも住所に三つの番地がついた。一番地、三番地、五番地――道路に面する入り口の数だけ番地がついたのだ。東洋の考え方には、なんとも理解に苦しむことがある。

インフレが最高潮に達し、私の月給八〇〇フィルは二八七〇万元に相当したが、一〇〇万単位で金は湯水のように消えていった。私は男女四人の友人と連れだって、松花江の対岸にあるレストランに出かけ、ピリ辛の肉料理に木耳《きくらげ》のつけあわせ四人前、それにビールのジョッキ二杯――しつこいようだが知的階級にある白人女性は酒もタバコもやらなかった――を注文した。私たちが平らげた頃合いを見計らって会計係が寄って来た、「追加注文は？　なければ二五〇万元」。すべての価格がおしなべて一〇〇万、一〇万単位の日々、札束を袋や鞄に突っ込んで持ち歩いていたわけではない。不足する紙幣をまかなおうとして印刷機が高速回転したため、片側のみ、あるいは片側の半分のみ印刷された紙幣も珍しくはなかった。番号が読み取れさえすれば、それでも有効だった。

レストランの帰り道に、私たちは川岸の様子を眺めていた。大勢の老人が大きな籠にヒバリを入れて集まり、鳥のさえずりや餌のやりかた、抜け毛などを論じあっていた。そんななにげない光景に、長年の戦争を経てようやく暮らしが上向き、小鳥や金魚まで飼えるようになったことが見てとれた。それと同時に、「社会主義と船頭」というテーマを一考させられる機会となった。以前であれば船頭が岸辺から遠く離れた路面電車やバスの終点まで客引きに駆けつけ、客に愛想よく話しかけたものだ。「マダム、どうぞ私の船にお乗りください」と、わずかな収入源の取り合いをしていた。だが時代は変わり、「以前とはちがう」新しい中国ではすっかり様変わりした。ハルビンの日没が迫り来るなか、乗客は岸辺の桟橋に長蛇の列をなして待っていたが、船頭たちは砂の上に車座し、「労働者の岸渡し組織のあり方」という課題を侃々諤々《かんかんがくがく》議論していたのだ。意見があれこれとこねくり回されている合間にも、船頭が次々に話し合いに加わっていった。その傍らで労働者たちは、いつになったら家に帰れるのかと辛抱強く待ち続けていた。社会主義組合に意見の一致を見た水運業の男たちは、ようやく渋々立ち上がり自分の船に乗り込んだ。中国の賢者による端的な原則、「働くか怠けるか、その差は穀物七五〇グラム」が始動したのだ。思うに社会主義思想の導入は、中国人民の労働意欲の崩壊と精神的衰退をもたらしたのではないだろうか。

一九五〇年一〇月一日、中華人民共和国建国宣言一周年に、私は近所の果物屋に挨拶がてら祝いの言葉をかけた。すると、「ちぇ、おまえらソ連の犬の祝日だ。俺には祝日なんかじゃない」と、つっけんどんに言い返された。犬と称されても怒るに値しない、どうせ政治上であって、現実生活に関係はないのだ。だが言葉遣いには気をつけることにした。まもなく一〇月一〇日、国民党第一共和国宣言記念日に再び果物屋に挨拶してみると、これまた思いがけない返答なのだ、「ちぇ、祝日であるものか。あいつ（明らかに悪名高い蔣介石のこと）はまた逃げ、俺たちを放り出した。こっちはもうすぐ全滅だ」。

そう、確かに全滅したところだろうが、その脅威は共産主義側からもたらされたのではなかった。一九五〇年六月、朝鮮戦争が勃発した。北朝鮮軍が攻勢で、北が韓国全土を掌握するかという矢先に突如として亀裂が生じた。同盟国（主にアメリカ）軍が朝鮮半島沿岸に結集し、北朝鮮軍を巨大な「鍋」として包囲し、中国との国境方面に進撃した。北朝鮮の敗北がほぼ明らかかというとき奇跡が起きた。一九五〇年一〇月二五日、中国義勇軍（内実はどうであれ）が彭徳懐元帥の指揮で国境の鴨緑江を越えた。「打倒アメリカ。貪欲な狼を撃退する朝鮮を援護しよう」と歌われた。予期せぬ絶大な衝撃だったのだろう、アメリカ軍は撤退を始めた――正確に言えば、中国国境から一目散に逃げ出したのだ。

ハルビンでは、アメリカ空軍が空爆と生物兵器を使用する可能性があるとの公式発表があった。

すると、どういうわけか犬だけが虫を介する感染源と見なされた。義勇兵が「アメリカ狼」と決死の戦闘中に、野良犬はおろか匿いきれなかった飼い犬までが、手当たり次第に撲殺された。我が家の近所の警察署の前に、路上に堆く積み上げられた犬の死体や瀕死の犬と子犬を目撃したときには戦慄したものだ。あれは夜半に運び出され、嬰児塔に投げ込まれたのだろう。

壮絶を極めたのは犬だけではない。名の知れた外科医ドンブスキの話では、毎日のようにトラックで朝鮮の前線から負傷兵が運ばれてきていた。外科医は手足の処置をしているうちに、単なる肉処理業者に成り果てた気分だと言う。ナパーム爆弾の火傷が凄惨を極めていたらしい。

戦闘の脅威にもかかわらず、一九五一年の春にはハルビン工業大学にソ連から専門家集団——グリンを長とする教授陣が到着し、シチョフ学長はソ連に帰って行った。グリンは学長に就任することはなく、私は彼の部下とは接する機会がなく記憶に薄い。覚えているのはクズミン教授で、映画化されたアレクサンドル・オストロフスキー〔一八二三—八六年。ロシア演劇を代表する戯曲家〕の戯曲『罪なき罪人』〔一八八四年発表〕の登場人物にそっくりだったため、さっそくロシア人学生に「シュマガ〔本作に登場する田舎の芝居小屋の役者たちを指す〕」とあだ名をつけられた。ハリコフ出身の講師ゴンチャレンコは着任後の数日間で名声を地に落としたが、それについては後述する。学内では、ソ連からの講師着任よりもはるかに重要なことが起きていた。

一九五一年初め、ソ連国籍者協会とソ連青年同盟との指導部を交替することが決定された。それを受けて青年同盟代表が協会長となり、同盟は新たな代表を決める大会を開いた。一九四五年秋の混乱期に会長を誤って撃ち殺したシュトフが代表になれるように、あらかじめ根回しがされていた。だが大会では、地方代表の青年が彼を殺人者だと糾弾して真っ向から反対したのだ。予定外のこの論争に工業大学の代表者約二〇名は押し黙ったが、選出では反対票を投じた。それでもシュトフはちゃっかり代表に決まっていた。かたや旧来の民主主義を前にして、我々の無言の抵抗は通用しなかった。その後、私たち地区委員会は委員会総務に呼びつけられ、議論の余地なく批判責めとなった。運動会の日の「フマキラ」、ソコロフのジャズバンド、ある学生の「我知らずワインボトル一本拝借」、それに大学を退学となった成績の悪い学生たちをなぜサポートしなかったのか。そのほかにも逐一あげつらわれて過失の件数は増えていき、結果的に地区委員会のメンバー全員の除名が宣告された。明らかにシュトフ選出に反対したことへの仕打ちなのだ。意気消沈した私をガオが取りなした、「心配ない。つまらないことだ。気にしないで、いつもどおり働いてくれ」。ソ連からの派遣員にはこうした地元のいざこざはどこ吹く風だった。

うららかな早春の日、大学理事会は五階建ての増設を議論していた。同席の学生帽を被った長身の中国人に気づいたグリンが、隣の席の私に訊いた――「あれは誰だ」「政治局員です」「なぜ帽子を被っているのか」「政治局員だからです」。その日は猛暑だった。政治局員がズボンの裾をまくりあげた。「あれはなぜか」グリンが再び尋ねた。「暑くて足が蒸れるため、風通しをよくしているのです。あれは序の口です」。まさしくその数分後、男は立ち上がり、開いた窓から唾を吐いて、グリンをギョッとさせた。その傍らで私は思い出していた――その数年前に領事館の書記官に伴って高級なニューハルビンホテルに乗り付けたときには、頭上に水滴が落ちてきた。宿泊している人民軍士官が、窓際でうがいをしたのだ。あのときは仕方なく家に戻って服を乾かしたが、今回は幸い誰の頭にもひっかからず、会議は続行した。そこでグリンが報告する番となった――前日に計画書を丹念に見た。地元の建設技師と設計士の仕事はすばらしいが、クレーン置き場とクレーンを現場移動させる手段がないのはどういうわけか――。いざ作業が始まれば〝二本足クレーン〟の大群が集まり、どんな建設資材であろうが担いで運ぶとは、さすがにグリンの想像の域を超えていたのだ。その秋の新学年度は、早くも新築された棟で始まった。

グリンの提案により、大学は学年度末に学術会議を開催した。中国の他大学の研究者も参加して万事うまく進行したが、学長であった当時の松江（現代の黒竜江）省（省都はハルビン）のフィン・ジュンユン省長の演説がすべてを台無しにした――大学にとっては無益どころか有害で低俗な人物だったのだ。省長は日頃は大学にめったに姿を見せなかったというのに、ある日突然やって来たかと思うと、東洋経済学部四年生の教室に入ったことがある。ちょうど中国語の授業中でシュ・エンタイが、儒教の文章であったか、古典を引用していた。これに省長は啞然とし、教室を飛び出そうとして怒りに任せてドアを叩き閉じた。ドアの塡《は》めガラスに亀裂が走ったほどだ。翌日、中国語学科会議に教員が招集され、その場で省長が学科を一掃すると強弁し、中国人教員は皆固く口を閉ざした。そこでバラノフ学科長が釈明の弁に立ち上がった――古典は古語を学ぶための教材として数カ所を引用したにすぎない。カリキュラムの九九パーセントは、偉大な指導者毛沢東の文章と演説、《新報》通信と新聞《人民日報》の記事や経済と鉄道の定義で構成されている――。これに私も横から口を出した――中国の古典はモスクワ大学東洋言語学部の学生たちも教材として学んでいる。省長が遮った、「モスクワは関係ない。我々の大学では封建思想の吹聴を許さない。これにて終了」。誰も処分は受けなかったが、以降、教材としての古典文学は消滅した。果たして正当な中国語はいつ成立したのだろうか――一九四九年一〇月一日の中華人民共和国の建国宣言日か、毛沢東の誕生と共にだろうか。

先の学術会議でそのフィン省長がこれまた「中身のある」演説をしたとき、私はいつものごとく通訳を務めていた。演説の大部分はソ連からの派遣教員の賛辞に費やされ、雨の日でも出勤した献身が賞賛された。地元の職員は憮然とした——自分たちは雨で欠勤したろうか。歯が浮くようなお世辞は、極端に馬鹿丁寧な東洋的外交辞令だと受け流すこともできる。ところが演説も後半になると、地元ロシア人教員を修道院で祈禱を唱える修道士並みに役立たずのミイラだなど、嫌悪すべきはずの封建主義的な古い語彙を次々に持ち出してこき下ろしたのだ。サヴィン教授を先頭に地元ロシア人教員たちは揃って立ち上がり講堂から出て行った。ほんの数日前にサヴィンの元に届いた専門誌には、サヴィンによる数学の投稿論文が掲載されていた。果たしてミイラの論説が高く評価されるだろうか。あのときのフィン省長の突拍子もない演説の意図は、いまもって理解できない。中国人教員がロシア人の水準にもとる十分な養成を受けていなかったのは事実だが、地元ロシア人教員を侮辱した演説に派遣員たちもまた居心地を悪くした。ロシア人移民はマルクス、エンゲルスの教えに精通してはいないが、自分たちに劣らず優秀であることをよく知っていたのだ。

ソ連から派遣された確かな知識をもつ学者たちが、中国の発展に寄与したことはまちがいない。だが異なる地域性とメンタリティー、政治思想的な行き過ぎた抑圧への無知と無理解が支障をきたすこともあった。しかもソビエト軍人が地域の、主に白人と家族ぐるみで付き合い、自宅に招き、あるいはレストランで飲み交わし共に踊って親交を重ねたのに対し、派遣員は明らかに職務以外での接触を避けていた。

私が以前に働いていた領事館で、一時期、ソ連から来た鉄道員たちに基礎中国語を教えていたことがある。鉄道局の通信係であったか、女性三人も座っていて、私はマリヤという女性に好感を持った。そのうち私とマリヤは授業の後に揃って散歩する仲となった。マリヤはハルビンや周囲の町村に破壊され略奪された建物が骨格のまま放置されている様を見て、ハルビン近郊で激戦があったと思いこんでいた。

「そうだよ。あそこを中国の〝カチューシャ〟〔自動車積載ロケット砲の愛称〕がとおりすぎたんだ」

「恐ろしい武器なのね」

「恐ろしくなんかない。どんな兵士だって斧や武器を持ち、そして隊列を組めば、地上で目に見えるものを手当たり次第に抹消しようとするものなんだよ」

「自分の国をめちゃくちゃにするなんて、やっぱり恐ろしい」マリヤには理解できなかった。

「それにここのロシア人同士がケンカをすると、肉屋に行けと罵るのはなぜ?」

「肉と舗《ジョウ　プ》の中国語の発音を思い出してごらんよ。つなげてみるとどうなるかわかる?」（ロシア語の卑語でゲス野郎となる。）

「中国語はまったくとんでもない言葉ね」。マリヤはまたしても呆れかえった。

それから何度か鉄道局文化会館のパーティーに連れだって行ったのだが、やがてマリヤは姿を見せなくなった。ある日、彼女の女友達二人と道ですれちがいざまに、私は尋ねた。「マリヤは?」

「心配いりません。元気です。お母さんのところに行きました」。マリヤは確かに〝金の籠〟（自由のない高報酬を彼女はそう表現した）暮らしを嫌い、マグニトゴルスク〔ロシア連邦チェリャビンスク州の都市〕の母親の元に戻りたがっていた。だが、「革命精神消失」のために帰されたのだろう。得体の知れない地元分子と係わりを持ってはいけないのだ。

やっとカメラ用フィルムを手に入れたとき、私はグリン本人の承諾を得て学院の正面で撮影してやったというのに、グリンは撮影後に私の元に駆け込んできて、自分で現像するからフィルムをよこせと言い張ったことがある。入れたばかりのフィルムを取り出すのは惜しく、希少で高価な代物だ、そういくら説明したところで、彼は頑として譲らなかった。彼らは外国での写真撮影が禁じられていたにちがいない。私は仕方なく折れたが、そこにあったはずのベストショットを思うと一層腹立たしかった。晴天日の街角を写した一枚だった。きれい好きな中国人が歩道に腰を下ろし、車道の石畳に両足を伸ばし、綿入り上着を脱いで半裸で虱とりを始めた。爪で挟みとり、服の裾に隠れたのは歯でかみつぶす。中国人は言ったものだ、「虱は誰にでもついている。ちがいはひとつ、中国人は退治するが西洋人はいても知らぬ存ぜぬ」。まさしくその光景を私はすばやくカメラにとらえ、さっと身を翻した。当時はカメラを持っていると怪しまれた。グリンからもさほど信用を得なかったのだろう、というわけでフィルムは台無しとなった。

グリンも当初は中国の日常に疎かった。学生寮の老朽化した暖炉がボイラー係の炊きすぎで爆発し、上階の学生二人が亡くなったとき、グリンは慌てふためいた、「どうしよう」。私は応じた、「どうって、棺を注文し、親族に電報を打ちました。骨壺を取りに来る者がいなければ、しかるべきところに運ぶよう手配済みです。暖房はすぐに修理され、ボイラー係は忠告を受けています。心配はいりません。モスクワには関係ありません」。

ボイラーやタービンの設計製造を専門とするソ連から来た講師ゴンチャレンコについて、その専門性については、私にあれこれ言う資格はない。ただ彼のロシア語はお粗末だった。学生が私に言い出しにくそうに切り出した、「ソ連の先生と当地のロシア語の先生の、どちらのほうが正しいでしょうか。ゴンチャレンコ先生が教えてくれた発音の強弱は二カ所ちがうし、動詞の活用も異なるようです」。軍配は地元教師にあがった。だがこの私でさえソ連の派遣員が誤っていると指摘する勇気はなく、婉曲にごまかした――ロシアは実に広大であって、ロシア語は中国語同様に方言が多いため、ゴンチャレンコの言い分も一概にまちがいとはいえない。これに学生が納得してくれて内心いかに安堵したことか。狼は腹を満たし山羊は命拾いした。

ゴンチャレンコは野蛮人に文化をもたらす文明人を自負し、中国人学生をなにかと見下していた。「クラスの三〇名全員が『カルメン』を知らないとは、無知にも程がある」。これに私が反論した、「ミュージカル〔京劇〕『雁蕩山《ヤンダンシャン》』をご存じですか。まさか、ないとは⁉ 中国だけでなく東洋諸国で名高い演目です」。ところがゴンチャレンコは自説をまくしたてた、「箸で食べるのは下品だ。その欠点もいつかは克服可能だ。近い将来に万人がフォークとナイフで食べるときが来るだろう」。中国人、朝鮮人、日本人、以前はインドネシアでも食事にナイフを必要としないのは、口に入れる食べ物すべてを細切れにして調理するからだが、食事に箸かフォークかいずれを使おうが個人の好みにすぎない。ゴンチャレンコがそれを知らないだけだった。彼の箸論議に押し黙っていた中国人学生は、級長から学生会長、学内政治局員から学長、さらにソ連派遣団長からハルビンのソ連領事まで細かな根を張り巡らせ、そのあげくに北京ソ連大使まで動かした。箸の問題提起から四日後、文明人は北京発モスクワ行きの特急列車で広大な祖国に帰っていった。かたや中国人の技師はゴンチャレンコの助けがなくとも多様なボイラーやタービンを設計製造し、中華料理を箸で味わっている。好みの問題なのだ。

派遣員の一部は、ソ連がどの国のどの民族よりも勝っていることを誇示しようとしては地団駄を踏んだ。そんな鉄道員に目立って意固地な女性がいた。「ここでは選ぶものがないし、どれも悪質で、モスクワとは雲泥の差がある」。モスクワ出身に似つかぬ、明らかに田舎育ちの口ぶりで、彼女がチュリン百貨店の食品売り場で尋ねた、「これはなんの蜂蜜？」「菩提樹の蜂蜜です」「菩提樹？　ミツバチの蜂蜜はないの？」。長期的な物資の欠乏状態にあったソ連では、菩提樹の花の蜂蜜など想像だにしなかったのだろう。菩提樹と聞いて、粗悪品だと勘違いしたのだ。その日の彼女のショッピングは一〇歳の息子の歓声――肉製品売り場にずらりと吊り下がったソーセージとハムを見て、「ママ、見てよ。食べ物があんなにたくさん！」で終わった。日本と日本軍部に供給義務がなくなったハルビンは、実際食品にあふれ、しかもコルホーズとソフホーズがなく、それに将来悪名を轟かせる人民組合はまだなかった。農民はわずかな土地をせっせと耕し、食品が山と積まれた店や市場もめまぐるしく稼働していた。

一九五一年の夏、私は息も詰まりそうな袋小路状態を逃れるため、ガオの許可を得て実習生の視察旅行に出た。それもいずれはできなくなるとの虫の知らせでもあったのだろうか。最初の行き先、牡丹江市は二〇年ぶりだった。日本占領期に小さな鉄道村から巨大な交通の要衝に激変していたが、驚いたことに、大きな駅のそばの古い貯水塔と隣のフィリップおじの家は健在だった。だがおじの気象観測所と養蜂箱は跡形もなく、町が川岸まで拡張していた。学生の実習視察はその夜のダンスパーティーで確認したことにし、翌朝に警察署で巨大な出張証明書用紙に赤い大型印をもらい（視察して確認した証だ）、帰路についた。隣接する三つの駅ヴェラヘジ、リダヘジ、サーラヘジも視察した。ヘジ（小川）が付く地名はまさか今はもう変わっただろうが、かつて鉄道建設に係わったロシア人技師が恋人の名にちなんでつけたものだ。新しい中国でヴェラ、リダ、サーラの思い出に浸る者はいない。私がわざわざそこに立ち寄ったのは、なだらかな小興安嶺山脈にまたがる広く長い渓谷に落下したままの車両と蒸気機関車を見るためだった――不注意あるいは故意に、匪賊あるいは人民解放軍に落とされたものだ。私の父もまた蒸気機関車ごとその谷に落ちたのだが、神のご加護あり、打撲数ヵ所のみで生還した。父は自力で谷をよじ登ったが、列車は落ちたまま引き上げは困難を極めたし、それに弁償もなかった。

帰路、私はフィリップおじをイイメンポ村に訪ねることにし、あらかじめ私的査証を取得しておいた。夕刻に汽車が村に停車した。私はマイへ河岸公園に立ち寄り、クラブで過ごし、そのまま数時間うとうとして夜を明かした。翌朝、おじの家に向かう道すがら駅構内の警察出張所に立ち寄った。赤い印鑑を押してもらうためだ。警察官が私の査証をしげしげと見つめた。「知人が鉄道の北側に住んでいるのに、なぜ南側に行ったのか」。鳥のさえずりと川のせせらぎ、土の香りで南方に誘われたと言っても通じないだろう。日本人憲兵なら他民族も自然を愛でることを理解したかもしれないが、中国人はやはり自然の子でありながら合理的かつ実務的だ。「北側に行く規定であれば、北側に行って親戚を訪ねろ」。私は方角をまちがい、道に迷ったと謝った。私は実際のところ方向音痴だ。対して中国人は方角をよく心得ている。特に田舎の住民は道を示す際に、まっすぐ前進して右折などとは決して言わない、「東に行ってから南に曲がれ」と明晰なのだ。

フィリップおじの家に泊まり翌朝の朝食後に別れを告げて、列車に乗る前に家の裏手にある高い山に登った。山頂は〝鉄道の北側〟にあり安心して登ることができた。山頂に麦藁をかためて建てられた小屋があり、そこで朝のひと仕事を終えた農夫が一服していた。「こんにちは。いかがお過ごしですか。匪賊に生活と仕事の邪魔をされませんか」「いいや、匪賊はもういない。奴らは麓の村でお偉いさんになった」。混乱期の農民は、匪賊、傀儡政権の警察官、関東軍、人民解放軍、国民党の極秘の内乱者らに、略奪、没収あるいは剝奪されてきた。今は平和が訪れ、実に隅々まで秩序が行き届いていた。列車に乗り込む前に乗客は押し合いしないように、列に並ばされた。プラットホームの先端に、ソ連兵士の墓地だと思われる、突端に赤い星をつけた小さなオベリスクが見えた。ここでなんという人物が人生を終えたのだろう、ちょっと見てこよう、と私が足を踏み出しかけた途端、ピストルの銃口で脇を押されて元の位置に戻された。「並べ!」。駅のホームは散歩道ではないのだ。村に住んでいたロシア人娘が暇をもてあましてホームを往来し、通過していく長距離列車に手を振って見送った時代は遠い過去となった。

列車はぐんぐんつっ走った。駅長も警察官も兵士も信号に向かって片手を制帽にあて気をつけの姿勢で、よく制御された列車を見送る姿が晴れやかだった。白い帽子に汚れまじりの白い前掛け姿の煎餅売りの少年が、やはり大人然としてすっくと背筋を伸ばして立つ姿には心が動かされた。少年にも自意識が生まれているのだ。車窓の外をスヤオリン村が駆け抜けていくときには、スズランの花に覆われた平原、自ら銃弾に当たった中国人女性の思い出が、走馬灯のように駆け巡った。周囲にニンニクの匂いが充満してきた。アチョン(阿城)村の駅が近づいたのだ。ホームは大勢のニンニク売りで賑わっていた。ニンニクが二五、五〇、いや一〇〇も編みつながれ、ニンニクを載せた藁編み籠も大小さまざまに売られていた。ニンニクは別の地域でも栽培されていたが、アチョンは種類やサイズ、豊富な品揃えで比類なきニンニク天国なのだ。ほどなくチェンガオジ——一九四六年に学生四人が銃撃を受けて命を失った呪われた場所を過ぎ、ハルビンに到着。数日休んで、反対方向の西へ、大興安嶺山脈の向こう側のハイラルに向けて出発した。この小さな町はステップに囲まれて暑く、町は砂まみれで埃っぽい。市場はモンゴル人で埋め尽くされていた。モンゴル人はハルビンではめったに見かけないが、暑さにうだる夏でも羊皮の帽子を被り、なめし革のロングブーツを履き、絹と羊毛の裏地をつけた袢纏《はんてん》らしきものを羽織っていた。彼らの脂まみれの袖が遠くからでも光って見えた。マトンを食べれば食べるほど袖で指を拭くため、光り具合でその人の懐具合が察せられたものだ。ゴンチャレンコ講師ならば、ステップの男たちにフォークどころか、せめて箸を使うよう諭したことだろう。

ハルビンで見かけた人民解放軍のモンゴル人部隊は背が低くがっちりとして、騎馬民族らしいO脚の歩みがよたよたとして不恰好に見えた。それに比べて朝鮮人部隊の兵士たちは、すらりと凜々しく、列を乱さずに颯爽と進むのだった。彼らが迫力のある軍歌を歌うとき、喉を響かせる朝鮮語特有の歌声を聞いて、奇妙な震えにとらわれたものだ。国民党軍は朝鮮人部隊が迫っていると知るやいなや退散した。二〇世紀の闘いを心得たチンギス・ハンの子孫も同じ恐怖をもたらした。ハイラルで私が訪ねたソ連の代表者は、我が実習生を技師の卵としてもまた通訳者としてもほめちぎった。さらに気前よく提供してくれた公用車のロシア人運転手に私が頼んで連れて行ってもらったのは、一九四五年八月に日本の殺人鬼たちが荒れ狂い、ラトヴィア人のベールンシュ一家ら大勢を惨殺した場所だった。草花に覆われた静かなステップには、そのような悲劇の跡形さえなかった。

帰路、湾曲した線路を見て圧倒された。車両扉は開かれたままで、車両連結部からすばらしい眺めが見渡せた。ブヘドゥ村に降り立つことはできず、車窓からよく見える線路脇のヴェイスマニスおじの家に向かって手を振った。視察期間は限られていて、満洲南部への出張が控えていたのだ。その年は雨の多い夏だった。ハイラルに向けて出発したときから松花江支流の南京川の水位が急上昇していると聞いていたが、まさしく帰路に遭遇した。夜半に近づいたチチハル市の線路が浸水していて、列車は何キロメートルもそろりそろり徐行した。線路沿いの土手の両側にランタンを手にした人々が膝まで水に浸かったまま立ち並び、線路と土砂が流されないか固唾をのんで見守っていた。私の不安をよそに列車は無事に難関を切り抜け、平地をつっ走った。川のないステップに洪水の心配はなかったのだ。問題は次の出張先の大連だった。洪水で南部全域の鉄道運行は全面停止となっていたため、私はハルビンで足止めをくらい、ようやく一週間遅れで出発できた。川の名も場所も今となってはおぼろげだが、途中、川岸で目にした光景が忘れられない。切り立った渓谷を列車が渡るとき覗きこむと、かかる橋桁は一本が新しい丸太で、以前の古い橋桁と橋の一部ははるか下の泥の中に落ちていた。静かに穏やかに流れる名もない小川が、いざとなるとなんと恐るべき破壊力を秘めていることだろう。

瀋陽市近郊にある清国皇帝の陵墓北陵にて知人と著者

南部行きの最初の訪問先である奉天〔現在の瀋陽、華北部の中心地〕は、一七世紀半ばのマンジュ国の首都〔盛京〕だ。私はこの町の住民となっていた教え子のペリフィレフの家に泊めてもらい、一日は実習生のいる工場を視察し、残る二日間は観光にあてた。

古代マンジュ国（清の前身である後金）の初代皇帝ヌルハチの陵墓である福陵（東陵）を見学した後、大都市に停車する夜行列車に乗りこんだ。伝達士が列車の脇をゆっくりと歩きながらブリキの拡声器で駅名を伝え、当時はまだなかった駅構内放送の代わりを立派に務めていた。深夜に響き渡る列車の車輪のリズムとあの独特の声音には、まさしく郷愁を誘われる。そして到着した大連には憧れの海があった。大連で三日間のうち二日間は海水浴と日光浴にあけくれ、一日は実習生の生活ぶりを視察した。いずこも皆不満なく、すべてにおいて最高の出来栄えに安心した私は、旅順口のソ連海軍基地に向かうことにした。そこで突然の驟雨《しゅうう》に見舞われ、駅前広場が瞬く間に海と化した。列車のところまでいかにして辿り着こうか……棒立ちとなって思案にくれ、ズボンの裾をまくり上げ、靴を脱ごうとしたそのとき、いきなりたくましい腕に担ぎあげられた。そのまま駅まで運んでくれた救世主になんと礼をしたものか。中国人労働者は「人民友好のためだ」と、頑として謝礼を受け取らなかった。その親切が身に沁みた。

旅順口で訪ねたのは、一九〇五年の激戦で戦死した日露双方の兵士を追悼する記念碑とそれに関する歴史博物館だ。そのとき私はなんとも奇妙な感覚にとらわれていた――そこで四五年前に、対戦国の若者（娘たちも）が何千人、何万人と命を落とした。鉄道員であった父も、私と同じ駅に降り立ったのではあるまいか。それともまだこの駅はなかったろうか……。旅順口の市内でソ連軍士官を見かけたときには、思わず羨望の眼差しを向けた。ソ連総領事の横槍がなかったら、この私も純白の制服に剣を携えて、旅順口やウラジオストックの町を誇らしく闊歩していたはずだ。そんな物思いは、駅前広場で受けたありがたい手助けとはうらはらの出来事にかき消された。

大連から旅順口に向かう列車の中で、若いロシア人女性たちが——軍人の妻だろう——陽気なおしゃべりに興じていた。そのそばに青年が立ち止まり、あたかも遠くを見て独り言のように、下手なロシア語でぽつりぽつり、長々とつぶやいたのだ、「なぜ笑う？　笑うな。ここは中国だ。おまえはモスクワに行け、そこで笑え」。当時のソ連の流行歌「北京モスクワ」や、両国の友好はウラル山脈よりも高く長江よりも深いという要人の言葉に似つかわしくない。単なる一個人の振る舞いであったとはいえ、私は思わず鉄道駅舎に掲げられたスターリンと毛沢東の肖像画を仰ぎ見た。細部からして決して上手いとはいえない。スターリンの細い目はまるで中国人だし、顔を寄せて見つめあう二人の指導者の視線は、いかに相手を蹴落とそうかと画策しているようだった。

毛沢東が偉大な指導者であったか否かは別として、当時は個人崇拝の気配がなかった。それを示すエピソードがある。ルーマニア製の先の尖った洒落た靴を履いていたために、魚の目ができたときのこと。私はあまりの痛さで耐えきれず、公衆浴場にいる「魚の目外科医」を訪ねた。そこで煮えたぎる熱い湯に足を浸し、魚の目は小型ナイフでこそぎ落とされ、その根元にネジらしきものを刺し込まれた。「これでよし。その靴は捨てなさい」。治療の最中に浴場のほうから声がしていた、「毛沢東、石鹸をとってくれ。毛沢東、タワシをもってこい。毛沢東、肩をもんでくれ」。そう呼ばれていた風呂場の三助は、毛沢東似のあばた面だった。本物の毛沢東は後にできものを除去した。その後浴場を再訪する機会がなく確かめられなかったが、あの三助は気安く毛沢東と呼ばれなくなっただろうか。

列車の旅の思い出が続く。列車内で、身なりの貧相な中国人が周囲の注意を引いた。誰しもまともなズボンくらいは穿いていた時代となって、さすがに警察官がその男に目を留めた。「どこのどいつだ」「土地を耕しています」「どこに行く」「故郷の村に」（中国人農民は出生地を訊かれると、故郷の村としばしば答える）「神はいるか」「今はいません」。政治的に正しい答えだが、農民は神の存在を安易に否定してはいなかった。明らかに奇妙なのだ。「こいつを知っているか」。警察官が見せたのは、数日前に大金を持って行方をくらました指名手配中の銀行出納係の顔写真だ。「知りません、そんな偉い人と知り合いのはずがありませんし、文字も読めません」「おまえの股下にあるのは何か」「ただの風呂敷です」「見せろ」。薄汚れた綿入り毛布から札束がバラバラと転がり落ちた。極端な物乞いに変装したのが致命的だった。警察官に手錠のような贅沢な持ち合わせはなかったが、犯罪者は両手を後ろに縛りあげられ、次の駅で降ろされた。

新学年度は例年どおりにはじまった。一二月に共産党による収賄（国有財産持ち出しを含む）、浪費、官僚主義に対する〝三反運動〟が全国家機関に施行された。無駄使いや官僚的な罪を犯せば、労働組合に吊るしあげられ、経済的陰謀の嫌疑をかけられ、いったんその標的となるや容赦はなかった。大学では学生寮の食堂経営者が標的となった。国から購入した良米を民間に売却し、代わりに安価で劣悪な穀物を買い取り、その差額を横領していたのだ。しかも金を外国製腕時計に替えて靴箱に隠していた。古米を食わされていた学生による捜査隊が、陰謀者の家でスイス時計が詰め込まれた箱を見つけて発覚した。大学の講堂で公開裁判があり、職員会が追放処分を決めた。張本人がしょんぼりとして大学を出ると、学内裁判よりもずっと厳格な組織の男二人が、バイクにまたがり路上で待ち構えていた。

私がスイス製の時計ローマーを買ったときは、その耐水製が国営百貨店の水槽に浸して証明された。記述口述は意味をなさなかった。時計を水に浸して沈め、この目で確かめる——それが中国式だ。

三反運動に続いて導入された五反運動は、民間業者の贈収賄、脱税、国有財産の横領、材料と手間のごまかし、国家の経済情報の漏洩を対象としていた。民間でなかった大学にも罪人は見つかった。大学の再開後に学食を営んでいたタイが、賃貸料滞納と厨房での水道・電気、それに暖房用石炭の横領の咎で大学を退去となった。まさかタイが標的にされようとは誰しも思いもよらなかった。タイ運営の学食は質もサービスも申し分なく価格も適切であったので、常連客にとっても大きな痛手だった。タイに代わった料理人の料理は安かろう悪かろうであったうえ、講堂の木目床にキャベツを堆く積みあげた。講堂が野菜置き場でないと理解させるのに職員はひと苦労した。ソ連からの派遣員は食器が大きな盥《たらい》の溜め水で洗われている様にぞっとし、流水で洗うように求めたものだが、そもそも蛇口がなかったし、さらに流水は浪費と見なされていた。総じて派遣員には中国のあまりに多くのことが理解も受容もできなかった。例えば講堂が使用されるとき、椅子不足で座席のない学生は、必ずしも清潔に磨かれていたとはいえない床に平然と腰を下ろしたし、冬場は内外の別なく綿入り上下を着たまま過ごしていた。衛生観念からして受け入れがたいことだった。今日もなお健在らしいもうひとつの現象は、どういうわけか、辛い食べ物のせいであろうか、あるいは慢性的鼻炎なのか、中国人の多くが特に冬、ひっきりなしにゲップし唾を吐くことだ。街を一歩進むたびに、「むやみに唾を吐くな」というポスターが目に入った。むやみに吐いたのではなかったにしろ、路面電車の停留所はつるつるのスケートリンクと化していた。中国人は体操、ジャグラー、手品といった曲芸を特技とするが、私はまたとない技を見かけたことがある。ある男が歩きながら派手にくしゃみをした際、片足を上げて靴底で手をぬぐったのだ。手間も取らずハンカチもいらない。ひたすら前進。

かたや人民政府は路上を汚す四本足の対処に成功した。馬やロバの尻尾の下に袋かジュート布を取り付けて、馬車の前端まで伸ばすのだ。散らかる馬糞から歩道を守る、天才的な解決法ではないか。

衛生局が人間との闘いに勝利した場は劇場の観客席だ。汗拭き手ぬぐいがもはや観客の頭上を飛ばなくなると、芝居好きが文句を垂れた、「あのサービスがなくなったとは惜しいことだ。これも人民政府の福祉なのだろうか」。習慣の撲滅は、偉大な指導者の言葉を暗記するよりも難しいのである。

三反運動、五反運動とほぼ同時期に、エセ理想主義とエセ愛国主義がにわかに燃え上がった。それは大学内にも波及し、中国人職員は多数の会議に時間を費やし、そこでは常軌を逸した自己批判と反省が迫られていた。学科長が血祭りにあげられ告白した——自分は抗日闘争に加わらず、アメリカに逃げ、そこで皿洗いや洗濯をして帝国主義と資本主義に従順に奉仕した。悔恨の極みだ——。その苦労ゆえに大学教育が受けられたことは、誰からも指摘されなかった。むしろ自己批判にしては不十分とされ、「よく考えて、ほかの罪も明かしなさい」と促されたのだ。そこで回答者は天才的なひらめきを見せた、「はい、私には靴磨きという悪いクセがあります。靴墨を買う金で国債が買えたはずです。今後はもっと国債を買います」。皆が喜びと笑顔で拍手喝采し、同志は過ちを認識した——これぞ政治思想不在の稚拙な茶番劇だ。

ある日、大学の廊下に大字報〔壁新聞〕が掲載された。大判紙に太字の筆で各種学生グループが糾弾されていた。なかには学生による根拠ある適切な指摘もあったが、当の自称「愛国主義者」は外国人に中国語を教える教員を、自国民にまったく無益な存在であり、しかもロシア人に封建主義的な文章を読ませて我々を嘲りの対象としていると槍玉にあげたのだ。私はその書き手を見つけ出し諭した——中国人にロシア語を伝授することに人生を捧げている講師もいるが、ロシア人はそうした人物を非難しない。図書館に行って、モスクワで出版されたロシア民話の本を借りて読んでみるよう。「イワンの馬鹿を読んでみなさい。馬鹿の本を読んでロシア人が揃って大馬鹿だと思うような、大馬鹿にならないように」——。学生は不承不承にその場を去ったが、以降は批判をやめた。だがまたしても煽動的な傑作が登場した。「ロシア人向け中国語教科書には、腹を空かし喉が渇いた人間は働けないと書いてある。ロシア人はどうだか知らないが、我ら中国人は党と政府が求めれば、飲み食いせずに働く」。これには呆れてものが言えなかった。君たちが飲み食いしなければ、我らの分け前が増えるというわけだ。

思想運動は猛威を振るいつづけ、乗じた学生代表も私に訴えた、「担任教師を変えてください。教え方は上手いが、封建主義者です」「いいでしょう。考えておきます。明日来なさい」の台詞は、「ひとやすみしなさい。考えておきます。その後あなたが考え、私たちがひとやすみします」と共に、当時の中国で大流行していた。翌日、私は対応した、「別の先生を見つけておきました。進歩主義者ですが教え方は下手です。ほかに見つかりませんでした」。そのまま教師の交替はなく、つつがなくいつもどおり教師は教え学生はよく学び、思想問題はどこかの誰かに譲ることにした。

当時のソ連で金属高速回転の手法を確立した人物として、陶芸家ボルトケーヴィッチという著名人がいた。彼の英雄伝を読んだ学生らがその技術を学びたいと申し出たが、大学のヴィクトル・ザイツェフ工学研究所長——若い頃から父親の機械工場で働き、大学を優秀な成績で卒業した——は、新手法の導入は困難だと説いた。「ボルトケーヴィッチにはソ連の最新設備があった。だが我々の作業台になんと書いてあるか。一九一四年ワルシャワ製だ」「父上が白ロシア軍に従軍していたあなたは、封建思想の持ち主だ」——進歩主義に染まった学生らは反発し、研究室に忍び込んで作業台を高速回転させ、金属片をあてがった。無茶がたたって機械の部品が外れ、回転の勢いにのってひとりの学生の額を直撃した。応急処置も間に合わなかった。これに対しグリンはすでに地元の慣習に馴染んでいてもはや動揺することもなく、ザイツェフにも影響はなかった。

学内の悲劇は続いた。どういう風のふきまわしか、ロシア語教育にも革命が起きた。「速学ロシア語」という胡散臭い定義が、学生を切りのない課題によって目も回る速さで追い詰めだした。いかに熱心であっても消耗し、鬱に陥る学生が続出した。ある学生は、憔悴のあまりにマッチのリン酸を飲み込んで自殺未遂を計った。当の学生は胃を洗浄され寮で療養となったが、看護役の同級生を遣いに出した隙に、どこで手に入れたものか、錆付いた太い釘を脚立で自分の頭に打ち込み失神した。病院に運ばれたが、まもなく死亡した。その後、私が見た脚立の柔らかい木面は、釘跡で穴だらけとなっていた。

中国で目にした各種さまざまなキャンペーンは、ほぼすべてが突如はじまったかと思うと、無駄な犠牲を伴い、いつのまにか終わっていた。中国人の超理想主義者は空疎な煽動的宣伝に白熱したわりに、具体的な説得が求められるとなんとも頼りない体たらくだった。満洲の石炭採掘場にソ連の最新コンバインが二台運び込まれた際、役人が労働者を前に披露した——一〇人力の人力に代わる威力を発揮する設備だ。その結果、コンバインは作動される前に、夜の闇の中に紛れて分解されてしまった。鉱山労働者の仕業だった。新設備を導入しても労働者はクビにならない、人力は別の現場に必要だと、役人が念押しし忘れたのだ。行政側の明らかな失態は公にはされなかった。

「今や中国人はすべて自力でできる」――あらゆる場で聞こえてきた言葉だ。片田舎の中国製石鹼箱に牛のイラストとロシア語で「石鹼〝牛〟最高級品」と表記されたのは、まあ見逃すとしても、大都市にある国営輸送企業が掲げた大看板のロシア語「中国シュトラン」は、ソ連の同業者「ダリュヴネシュトラン（極東対外輸送）」の稚拙な真似で、「自力でできる」のはまだまだ先であることを示していた。

松花江の水運は帝政時代から主にロシア人に担われてきたのだが、政府の指示で船長が中国人民に据え換えられることとなった。海運開始の儀式に要人が集い、国歌斉唱と国旗掲揚の後、指令、そして航海開始と、つつがなく予定通りに進行した。その際にかつてはロシア人の助手をしていた新任船長たちが桟橋から拡声器を通じた大音量でがなりたて、参列者の度肝を抜いた――「ポマ、ホダ、ペリョダ！」。なんのことかと思えば、ロシア語の「ポールニム、ホーダム、フピリョド（大幅前進）！」なのだ。機械室がこれに応答した、「了解、ポマ、ホダ、ペリョダ！」。美しい白船が黒竜江をめざし、いざ出航だ。中国南部の航海士は英語で指揮をしたのだろうか。学術専門用語が中国語に統一され、外国留学から帰ってきた学生や専門家がそれを覚えて使用するには、それからまだ長い年月を要した。

中国人民は議論と集会にあけくれていた。犯罪者の暴露と逮捕が一段落すると、政府主導のハエ叩きがはじまった。そのため子どもから老人まで、農民のあばら家から最高官庁にいたるまでハエ撲滅に駆り出された。あのガオまでが政府に忠実な僕《しもべ》となり、学長室の壁にハエを見つけるやいなや話の途中でも堂々と「人民の敵」を除去し、その死骸を空のマッチ箱に入れたものだ。ありとあらゆる方法で捕獲撲殺され、毒を盛られ、溺死させられたハエは、確かに激減した。いつだったかある中国人が、戦争の脅威について「我々に恐れるものは何もない。我らはハエの数ほど大勢いるのだ」と得意げに言うのを聞いたが、彼は昼夜を問わないハエの大虐殺のことをどう評したろうか。

中国経済は数年のうちに劇的に向上し、ハルビンのロシア人が「我ら民族はスターリンに従う」の歌を「我ら民族はチュリンに従う」と替え歌したことも、もはや過去のこととなった。チュリン百貨店の先に墓地があったためだが、みすみす墓地に入るような悲惨な状況はなくなっていた。

ある日、私は帰宅途中に呼び止められた、「そろそろ祭日ですね。新しい上着はいかがですか」。〈上海仕立屋アファ〉工房の前だった。私は上質なウール地の仕立てのいい人民服型ジャケットを着て出勤していたが、休日にソ連人クラブを訪ねるときにはスーツにネクタイをつけた。衣類を新調する予定はなかったが、その声に誘われ、新しい服でアマチュア芝居の舞台に立つのも悪くなかろうと思い、仕立屋の勧めに応じることにした。「では、そのままお帰りください。夕方、サンプル生地を持ち、弟子と共に寸法を取りに伺います」。我々の祝祭日も、数辻先の我が家の住所も、仕立屋は知りつくしていた。早速その晩に採寸が行われ、翌日に試着し、三日目にはクローゼットに新しいスーツがかかっていた。出費はいくらかだったか、いずれにしても既製服を買うのと大差なく、しかも無駄に時間をかけずに済んだ。晴れて舞台に上がった私は、新調したスーツにレニングラード〔現・サンクトペテルブルク〕製〈スコロホド〉の美しい靴を履いた。その金があれば国債が買えたはずなのだが、私は政治的にあまりにも未熟だったと告白せねばならない。

普段着のズボンが必要となれば、仕立屋のマファやラファがたとえ上海出身でなかったとしても、確かな腕前で上質な品を揃えていた。服が破れれば、町角にミシンを置いた名もない職人が、申し分なく繕ってくれた。

当地の白人を取り巻く文化環境も充実していた。ハルビンにはロシア人学校が四校と、工業大学、医療技術専門学校、高等音楽学校（その卒業生と学生はのちにソ連の音楽院に何の苦もなく進学できる水準にあった）があった。劇団は二つ、ひとつはプロ集団、もうひとつは大人気を博した「舞台芸術家集団」だ。そこにアマチュアの青年俳優が集い、舞台設備担当者リュー・クイシャンだけが専属で雇用されていた。映画館はいかなる戦争と混乱の時代であっても破壊されることも酒場や賭博場に改築されることもなく、最新のソ連映画と古い映画を上映していた。新作映画は誰もが見逃さなかった。ソビエト・ラトヴィア映画『勝利の家路』〔一九四七年、リガ映画スタジオ製作、監督アレクサンドル・イワノフ〕がロシア語字幕入りのラトヴィア語で上映されたときには驚いた。「ソ連スポーツ映画」社で翻訳と営業を担当していたYMCA卒業生のミンだけが、ひとり不満を抱えていた。ソ連人の上司に中国人が映画館に来ないのは宣伝がまずいせいだと指摘されて、ミンが反論した、「映画のタイトルを変えさせてくれないのがいけない。『ジゲムンデコロソフシジ』（占領者ドイツ人に立ち向かうポーランド愛国者についてのソビエト映画『ジグムンド・コロソフスキー』〔一九四六年、キエフ映画スタジオ製作、監督ボリス・ドモホフスキー〕のこと）のために、中国人が金など出すものか！」。中国語になると、無意味な漢字の羅列でしかないのだ。「ではなんとするべきか？」。『ポーランドの英雄タイガー』――ミンの発案は大当たりし、映画館はたちまち満員御礼となり、観客は遠いポーランドの〝タイガー〟の活躍に熱狂した。絶大な力がある宣伝も、他国でそのまま通用させようとすれば大失敗することがあるのだ。

一九五二年だったか、アレクサンドロフ赤旗ソ連軍舞踏団の中国ツアーが話題を呼んだ。ツアーマネージャーがコンサート予定日の二日前にハルビンの会場を視察し、舞台の床が軋みすぎて上演できないと判断した。「問題はそれだけですか？　ほかには？」「ほかにはない」「それでは明晩に再度、床の点検に来てください」。さっそく大工が昼夜を問わず木材を伐採しヤスリをかけ、釘を打った。そして、コンサートは予定通り開催され、私も職場で配布された入場券をもらい出かけた。歌も踊りも一曲ごとに盛大な拍手となったが、ある中国人が椅子の上に立ち上がり、「毎回、五分以上拍手をしよう！」と大声をあげた。即座に声が続いた、「そうだ！　最低五分だ！」。万場一致の賛同であったわけではない。そんなことをしていれば、上演プログラムの時間が足りなくなる。大喝采の提案は煽動的なのだ――「我々が拍手する。君たちは黙って突っ立っていろ」。

数々の些細な出来事が中国人民の過剰な自意識を示していた。新聞には「病木を食べるのをやめよう」という読者の投稿が掲載されていた。「氷《ビン》」の読みを「病《ビン》」にかけていわんとしたのは、「氷木」はアイスキャンディーのことで、アイスクリームは体に悪く、病人となれば生産機会が奪われる、しかもアイスキャンディーの棒は森林を伐採したものだが、森林伐採は国家と人民にとっての損失だというのだ。同じく「ヤングコーンをかじるのはよそう」という投稿は、茹でトウモロコシや炭焼きトウモロコシを食べずに、完熟を待って収穫量の増産を意図したものだった。一般の人々の反応は冷淡だった――「投稿の報酬で〝病木〟や茹でトウモロコシにかぶりつこうとしている」。

保安機関は一時期、外国人調査に乗り出した。反物ほどの長さのアンケートを課して、個々の生い立ちと職歴を詳らかにしようとした。面談では中国人がロシア語の回答を翻訳し、その場で記入した。「所属軍部、武器の種類、軍隊の名称、番号、連隊、部隊など、すべて正確に！」とのことだったが、帝政軍の従軍歴が明らかにされたとして、いまさらなんの意味があっただろうか。ほぼ半世紀前の一九〇五年に従軍した老人は、「どうだったか、すべて」を思い出すように促され、首をかしげた。しかも古語を多用したので、ロシア語にもロシア史や地域情勢にも疎い通訳を煩わせた。親衛隊の名称（女帝の名前を冠していた）の意味を調べようにも、封建的かつ反動的な用語を削除して編纂された政治思想的に正しい露中辞典に答えが見つかりようがなかった。そのため質問が逸れていった。「それは帝政軍だったのか」「そうだ」「なぜ帝政軍に仕えたのか？」「なぜ？　当時はそれしかなかったのだよ」。

続く面談はますます笑い話と化していった。質問者がほじくりかえした――「なぜ中国に来たのか」（ロシア語の「なぜ」は中国的に発音されると「なにで」に聞こえる）。「鉄道で」とまるでしらけた回答に、質問がたたみかけられた。「住んでいた場所は？」「リンゴの木に」。リンゴという駅名があったのだ――中国語で「ヤブリ」、ロシア語で「ヤブロニャ」。からかわれていると気分を害した質問者が忠告した――ここは冗談を言う場ではない、すべて真剣に回答するように。そこでロシア人は正確を期した、「リンゴの木でなく枝の上です」。満洲の地名に明るく、ロシア語の単語「枝《ヴェトカ》」が鉄道支線も意味すると知っていたならば、「リンゴ駅の鉄道支線にある森林伐採工場の居留地にいた」と理解しただろう。外国人調査も多くの事業と同様に、いつのまにか終わっていた。

その時期、私はソ連の技師に同行して工場建設予定地の視察に出かけた。中国人とロシア人からなる一行約一〇名が見知らぬ鉄道支線の小さな鉄道駅で列車を降り、示された小川に向かって歩き出した。途中で出会った農民に尋ねた、「川までは遠いですか？」「遠くないよ。五、六里（一里は約五〇〇メートル）ほどだ」。しばらくして再び別の農夫に出会った。「川までは遠いですか？」「遠くないよ。五、六里ほどだ」。中国の農民の距離感覚にはまったく理解に窮した。ようやく小川にたどり着き、岸辺で技師が地元の要人らと協議を始めた。「この小川で洪水は起こるか？その程度は？　積雪は多いか？　草原は火事になるか？」。村民たちが物見遊山で集まってきて、周囲を取り囲んでいた。私の背後で声がした、「おい、あの四つ目（眼鏡をかけている私のこと）も人間語が話せるぞ」。人間にふさわしい会話形態は中国語だけだということか。中国人の農民は外国人に常に優しく接し助けの手を差し伸べてくれる。彼らにとって外国人というシグナルはちっとも悪いものではない。ただし人間語ができない者なのだ。そのことを認識させられた実に有益な旅だった。

私たちはその場からソ連の技師と視察団の歓迎会へと移動した。途中、ソ連の技師が建設現場に関心を示した。「あのような足場は危険ではないのか？」。竹を藁ひもで結わえた足場のことだ。私は解説した——藁ひもの結び目を解くには並外れた力がいる。木板の足場は倒れることがあるが、竹の足場が壊れたとは聞いた試しがない——。

さて宴会となり、腹を空かしていたソ連の技師たちは、前菜からさっそくガツガツとむさぼりだした。中国式の晩餐の席が初めてなのだ。私は忠告した、「この二品を平らげないほうがいいですよ。これからまだ二〇品は出てきます。三〇品かもしれません」「これはなんだ」「南部地方の珍味、筍サラダです」「なるほど興味深い」。中国の自然の代表的産物である竹は食用にも建設資材にもなり、その豊富な機能で突出している。かつては犯罪者をこらしめる鞭と棒ともなったが、新しい中国ではまさか使われていないだろう。

祭日後の振替休日（祭日が日曜日と重なったため）に私は同い年の知人二人にばったり出会い、意気投合して川魚料理が評判の中華料理屋で食事を共にした。正教会の神父となっていたひとりが、教会の存在が薄れ信者が激減していると嘆いた。もうひとりは青年劇団の一員となっていた。「演目を変えるべきだね。劇場は年に三つか四つは新作を上演しようと努めている。おかげでいつもほぼ満席だ。教会は同じ聖歌を歌って一〇〇〇年は経っているだろう。破産して当然だよ」。私たちの議論は隣室から聞こえてきたロシア語に中断された。中国の料理屋では、ごく簡易な一杯飲み屋でないかぎり個室があてがわれる。そこで仕切りを開けてみると、隣に大学の卒業生が集っていた。彼らも私に気づいた。「エドガル先生、ご一緒しましょう。今日は実に愉快なことがあったんです」。

大学を卒業した彼らは設計技師として大規模高層住宅の建設に関わっていた。祭日前に完成して引き渡された新築マンションに官僚一家が入居した。ところが休日であったその日、彼らは住宅の水道に不備が見つかったということで呼び出された、「何があったのか、至急行って、原因を探し出し対処するように」。原因はただちに判明したが対処のしようがなかった。なんと、主婦が生魚を便器で洗っていて、水洗の勢いで魚が流れ落ちてしまったというのだ。いったい生理的な用足しはどこで処理したのだろうか。旧満洲の張作霖なら特別列車を止めさせて線路脇のトウモロコシ畑に入ったものだが、便器を魚洗いに使用していた高級官僚の妻にそんな場所はあるはずがない。技師たちは前例もない水道管事故に爆笑のあまり、その場で失禁しそうになったという。それでその夜、料理屋で初めての経験を祝して乾杯し魚を食しつつ、この魚はどこで洗ったものだろうかと興じていた。灼熱した油で焼かれているのだから心配はいらない。一匹まるごと皿に載せられ、そのままテーブルに運ばれ、客の目の前で給仕が二枚の皿を使って器用にほぐした魚は、驚くほどきれいに小骨までなくなっていた。厨房の火炎地獄で骨まで消滅していたのだ。

その地の生活事情というものは市場と店に顕著に見られると思う。「なんて美しいリンゴでしょう！」、ソ連から来たロシア人女性が市場で歓声をあげた。リンゴひとつひとつに唾を吐きかけて、ぼろ布で磨いて艶光りさせ、美しく積み上げていると知ったらなんと言うだろうか。商売人はあからさまなペテンをすることはなく愛想よく勧めた、「この魚は買わないほうがいい。すごく悪い（ソ連兵に伝授された俗悪なロシア語で表現されていた）。別のを買え」。その結果、高値で売りつけられたとしても、「親切で文化的（ソ連人が時と場所を選ばずに好んだ表現）」であるにはちがいない。

奇妙なことに、一九五〇年代の中国では羊毛や絹やベルベットなどの高級生地は好きなだけ買えたが、綿製品は購入を制限され、現金だけでなく一定枚数の特別券が必要とされた。例外は、ハンカチと子どもの前掛け、その他一尺（三三センチメートル）四方以内の綿製品だった。大柄のロシア人女性の下着は一尺を超えるため、「売れない、券が要る」と断られたものだ。しかも特別券は外国人には配布されていなかった。代わりに当地のロシア人が、高級シルクで麗しい下着を仕立ててやったことだろう。

市場でひょんなことからソ連から来た女性客と中国人商人とがもめ事を起こしたことがある。客の女性が会計された合計額を勘ぐり、ずけずけと言葉をぶつけた、「どんな計算したのか。数学がわかっているのか」。すると商人は七面鳥のように顔を赤くし、婦人の手から品物を奪い取って怒鳴り返した、「私はマート〔мат〕じゃない。おまえこそ淫売だ。とっととモスクワに帰れ！」。またしてもソ連兵の所業だった。マテマーチカ（数学）の発音が卑猥な悪罵と勘違いされていた。

当地のロシア人と中国人民がとりたてて親しくしていたなどと、ことさらにもてはやすもりはない。ただ〝人間語〟がわからなくとも日常生活をある程度理解していれば、つまらない誤解やハラハラさせられる諸々の事件は避けることができた。ソ連領事館による「まじめに働き正直に納税し、衝突を避けて警察沙汰を起こさない」ようにとの忠告は忠実に実行されていた。

ソ連から中国に来た者は、特に〝西洋化〟された中心地から遠く離れた場所では苦労もあったろう。それにしてもハルビン市内のあちこちに掲げられた大型看板「重く厳しい環境に住み働くソ連の専門家に感謝！」は、いつもの媚びへつらい、あるいは皮肉とさえ受け止められた。そんな看板の前を、重たそうに大きな買い物箱を積み上げた紳士淑女が通りすぎるのを見送りながら、中国の若者たちは刺々しく冷やかした、「確かに厳しく、実に重い」。ソ連からの派遣員は破格の高給取りで、女性は銀ギツネ五、六匹で毛皮のコートを仕立て、全身に香水を振りまくまでに感覚が麻痺していた。中国人の、特に若い女性たちはそのような〝香水桶〟に出くわすとこれみよがしに鼻をつまんだものだ。まもなく中国人民の清貧との落差に気づいた上層部は、ソ連の流行を追いかける銀ギツネショーも香水の雲に埋もれることも禁じた。

繰り返すようだが、普段の私は自転車か徒歩を移動手段としていたが、どしゃぶり雨の日に乗った路面電車の中で奇妙な光景を目にしたことがある。車掌が中国人の母親に子どもの乗車券も買うように要求した。子どもは七歳未満だと返す母親に車掌が説明した――条例が改正され、年齢でなく身長で計ることになった。そして路面電車内のドア脇にある身長計の前に少年を立たせた、「ほら、ほぼ五センチメートル超えている」。乗車券を必要とされる身長の数値がいくつだったのかは知らないが、巨体の（中国にもやはり見かけられる）乗客がつぶやいた、「じきに体重計にも乗らされるぞ」。

改正は路面電車やバスにとどまらなかった。東洋経済学部第一学年度が教員養成学部ロシア語と中国語の二コースとなっていたのは、かつてのシチョフ学長が二言語の語学と教育学、関連知識の習得を目標に、さらに迫り来る世代交代の後継者対策を念頭に置いたものだった。これにソ連からの派遣団代表であるグリンが異を唱えた、「工業大学という優れた大学組織において、教員養成学部は要らぬ腫れ物にすぎない」。中国人事務局がその意を受けて教員養成コースを改編し、グリンの示唆どおりに化学学部となった。化学学部は大連市内の大学に移転となり、一部とり残された学生は準備学部に編入し、ロシア語教員の助手として、一年生の中国人にロシア語を教えることになった。ソ連の大学に留学させるという目標がなくなった新学年度が開始し、私は学部長代理を解かれた。ロシア語教員としての給与はそのまま維持され、勤務先が遠い郊外の準備学部に変わった。だが大学側とソ連派遣者との仲介役を担うことになったため、大学本部との間を専用バスで頻繁に往来することになった。新たな良き同僚となったワン・ヤオチェンは、のちに黒竜江省外交局長となった人物だ。私には勤務中の空き時間（なんと奇妙な定義だろうか）に、ロシア語と中国語の通訳・翻訳の役目が期待されていた。時間が自由になった私は、長年思い描いていた中国語の学習書編纂に取り組むことにした。そしてようやく完成させた渾身作は出版社には好評を得たのだが、時期に乗り遅れて誰にも必要とされなくなり、日の目を見ることがなかった。その理由は後で明らかにしよう。

新たな職場の同僚とは、日々の喜びや哀しみを共にした。学校時代に教わったククシュク、ミランドフ、トマンら先生たちとの再会を喜んだ。私が恩師と仰いだのは、ユリエヴァ（現エストニア第二の都市タルトゥ）大学を卒業したケドロフ先生だ。ケドロフ先生の「人生で最悪なのは中途半端な知識だ」という言葉が忘れられない。

ロシア語教員の公募に申請された書類の中に、当地のロシア人による非の打ち所のない履歴書があり、しかも「一九四五年まで満洲帝国ロシア移民局勤務。現在はソ連国籍者協会に改称」との記述が目を引いた。当人は採用された傍らで、中国人学部長が皮肉った。「ロシア人はほとんどの中国人と同じで、まるで赤カブだ。表面は赤く中身は白い。宗教と縁を切ったといいながら、それまで飾っておいたブッダの画を壁の中に埋め、その壁に向かって祈りを捧げているようなものだ」。

教養のない中国人はロシア人教員の水準を「読み書きできる字数」で評価するきらいがあった。新任教員が「三三〔キリル文字の文字数〕」と答えると、「たったの三三文字で先生になれるのか」と呆れるのだ。古代中国の賢者は、果たしてあれほど多くの漢字を考案する必要があったろうか。数千年後には中国においてさえ数十のアルファベットで事足りるようになるかもしれず、日本語の複雑極まる文字もなくなることだろう。かたや紀元後初頭の数百年間に漢字の魔力にかかった日本人は、漢字をこねくりひっくりかえし、滅亡の日まで自分で編み出した混乱を消化しきれなくなるにちがいない。

ロシア語学科には学生による作文のまちがいを記録したノートが置かれていた。まちがいを笑うためではない。同じ誤りを繰り返さないよう集計し分析するためだった。だが、学生が劣悪な生活環境を訴えて「食料が足りない、でも困る」とか、夏休みの思い出について「友達は散らばったが、私だけ散らばらなかった」などの表現を目にすると、思わず笑ってしまったものだ。

学生たちは皆似たり寄ったりの服装で目立たない群れをなしていたが、あるとき、その中にクジャクの羽を思わせる派手な上着をはためかせて歩く中国人が現れた。私が同僚に何者かと尋ねれば、「国民党の出」だという。だが、じきにその学生も毛皮を脱ぎ捨て、青服の人混みに紛れこんだ。「我々は皆ひとつであり、私も皆と同じ」であるほうが、憎らしい国民党が思い出されることもなく、平穏無事に暮らしていけたのだ。

ソ連から準備学部にやってきたアレクサンドラ・ノコノロヴナは白髪の婦人で、モスクワのクレムリン学校で働いていたというベテラン教師だった。大学では直接教壇に立つことはなく、若手教員を助言する立場に留まった。中国語ができない彼女には当地の状況に疎いという自覚があったが、元来当地の西洋人に〝人間語〟を習得しようという意識はなく、中国語を知らなくとも別段問題はなかった。だが少数民族出身者の下手なロシア語も聞き取れないとなると、時には悲惨なことにもなった。カディルは遠く新疆《しんきょう》省出身の学生だった。彼がアレクサンドラに片言のロシア語で説明した。「始め、クルジャ、暮らす」「そうですか」「クルジャ、暮らす、そこで学校、行く」「ええ、そうですか」。カディルは続けた、「そして国民党来る、私、刑務所、行く」「それはよかったですね」。この反応にカディルはどう感じていたろうか。当地のロシア人であれば、国民党軍がクルジャの町を攻撃し、カディルは刑務所に連行された悲惨な事実が理解できただろう。

アレクサンドラは怠惰な学生に手を焼き、日本占領期に日本語を学ばなかった場合はどのように対処していたかを知りたがった。「能力がなければ退学させられ、能力があってもサボれば殴られました」「方法としては効果的ですが、現在は容認されないやり方ですね」。アレクサンドラが溜息をつき、切り出した。「一緒に学長のところに行きましょう。〇〇の成績について相談します」。それしきのことで学長に迷惑をかけないものだと言っても、「グリンによれば、派遣員と大学の仲介をするのはあなたの役目です」と退かなかった。結果的にこれが深刻な事態をもたらした。

ガオは彼女の話をじっくりと聞き、なんとかしようと約束し、早くもその翌日に掲示板に当の学生の大学除籍を命じる通知を貼り出した。アレクサンドラは「それはあまりに厳しい」と気を重くしたが、ガオは譲らなかった――「我が知の殿堂は志望者全員を収容力からして受け入れることができないため、一〇〇〇人を超える若者の憧れの存在だ。そうした背景を鑑みたとき、超大国の言語習得を怠ることは許されない。辞めさせられれば思い知るだろう。以上！」。

アレクサンドラの話し方と身のこなしには、革命前のロシア貴族の出自を匂わせる気品があった。話題豊富で博識の彼女に最新の現代ソビエト文学の短期コースを担当させたらどうか。そんな私の提案は学部長の判断で変わり、実際は民族祭事に関する講義を依頼することになった。アレクサンドラはそれに応じながら、復活大祭が特に好きだ、昔は甘いパン「クリチ」があったと言った。「カッタイさん、クリチをご存じですか」「知るどころか食べたこともありますよ。満洲では珍しくないですが、ソ連では?」。

ハルビンのロシア人菓子屋は、ロシア正教の復活大祭のときにクリチを焼いて販売した。長細い甘みのあるパンの両横に、キリル文字ХВ――復活大祭の祝い文句「キリスト昇天〔Христос《フリストス》 Воскресе《ヴァスクレス》〕」の略字――を焼き付けた贅沢な逸品だ。ソ連からの派遣員が面白半分にその文字の意味を売り子に尋ねると、売り子がつっけんどんに言い放った。「何を訊くのか。フワラ（栄誉あれ）、ヴィサリノヴィッチ（スターリンの父性）に決まっている」。その名を嘲るなどもってのほかなのだ。

一九五二年一二月三一日、ソ連政府は中華人民共和国に金銭では計り知れないほど莫大な財産を新年の贈り物とした――ソ連は中国長春鉄道の権利を中国に無償譲渡し、旅順口の戦艦基地の使用を放棄すると宣言したのだ。これがいかに賢明な対処であったかはその後さまざまに証明されることになるのだが、当地のソ連国籍者にとっては大打撃であった。我らが時代は終わったのだ。その結末はどのような形をとるだろうかと懸念された。まもなく派遣員のソ連帰還が始まり、鉄道本部の全権を握った中国人は当地ソ連人の解雇にとりかかった。帰る場もないソ連人がその先どうやって生計を立てられようか。

一九五三年三月五日のスターリンの死去を、我々はその翌朝に知った。まさしく恐怖の一日となった。毎年春になると数回ほど満洲にモンゴルの砂漠から黄砂が飛来し、嵐となって荒れ狂うのだが、その年はまだ寒さが厳しいはずの三月だというのに、なんとしたことか豪雨となった。黄砂は数時間のうちにずしりと重い黄土の泥沼と化し、町中の建物や交通機関や木々、町ゆく人々の服までも覆いつくした。「こんなにすさまじく荒れ狂うのは悪魔が死んだからだ」――アンナおばさんは腹を立てた。それもそのはず黄砂に覆われた我が家が夏から秋にかけての雨に洗い流されて赤煉瓦色に戻るまでに、数カ月も要したのだ。スターリンの葬儀当日、私は家に籠もってモスクワの様子をラジオで聴いていた。午後に（モスクワとは時差がある）ハルビン中に追悼のサイレンが鳴り響き、中国人が毛沢東の友人かつ同志に別れを告げる様子を、私は窓辺から眺めていた。通行人も人力車も荷車も馬車も動きを止め、サイレンの間、人々はモスクワに向けて西の方角に頭《こうべ》を垂れていた。見せかけではなく、そこには日本の隷属からの解放、幾多もの支援、完全に取り戻した鉄道や旅順口などに対する深い謝意が現れていた。

スターリン葬儀の翌日、当地のロシア人教員たちが話し合っていた――悲劇の事態となり、ソ連で混乱や暴動が起きないだろうか。するとアレクサンドラがその場を制するように人差し指をあげて真顔で言ったのだ、「ベリヤ〔ラヴレンティ・ベリヤ、一八九九―一九五三年。ソ連の政治家で、スターリンによる大粛清の執行者〕がいるのをご存じないのですか」。とたんに場内が静まり返った。

ところでハルビン工業大学が鉄道本部の管轄下となった際、なんとも不思議なことに、厩舎も中にいる馬ごと大学と一緒に引き渡された。人と馬も同じ生き物だということだろうか。

時が勢いよく過ぎ去った。同じ年の七月一〇日、私は教員休憩室に入るやいなや気がついた――ソ連共産党中央委員会政治局員の大型肖像画のうちのひとりが、漢字で「裏切り者ベリヤ」と書きつけのある紙で覆われていたのだ。「ベリヤもいなくなったソ連は果たしてどうなるのか」と、そのときこそすでにソ連に戻っていたアレクサンドラに尋ねたかった。その日、ソ連人会館にソ連領事館職員が駆け込み、玄関ホールに掲げられていた政治局員の肖像画を指して日直に命令したという、「あの忌まわしい奴を撤去しろ！」。日直がすかさず切り返した、「どの奴？」。

モスクワはベリヤを排除した。かたや鉄道本部は工業大学を中華人民共和国高等教育省の管轄下に移して、肩の荷をおろした。私がいつものように大学本部に行ってみると、その壁に足場が高く組まれ、中国人労働者がハンマーで建物の正面上部から「中国長春鉄道ハルビン工業大学」のキリル文字を叩き落としていた。「中国長春鉄道」の略称を外したのは理解できるが、数十年間、日本占領期も大学を飾ってきた文字まで無残に取り外している様子に気が滅入った。落下した文字盤がコンクリートの歩道にぶつかり、細かく砕け散った。大学玄関口の階段に立ち、この憂鬱な光景を見つめながら、私は思わずつぶやいた、「じきに皆こんなふうにここから落ちる」。またしても地獄耳がいた。私は翌日、ソ連国籍者協会に呼びつけられ、「昨日、落ちるとかなんとか言った訳を述べよ?」と問い詰められた。私は「鉄道から人が落ちることがあるなら、大学から落ちることもありえます」と答えた。やりきれない面談から解放されて大学に戻ってみると、そこでは別の取り決めがなされていた。協会で私がとぼけた将来予測について反省と思想改造を促されていた間に、大学本部は清掃員、クローク係、伝達係、日直ら、ロシア人数十人を解雇したのだ。クビとなった彼らが私を見て恨めしそうに言った、「あなたが守ってくれないなら、シュトゥンフに行くしかない」。

国際組織代表部シュトゥンフは、オーストラリアやブラジルを主とする自由な南米諸国に西洋人(実質は当地のソ連国籍者)の出国を促す作業を委任されていた組織で、一九五一年にはハルビンで公的に活動していたと思う。ただしアメリカは共産主義中国を出る〝難民〟にとっては自由でありすぎたためか、対象国から外れていた。シュトゥンフは渡航を希望する国までの旅費を給付していた。そこに中国に将来性の見いだせない者は調書と履歴書を提出し、健康診断書も揃えた。この動きに中国政府は関与せず、唯一の条件としてソ連旅券にソ連領事館による在留登録削除の印を得ておかなくてはならなかった。ソ連領事館は（ハルビンだけでなく他の都市でも同様に）あれこれと理由をかこつけて捺印を遅らせたため、幸運を勝ち取るのは困難を極めた。渡航希望者は諦めずにくいさがり、領事館は不承不承旅立ちを許可せざるをえなかった。それが大学を追われた同僚たちが口にしたシュトゥンフだ。

彼らを擁護しなかったとの非難の矛先が私に向けられたのは、私が大学のソ連国籍者労働組合長であったためだ。思えば今まで実にさまざまな役職についてきたものだ。さすがにその日は私の堪忍袋の緒が切れて、労働組合理事会に直行して辞職願を提出した。私は労働組合で特になんの功績も残したとは思っていない。教師用休憩室を設置し、長テーブルと椅子とソファー、良質のラジオ、美しいカーテン、本棚を設置させた程度だ。ついでに伝統的な中国式湯沸かし器も。

夏には川向こうに別荘を借り、職員はそこでスポーツをして休暇を過ごした。労働組合費が潤沢にあったのだ。毎年、ロシア人職員による芝居（主に喜劇）を催し、才気あふれるミランドフ先生が芝居の監督を担当し、私も演じさせてもらった。ロシア正教のクリスマスにはツリーを飾って子どもたちを喜ばせた。機械技師ザイツェフは、毎年、新たな技術を使ってツリーの装飾を試みた。色つきランプを点した翌年、ランプは点滅し、いよいよ明るく照らされた。別の年には大きな線香花火（大学化学研究所の特製だった）が自動発火し、その翌年にはクリスマスツリー自体が前後に動いた。ザイツェフにはホール中に動き回らせるツリーの計画もあったのだが、時間切れとなって実現しなかった。誰しも残された時間はわずかだったのだ。

こうして私は労働組合で大したことはしなかったにもかかわらず、次から次へと思いもかけぬような難題が起こった。労働組合長になった矢先に、会計係をしていた大学清掃員の娘による組合費横領が発覚した。母親の稼ぎが少なく娘は金を使い果たしていたが、幸い大した金額ではなかった。警察に突き出せば、頭髪を剃られて豚革の選別作業に回されるだろうが、それでは誰の益にもならない。私は清掃員をクビにし、組合副委員長の言葉を借りれば、「損失は損失として計上した」。

翌夏には副委員長自身が大損失をもたらした。川の下流地域に安くていい別荘を組合のために借りたとの彼の得意げな言葉を聞いて、水運関係者の住宅が密集する地域は別荘地でもなければ、バレーボールができる広さもあるわけがないという疑念がかすめたが、その予感が的中した。夏休みになって行ってみた岸辺の急階段の上には、ウナギの寝床のような長細い中庭と狭苦しい二間の小屋があるのみだった。その代わりに安いと副委員長は言い訳したが、予算は十分にあったのだ。のちに貧相な別荘の所有者が副委員長の親戚あるいは知人であったと発覚した。またしても中国人同級生の言葉を確信させられた――「コネはいつも高くつく」。翌年には春早々に、かつてバルト三国の国旗がはためいた庭と運動場のある美しい別荘を予約した。

大学の図書館司書に、痩せ細ってひ弱なロシア人ミハイル・イェヴランピエヴィッチがいた。彼は滋養のために医者に注射を処方されていたところ、注射で腕が腫れ、感染症の疑いで治療が中断となった。まだ使い捨て注射器というものがなかったうえ、針の消毒や殺菌処理にいい加減な看護師がいたのだ。そこで司書ミハイルの妻君である巨体の女性が私の元にやってきた。彼女は机の前にどっかと腰をおろし、握りこぶしをドンと机に叩きつけて怒鳴った、「注射をした看護師が誰だか教えなさい！」。私はなんとか相手をなだめようと試みた。「ご主人の容態は改善しているようですし、看護師は交替勤務で特定が困難です。特定できたとしても解雇はできません。注意するだけです。それでご満足いただけますか」。女性は憤懣収まらぬ様子で荒々しく出て行った。これはしばらく気懸かりだったが、ミハイルはのちにこのときの妻の発言を私に謝った。

次の春には大学の看護師が服毒自殺をした。教員との不倫があったようだ。女性は身寄りがなく、組合と活動員で葬儀を取り仕切った。ロシア正教会での葬儀が拒絶されることを恐れて、神父にはあえて死因を明かさなかった。事件として捜査対象とはならなかったが、不倫関係にあった教員の妻が検証役を買って出て、葬儀の当日、私を質問攻めにした、「事実がどうであったか、それにこの先どうなるか」。不倫など私は露ほども知らなかった。たとえ知っていたとしても、古代モンゴルの墓のごとく口を閉ざした（そのような寓話があった）だろう。「事実を言うなら彼女は優れた看護師でした。この先どうなるかといえば死者は永遠の眠りに旅立ちます。私はこれから棺を担ぎますので失礼します。どうか心を落ちつけて、騒ぎ立てることのないように」。

職員の出産という朗報もあった。ただし夜間コースの秘書である、未婚の若い女性の出産だった。当時は未婚の母という概念がなく、父親なしに子どもが生まれてくるはずがない。父親が特定できたとしても、産休手当もなかった。扶養義務という法律は効力を持たず、組合と職員は懐の金を出し合い、アニャの育児を長らく支えた。

多忙を極めた卒論審査の時期には、喜劇じみたこともあった。大学の文書保管係ネイェロフは、学生たちが審査に向けて黒板に設計図を張るのを手伝うどころか、逆に図や統計の配置に采配を振るった。学生たちは学生新聞で、でしゃばりの文書係を皮肉った。

発表で肝心なのは、中身どころか方法だ
評価で肝心なのは、学長どころかネイェロフだ！

文書係が私のところにやって来た。「あのひどい新聞を剝がしてください」。学生新聞を破棄する権限はないし、君のほうこそ学生に対して不相応ではなかったか、という私に、彼は啖呵を切った――その冷淡さを町中に言いふらしてやるぞ。これには返す言葉がなかった。日本時代にロシア人移民に教わったことがある――危険なのは、声高な者より密かに錯乱させる者だ。日々の細事はこうしてやり過ごしてきた私だが、大勢の同僚と組合員がクビとされた理不尽さと失望はさすがに手に負えなかった。

一九五三年秋、私はハルビン医療専門学校の依頼を受けて、退屈しのぎに中国語を教えることにした。地元ロシア人のベテラン医師たちが看護師や医療従事者、薬剤師の卵に教えていた夜間学校だ。専門学校で印象的だったのがゴールドハンマー教授だ。ナチス・ドイツの迫害を逃れてきたユダヤ人で、優れた専門家でありロシア語の達人だった。彼は戦後は祖国ドイツに戻った。私の前任者はトルコに去ったタタール人だった。トルコ政府がロシア出身中国在住の、信仰を共にするタタール人にトルコへの出国を促したのだ。中国人のムスリムは対象外だった。ソ連には介入する権利がなかったのか、数百人ものタタール人が陽気に別れを告げて去り、中国のロシア語話者はさらに減少した。彼らが苗字をロシア語化した時代も終わった。タタール人のマンスロフは今や自分の名はマンスルなのだと胸を張って、やはり旅立った。

専門学校での私の授業はわずかで、同僚と交流する場もなく馴染む間もなかったが、試験期間の記憶がある。解剖学の教師が、人体の構造についての課題に大失敗した学生をこきおろした。「君はそうかもしれないが、そんな構造をしているのは君だけだ。まともな人間はそうじゃない」、強面教師の言葉に学生は涙した。医療従事者の卵の大半は、中国（人間）語の習得には意欲がなかった。そこで私は、出来が悪ければ成績表に三点を心ばかりに書き込んで、パスさせていた。

別段変わりのない時期がそのあと一年ほど続いた。一九五四年は、五月一日が珍しくもロシア正教の復活大祭の日と一致した。その前夜、ハルビンでは教会の信者はロシア正教聖堂に、それ以外の者はソ連人会館に集った。会館では前領事の布いた慣行に従い、花飾りと国旗掲揚、ピオネール鼓笛隊の演奏などが催された。夜半近くに聖堂では司教が「キリスト復活」を厳かに告げ、会館のほうではコンサートが終わり、これからさあ踊りだそうというときに、双方で発表があった――ソ連政府は中国在住ソ連国籍者に対し、ロシアの未開拓地における就職を募ると決定した――。大型爆弾の爆破にも匹敵する前代未聞の展開だった。

ハルビン市のいわば目印であった聖ニコライ正教会聖堂は1966年に紅衛兵に破壊され、現在は博物館広場

人々はたとえようのない歓喜に湧き、喜びの涙を流し、互いに抱擁しあった。ようやく異国放浪に終わりを告げ、自国で同じ民族の人々と暮らしを共にし、働き学ぶことができるのだ。祭日後はこの発表を詳らかにする期間にとって代わった。ソ連に渡航できるのは、

ソ連国籍者、国際結婚した非国籍者（中国人もわずかにいた）、諸処の理由で自国旅券をもたない西洋人（わずかなポーランド人、チェコ人、セルビア人、ギリシャ人ら）だった。旅券はソ連で受け取れるという。新しい身分証明書は、私の教え子で希有な名前のレフ・トロツキーにも約束された。

国籍者集会で説明があった——旅費はソ連政府が担う。移住者の家財一式は貨物列車で輸送、ソ連国境で一家族あたり一万ルーブル相当の支給。不動産、工房、農業用具、家畜などは中国政府が買い取り、犬猫の連行は衛生事情により不可。長い道中の食料は便宜購入できると保証する等。祖国で路頭に迷わないよう、ソ連政府が新しい住宅建設に巨額予算を充て、開発した土地と既存のソフホーズに建設する——いずれも重要な情報ではあったにせよ、私たちはより深刻な疑問を胸に秘めていた——東清鉄道職員の悲劇が繰り返されないと保証されるか。ソ連領事館の書記官が答えた、「我が偉大な祖国が迎えている新時代はもはや後戻りはできません。過去とは決別したのです。皆さんは必ずや事業を指導し企業の幹部となります。博識と能力で労働英雄勲章を獲得するでしょう。だが余計なことを考えてはいけません」。時代が変わっても口は慎め——暗黙の念押しだった。

先を競って祖国への渡航が申請された。手続きは申請書と旅券の記録のみに簡略化され、顔写真さえ不要だった。私とアンナおばさんも、未開地取得希望の書類を提出した。どういうわけかアンナおばさんには、いずれはラトヴィアに移住できるという確信があった。私たちにはブラジルやパラグアイへ行こうなどという考えは微塵もなかった。ソ連国籍者が皆ソ連を希望したとは言えない。エキゾチックな国への海路に惹かれた者もいた。だがその道はもはや閉ざされていて、中国で職を失い行き場を失った者には太平洋を泳いで渡る道しか出口はなかった。かたやソ連領事館はソ連行きに青信号を灯し、誰に対しても祖国への門戸を開いたのだ。領事館はいったん在留登録の削除を中断し、希望先をじっくり考えさせようとしたが、シュトゥンフの存在を無視できなかったのか、閉じられた蓋はふたたび緩みだした。五月末、ソ連への渡航が開始した。駅の貨物車両に荷積みの日時を指定された者は、当日の午後にはハルビン中央駅で親戚や友人に別れを告げて遠く旅立った。そのようにしてほぼ毎日、渡航者を乗せた一、二両の客車が貨物車両に連結された。

それは喜びに満ちあふれ、同時に、辛く哀しい日々でもあった。西洋人社会はミツバチが巨大な巣に群らがるような音を立てた。それまで比較的に穏やかにどっぷりと浸かっていた池に、渡航という巨石が投げ込まれて波風が立ち、大勢の暮らしをぐらつかせた。どこに行くか、どっちに向かうかで意見の相違や深い亀裂が生まれ、離婚や婚約解消があり、兄弟姉妹間が不和となった。二人連れのほうが心強いと、渡航直前にそそくさと結婚したカップルもあった。ハルビン史上一九五四年の夏ほど、駅のホームで涙がぬぐわれたことはない。親しみぬいた暮らしに永遠の別れが告げられたのだ。中国の商人や裁縫士や靴職人も、彼らが去って行くのを寂しそうに見送っていた。顧客や常連客を失って中国人が困窮したとはいえないまでも、一時期それなりの損失を被ったのは確かだ。

ソ連領事館のブロキン書記官は、積み込まれた貨物の中に大きな犬小屋を見つけ、「人間の乗る場所さえ足りないというのに、犬小屋そのものを運ぶとは!」と迫ったが、持ち主はひるまなかった。「友人の手紙によれば、ステップ地方では木材が不足しているらしい。犬は向こうでも見つかるだろうが、小屋がなくては困る」。ブロキンは怒りを抑え、困惑したような笑顔を見せた。

事実、カザフスタンとシベリアからの便りが届くようになっていた。それによれば移住者は住居をあてがわれ、事務手続きは懇切丁寧で、地元の受け入れも協力的だ――いいことずくめなのだ。ヘズイリンとカントラミシンがソフホーズに勢揃いしたとの便りに、大学の職員は爆笑した。中国語で泥酔者《ヘズイラ》と当地の俗語で殺人鬼《カントラミ》（二〇世紀初頭に帝政ロシア軍が中国人反乱者を指した単語コントロメールの中国語発音）、つまりはスターリンによる大々的恩赦で釈放された者たちを指していたのだ。笑いながらも我々の関心は、移住者の多くがソフホーズから大都市に移り、職も住まいも見つけたことに向けられていた。ならばそのような選択肢がありえるのだ。

他方で、一部の者は渡航を拒絶していた。そのような女性に青年たちが忠告した、「残りたければ残るがいい。だが無理矢理ズボンを穿かされるぞ」。当時の中国女性はズボンの着用が絶対だった。だが白人女性は頑なにワンピースやスカートを着ていた。パンツファッションが女性に流行するのはずっと後のことだった。

ロシアから来た若いロシア人マリヤも、渡航を固辞していた。マリヤには中国人の夫と一〇代の息子がいたが、夫はハルビンに来てまもなく行方をくらました。息子と二人きりとなったマリヤは中国人民初等学校のロシア語教師をして日々をなんとかしのいでいた。アンナおばさんは母子にしばしば手料理を分け与えていた。私はマリヤを説得して渡航を勧めた――ここにバラ色の未来はない、じきにソ連で学んだ学生たちが戻ってくれば学歴も知識もないマリヤの居場所はなくなる。「職を失ってどうやって生計を立てるつもりか？」。私の説得もむなしく、マリヤは首を縦には振らなかった。彼女はあれからどうなったことだろう。シュトゥンフを頼ろうにも苦労したことだろう。彼女の旅券はソ連領事館に没収されたままで身分証明書も持たず、しかも息子はアジア的な顔つきだ。シュトゥンフはアジア系を門前払いしたのだ。

ロシア革命後に中国に逃れてきた一人暮らしのエストニア人老女が、真っ先にソ連行きを願い出て周囲を驚かせた。彼女は独特のエストニア訛りで言った、「コミュニズムは伝染病のペストみたいなもので逃れようがない。それならいっそ悪の喉元に飛びこんでやる」。

その夏の焼けるように暑い日に、ハルビン中心のキタイスカヤ通りを奇妙な集団が歩いていた——老いも若きも髭を伸ばした男たちが、古風なスラヴシャツなど思い思いの身なりで、女たちは色鮮やかな花模様の、地面まで届くロングスカートにエプロン。娘たちは三つ編みを腰より長く垂らしていた。彼らの多くが裸足のままで、そのうちの数人は新品の靴箱を小脇に抱え、男たちはどうやら買いこんだ物を入れた大きな袋を引きずっていた。ロシアの旧教徒だった。彼らもまた未開の土地に向けて発つ前に、大都市の百貨店で買い込んだのだ。帝政ロシアに弾圧され一九世紀末に満洲にやってきた旧教徒が、満洲とロシアの国境にある三河《さんこう》平原や小興安嶺山脈のタイガ地帯、それにリンゴ村と松花江の間に集落を作っていることは、私も聞き知っていた。ハルビンにも旧教徒の教会はあったが、都会に住む旧教徒は一般のロシア人と見分けがつかなかった。かたや田舎の旧教徒は集落を作って孤立し、農業に勤しみ、喫煙や飲酒の慣習をもたず、充足して暮らしていた。蓄音機やラジオの類いの〝悪魔的な事物〟に平穏を乱されることなく、読書もしなかった。それでも小学校はあり、読み書きは必要とされていた。タイガの旧教徒は狩猟も行い、特別隊を組んで樹海（タイガを指す中国語）の奥地に入り、生きた〝賜〟（中国では大王を意味する）である虎を捕獲した。成長した虎の額をよく見れば、毛並みに〝王〟の字が読みとれる。虎は動物園に高額で売れた。虎狩りは旧教徒の独壇場で、タイガの奥地でほかに出会うとすれば、朝鮮人参の根を探し求めている中国人だけだ。旧教徒は狩猟、中国人は土掘りという特殊な棲み分けがあったのだが、時には衝突も起きた。旧教徒が朝鮮人参を探している者を撃ち殺してしまったことがある。「獣を怖がらせないためだった」と弁明したが、彼は家にもどると教会で犠牲者を追悼し、りっぱな蠟燭を点した。「野蛮ではあるが、やはり神の創造物だ……」。犯罪事件として捜査とはならなかった。果てしない樹海で犠牲となったのは、数週間から数カ月も未踏のけもの道や奥地に分け入っていた孤独な探索者なのだ。中国語で「人根」と訳されるタイガで希少な治癒力を宿した朝鮮人参の根は、その標本を見てもまさしく人体を思わせる。今やどこの薬局にもあふれる人工栽培人参の各種錠剤に、満洲や朝鮮、ひいてはロシア近海地方タイガの天然人参に匹敵する治癒力があるのかどうか、疑わしいものだ。

旧教徒は閉鎖的で、外界との接触を避けていた。彼らの集落に迷いこんだとしてコップ一杯の水を求めれば、家の主が妻に指示した、「客人に桶を貸して飲ませろ」。旧教徒はどの家庭でもよそ者専用の桶を備えておき、自分たちの使う食器は貸さなかった。しかも、水はくれても家に泊めてはくれなかった。貧しくとも親切な中国農民とのちがいだ。

その旧教徒が集落ごと、嫌悪する〝反キリスト〟のソ連への渡航を望んだのだ。集落において長老の決定は絶対で、異論の余地はなかった。耕作地に根づき、都会に出たいという夢を持たない彼らは、新地開拓に大いに貢献したにちがいない。他方で、自由の国パラグアイに渡り、ジャングルに居住地を与えられた旧教徒もいた——十分に迫害されてきたのだから、密林で妄想するのもどうぞ。迷いも苦しみもご自由に。自由な世界の自由な人たれ。いかなる政党も組合も邪魔はしない。旧教徒？　そんな懺悔は聞いたことがない――同じキリスト教会であっても宗派が異なれば冷たく突き放されたのだ。

私は渡航を前にした技師たちと食事を共にする機会があった。ニンニクの効いた餃子に燗の紹興酒を飲みながら、彼らは遠い地方の蒸気機関車工場の話をしていた。「我々は新型蒸気機関車を設計し、工場ではその製図に従って組み立てた。ところが工場の門から戦車が出てきて仰天した。製図と計算をやりなおし、多くの修正を施して今度こそ万事を期した。だがなんとしたことか。工場の門が広く開かれて出てきたのは、またしても蒸気機関車でなく、さらに立派でさらに頑丈な戦車だったのだ」。設計士たちはその才能を買われて、さっそくソ連のどこかの郵便受け（極秘生産拠点をソ連でそう呼んだ）に必ずや引き抜かれただろう。

その春、ソ連人会館をとおりすがりに、私はそこにいる陽気なヤロポルクに会いたくなった。立ち寄ってみると、彼がちょうど廊下で訪問者の老女に説明していた、「幹部は挨拶状と礼状書きに多忙で、しばらくは会えませんよ」。誰よりも先に情報を得ていた幹部は、我先に出国準備を急いでいたのだ。その後しばらくして一般人は渡航が中断されたことを知り、新地開拓希望者の半数近くが宙ぶらりん状態におかれた。さてどうなるのか、渡航は再開されるのか、シュトゥンフに請願に行くべきか途方にくれた。中国残留となった私とアンナおばさんも意気消沈したが、大学で中国人理事に言葉をかけられた――気落ちせずに今までどおり働いてほしい、〝ゴノレヤ〟を弾もう――。それまでゴノラール（報酬）がゴノレヤ（淋病）と混同される度に笑ったものだが、そのときはさすがに笑う気力もなかった。

ソ連国籍者協会の理事が帰還したことに伴い、理事会のメンバーが刷新となった。そこで各鉄道村のソ連国籍者と渡航希望者がどれだけいるか、地域ごとに責任者を選出して把握させることになり、その伝達の役目が私に回ってきた。「でも大学の仕事が……」、私が言いかけると、「上層部ですべて調整されている」とのことだった。翌日、私が新たな職場の椅子に座る間もなく、松江省外交局《しょうこう》職員二人がやってきて、私に大学に戻るようにと指示した。「でも協会の仕事が……」「上層部ですべて調整されている」と、にべもなかった。仕方なく公用車で大学に戻ることになったが、私の所属は郊外の学部から秘書室に変わっていた。かつてワン・ヤオチェンとコンビを組んでいた馴染みの職場だ。今やワンはモスクワに留学し、残されていたのはゴノレヤとゴノラールの区別さえつかない輩だった。その職場では派遣講師のための文書や大学新聞の翻訳という、わずかばかりの仕事しかなく、私はかつてのグラウゼに則って、椅子を揺らし天井を眺め白湯をすすって退屈をしのいでいた。緑茶は節約の名目でもはや供されなくなっていた。私が終業時前に職場を出て医療専門学校で教えていても、室長にはなんら口出しされなかった。

一九五四年の一〇月革命の祝典は、帰還によって職員数が激減したことから学生会と合同となった。それに際して大学は会場を使わせてはくれなかった――「中国人民の行事に絶対に必要不可欠」とのことだった。困り果てて私たちが集まったのは、「中国人民の行事に絶対に必要不可欠」ではなかったチュリン百貨店クラブだ。大学職員と学生合同の演奏にかつての勢いが消えたばかりか、男声合唱団も吹奏楽団もミランドフ監督の喜劇もなく、数曲の歌と踊りと詩の朗読でおひらきだった。

かたや中国人職員も一〇月革命記念日を祝して集会を開いたが、その際の中国人労働組合長の演説の中身が知れ渡ってきた。職員の政治的達成について延々と熱弁したらしいが、「ロシア人が満洲に現れてロシア人に侮蔑的な俗語ロシア野郎《ラオマオザ》（老毛子）という中国語ができたが、もはや大学職員の間でロシア野郎は使わなくなり、ロシア野郎でなくソ連人と言うようになった。それでもついロシア野郎と口走る者がいれば、ロシア野郎はだめだと注意し、ロシア野郎が使われないように努めている。だが無自覚なロシア野郎がやまない場合にはさらなる学習を進め、必ずや皆で一致団結してロシア野郎を撲滅する。ロシア野郎をやめよう！」。これぞロシア野郎を最後に惜しみなく言える好機を捉えた演説ではないか。ロシア野郎が中国実用語から消え〝ソ連専門員〟と置き換えられるようになったのは事実だが、それもやがて侮蔑語となった。両大国間に深い亀裂が生じ、民族友好が明らかに〝先細り〟したのだ。

　一九五五年を迎える大晦日、ソ連人会館の忘年会に出かけた私は、帰還が〝早々に、あるいは徐々に〟再開されるという朗報を期待していた。思いは皆同じだった。ところがそんな話はまるでひと言もなかった。私たちはフルシチョフにだまされたのだろうか。フルシチョフは一九五四年九月に北京を公式訪問し、ハルビンに立ち寄っていた。チュリン百貨店を訪れた際、警備をかいくぐったロシア人青年らが詰め寄り、ただひと言迫った――「ぼくたちが祖国に行ける日が来るんでしょうか？」。フルシチョフは笑顔で答えた、「落ち着いてください。希望者全員を受け入れます。ひとりもここに放り出しません」。その〝受け入れ〟がいつになるやら、もはや占うしかない。以前なら出自不明の占い師で、ロシア語新聞の広告によれば「博士より物知り」だというディアマンティサやベラルーシ人老女クランペに未来を占ってもらえた。街角には中国人の算命先生〔占い師〕もいた。だが新しい中国で占い行為は厳しく禁じられていた。満洲からはロマのカード占い師や予言者も姿を消していた。かつてロシア人女性はロマの語る摩訶不思議にぽかんとして耳を傾けている隙に、ポケットやバッグがまんまと空にされたものだ。ロマたちもソ連の未開地に移動していった。渡航が始まったとき中国の刑務所では、ロマの受刑者に中国の刑務所とソ連の刑務所のどちらを選ぶか尋ねたという。「あっちの刑務所のほうがましだ」、即答だったらしい。

あるいは別の渡航者もいた。ハルビンを全財産の包みを小脇に抱えて徘徊していたユダヤ人らしき変わり者の男は、渡航が決まって笑顔で歓声をあげた――「やったぞ！　明日はモスクワに出発だ！」。私の同僚が渡航を固辞する仲間を説得しようとした、「あのとんちんかんでさえ、ロシアに行くべきだとわかっているんだぞ」「愚鈍な浮浪者だからこそ、ソ連に行くのだ」。思い込みの強さは、ときに徒《あだ》となる。

一九五五年の初春、私とアンナおばさんはソ連領事館に呼びつけられた。そこで手渡された埃まみれの書類は、八年前に私たちが提出したソ連行きの査証申請書だった。書記官が申し訳なさそうに切り出した、「ラトヴィアへの渡航希望に変わりがなく、渡航先の居住面積の確保が証明できるなら、申請日を改め、再度署名するように」。親類による受け入れ用意が確認さえできれば、査証は近日中に発給され、渡航費は自己負担でソ連政府の援助はないという。そんなことは私たちにとってもうどうでもよかった。肩すかしをくらうことのほうにこりごりだったのだ。今回はさすがになんのからくりもなかった。四月初め、私たちは旅券にソ連領入国査証を捺印され、まもなくロシア人たちと共に旅支度指示の朗報を受け取った。私にはもはや浮かれ気分も動揺もなかった。

領事館の依頼で、私は大学で中国人抜きの職員集会を招集した。その席でブロキン書記官がソ連への渡航を強く勧告し、それに応じない者には他国への出国を促した――「中国に残留を希望する者は、中国の今後の動向がわかっていない。今はそれしか言えない」。

私とアンナおばさんは渡航に向け準備を進めていた。時間はあり急ぐ必要はなかった。まず大学と医療専門学校に別れを告げ、次に家を中国政府に売却した。いくらになったかは覚えていない。その金で「北京―モスクワ」片道特急切符二枚とモスクワからリガまでの列車切符代、それにトランクに入るだけの衣類や土産物が買えたのは確かだ。ラトヴィアではアンナおばさんの姉妹クリスティーネ・エーリクスが、リーガトネ村の自宅に迎え入れてくれることになっていた。父方のいとこである女医アンナ・リブル＝レイニャも、リガの自宅に一年ほど居候させてくれた。二人とも我が生涯の恩人である。

ハルビンの市場で私は頑丈な木箱を四箱買い、それに本を詰めて中国人の荷車で貨物駅に運ばせた。荷車に木箱を積んでいる間、歌が聞こえてきた。そばにいた中国人青年がロシア語混じりの中国語の俗語で歌っていた。

ラオマオザ（ロシア野郎）バンビャオザ（道化）

サバカ（犬）、マカカ（猿）、ウチカン（耳長）ザイツァ（兎）、

チェレパハ（亀）のヤイツァ（卵、ろくでなし）！

勝手に歌っているがいい。つっかかれば「殴られた！」と騒ぎ立てられ、大勢に取り囲まれるだろうが、そんなことにかかずらっていられなかった。私は中国観光局に直行し、列車の切符を

二枚購入した。

大学はすでに退職していたというのに、ガオ学長代理（彼は永遠の代理だった）の遣いが私の家にやってきた。ガオからの私信だった――「ふたたび助けてほしい。至急北京に行き、会議でソ連の参加者に通訳してくれ」。往復航空券（中国の国内航空便が運航されていた）とホテル代に食事代、それに謝礼を合わせて八〇〇元紙幣の包みが同封されていた。だがガオは肝心なことを忘れていたようだ。外国人は査証なしで中国を移動できないのだ。依頼を受けた土曜日、警察署長はいつもの会議で忙しく、当時の大流行語「明日出直してください」で門前払いをくった。これでは査証を受領するまでに、北京での会議と晩餐会は終わっている。翌月曜日に私は大学に出向き、会計係に金を包みのまま返した。受領にも返還にも署名はなし。当時の中国には侵されざる正直さと相互信頼があったのだ。

家財道具と衣類の処分を進めていたアンナおばさんを近所の中国人が訪ねてきて、〝ギャンギェロプ〟を譲ってほしいと言った。それが洋服ダンス《ガルデローブ》のことだとわかるまでにひと苦労だったが、すでに売却済みだと知って相手は大いに残念がった。かつて我が家に修理で入ったときに、姿見鏡のあるクローゼットに目を留めていたらしい。そんなふうにしてあらゆる物は滞りなく片付いた。私の二〇年来愛用の自転車は、荷物を大量に運べる知人に泣く泣く譲った。残されたのが子犬だった。毛むくじゃらのアミの飼い主を探し出すあてのなかった私たちはロシア人獣医を招いた。年老いた獣医は差し出したお茶をすすってばかりで、仕事にとりかかろうとしなかった。しびれを切らして私がアミのところに促すと、獣医が言ったのだ――「私の仕事は動物を治すことだ」。獣医は報酬もとることなく静かに立ち去り、私は深く恥じ入り、アミの飼い主探しに本腰を入れることにした。

中国からの金品持ち出しには厳しい制限があり、例えば金の指輪ならひとつだけが許可された。細い指輪ふたつは不可で、太い指輪ひとつが可とは呆れるではないか。仕方なくアンナおばさんは父との結婚指輪をひとつに溶け合わせることにし、私がラトヴィア人時計修理兼彫金師のレイティスを訪ねた。そこで子犬の話題が持ち上がった。連れて行けばいいではないかと言われ、私が国境で衛生検査に二週間の足止めをくらうことになり、時間的にとても無理なのだと話すと、レイティスが応じた――「それもそうだな。犬どころか人間も食べ物がないんだし」。レイティス自身はその後、家族を連れてオーストラリアに移住した。何を選ぼうと勝手ではあるが、レイティスが一九四〇年にソ連国籍を得て「昔のソ連人」を自称していながら、一八〇度転向したのは心外だった。そして奇跡が起きた。郊外に住むロシア人女性が飼い犬を探しているとの朗報が舞い込んできたのだ。アミはあのとき、どんなに家を出るのを嫌がったことか。床に転がって両手両足を高く上げ、抱き上げさせようとしなかった。私がアミをロシア女性に託して立ち去るとき、よく手入れされた庭の中から哀しいすすり鳴きが聞こえていた。

出発日が着々と迫っていた。アンナおばさんと私は残る知人宅を巡り歩いて別れを告げ、父の墓参をした。誰も手入れをしなくなるロシア野郎の墓地は、いずれなくなるだろう。ハルビンを出発する前夜、私はごく親しい友人とソ連人会館で夕食を共にした。夜が更けて家に帰るときは、ほのかに嬉しくまた寂しい心地だった。

一九五五年五月二〇日の夜が明け、私にとってハルビン最後の日を迎えた。そうだ、写真を撮っておこうと咄嗟に思いつき、中国人に撮影を頼み、料金を支払い、リーガトネの宛先を記した

1955年に著者がリガへと発つハルビン駅

封筒と切手代を手渡した。彼は律儀に約束を果たし、のちにわざわざ郵便局まで行き書留で送ってくれた。午後、タクシーを頼みトランクを積み込み、住居の鍵を屋外で待ちくたびれていた役人に手渡した。隣人や同僚ら数人が駅まで見送りに来てくれた。中国人同僚もひとり現れ、「すみません。ほかの者は非常に重要な会議で多忙で」と謝った。ソ連領事館ブロキン書記官が激励と別れを告げに来たのは意外だった。彼は「多忙で」なく領事館で「非常に重要な会議」もなかったのだろう。駅のベルが鳴り座席に腰をおろすと、列車が動き出した。車窓の外を街路や大きく美しい松花江、鉄橋などが過ぎ去った。そのうちに黒雲が空を覆い、稲妻が光り雷鳴とどろき驟雨となった。「実にいい兆候だわ」、神も悪魔も信じないアンナおばさんが言った。まもなく空に鮮やかな虹の橋がかかった。その美しさは今も目に焼き付いている。私はひとり、レストラン車両に行った。これが人生最後となるかと、緑唐辛子と木耳入りの肉料理を名残惜しく味わった。中国人好みのコーリャンを原料とする白酒の熱燗——むっとくる後味が苦手だった——ともおさらばだと覚悟して、ちびりちびりとやった。そうして沿線の土手に伸びる荒れ放題のトウモロコシ畑を眺めては深い憂いに沈んだ。文字の読めない大衆を一掃し、農民に政治の基礎を植え付けることは重要であるにはちがいない。だがそのために農耕者を毎日延々と「非常に重要な会議で多忙」に縛り付ければ、農業は無残に崩壊の一途を辿るだけだ。「農民ひとりひとりに自分の耕作地を」とした孫文の目標を、蔣介石も毛沢東も放棄した成り行きだった。

　私は就寝の前に、車掌にブヘドゥ駅が近づいたら起こしてくれるように頼んだ。「特急は停車しませんよ」「それでもいいんです。ただどうか起こしてください」。そして起こされた私は、走りすぎる列車の車窓から村に手を振った。ヴェイスマニスもベールジンシュも、知人は誰ひとりそこには残っていなかった。私は生まれ故郷に、そして更地にされた母と祖母の墓地に手を振り、ブヘドゥ、ハルビン、満洲、そして中国そのものに決着をつけた。そこから進んでいく先には、人生一〇番目となるソ連ラトヴィアの旗が待っていた。

あとがきにかえて

回想録の最終ページを書き終えたとたんに聞こえてくるようだ――これこれが出てこないし、あのことも書いてない。私は中国と中国人の暮らしぶりを記すつもりはない。満洲と呼ばれた、二度と繰り返されることのない地球のすばらしい一郭に運命によって引き寄せられた中国人、ロシア人、日本人、朝鮮人、ユダヤ人、タタール人、ポーランド人、そしてラトヴィア人とが、寄り添うように生きた日々を綴ったにすぎない。できるだけ正確を記すため当地の友人や以前の教え子と同僚たちに確認をとったが、バベルとベーベル、ゴーゴリとヘーゲルを取りちがえる書き手に似たヘマをやらかしていないと切に願っている。下世話な話ばかりでまじめさに欠けると言われるなら、それも仕方があるまい、フランス語ならケセラセラと言うところだ。世界の波に揺られる人間の営みは、万事ろくでもない勘違いかもしれないのだから。

リガにて、一九九九年夏　エドガルス・カッタイス（カッタイ）

ハルビンという民族のるつぼで
——二度と繰り返されることのない地球のすばらしい一郭

沼野充義

本書はラトヴィア人の著者エドガルス・カッタイスが満洲（主にハルビン）で過ごした前半生を綴った回想記である。原文はラトヴィア語。

ハルビン（繁体字中国語で哈爾濱。かつて日本ではハルピンという表記も多かった）は今では完全に中国人の町となっているが、かつては多くの民族の混在の中、満洲随一のコスモポリタン的な文化を発展させ、「東洋のモスクワ」「極東のパリ」などとも呼ばれて栄華を極めた。ハルビンには村は古くからあったとされるが、それが近代的な「都市」になっていったのは一八九八年にロシアが多大な資金を投入して、東清鉄道の拠点として都市建設を開始してからのことである（ロシアは一八九六年に清朝と交渉して、満洲での鉄道〔東清鉄道〕敷設の権利を得ていた）。鉄道建設にともないロシア人だけでなく、ロシア帝国に住む少数民族も満洲に移住してきた。その事情は本書の冒頭に説明されている通りだが、カッタイスの父もまた鉄道員として帝政ロシアの辺縁からはるばるとやってきた多くの移住者の一人だった（ラトヴィアも当時はロシア領だった）。つまり「満洲生まれ、満洲育ちのラトヴィア人」という珍しい（と私たちには思える）存在は、十九世紀末のロシアの東進、中国東北地方への進出というとどめ難い大きな歴史のうねりが——

それはやがて日本とぶつかり、日露戦争へと至る――必然的に生み出したものだった。このようなハルビンの歴史については、建都から一九一四年の時期を扱った本格的な研究として、ディビッド・ウルフ『ハルビン駅へ――日露中・交錯するロシア満洲の近代史』(半谷史郎訳、講談社、二〇一四年)がある。

ハルビンは十九世紀末の建都以来、およそ半世紀の間に、目まぐるしく支配者を替え、それとともに様々な民族が出入りし、多民族のるつぼが描き出す町の絵柄も変わっていった。そのすべてをハルビンに生きて自ら経験したからこそ、カッタイスは自分の上に「一〇の国旗」がはためくのを目撃するという歴史の稀有の証人になったのだった。まずその経緯を町の人口構成の変化に着目しながら簡略に振り返っておくと――

一八九八年、ハルビンの建設が始まるとともに、鉄道関係者を中心に、多くのロシア人が流入し、ロシア革命直前までにはロシア人が人口の四割を占める。街並みはロシア風に作られ、町の建物はロシア風の堂々たるものが多い。

一九〇五年、日露戦争の結果、日本はロシアから東清鉄道南満洲支線の経営権を取得。ハルビンに日本領事館が設置され、日本人の居住を認める開放地となる。

一九一四年、東清鉄道所有領内の租界に関する「英露協定」が結ばれると、欧米諸国や日本など多くの国がこの協定に加わり、三〇カ国から一〇万人以上の駐在員がハルビンに集まった。また、二〇カ国がハルビンに領事館を設置し、ハルビンはいっきょに国際都市となる。

一九一七年、ロシアの十月革命後に大量のロシア人亡命者が流入。他方一九二四年、ソ連は中国と東清鉄道を共同経営することになり、ソ連人と白系ロシア人（ロシア革命後国外に亡命したロシア人）が混在し続ける状態になる。

一九三二年、満洲国がつくられると、ハルビンはその一都市になり、実質的に日本の支配下に入る。以後、日本からの移住者も増え、日本人にとって異国情緒豊かな、西欧文化への「北の窓」として発展していった。満洲行政学会が発行していた『民政部調査月報』によれば、一九三六年末の時点で、ハルビンの総人口は四六万四八一二人。そのうち日本人（内地人）が三万二四七二人、朝鮮人が六六七九人、白系ロシア人が二万七九九二人、ソ連国籍者六五六一人、そのほかの外国人が二四五〇人、そして残りの三八万八六五八人が中国人だった。

一九四五年、日本の敗戦とともにソ連軍が満洲に侵攻、満洲国は瓦解し、日本人は日本に引き揚げる。ハルビンは一時ソ連占領下に置かれ、大量の亡命ロシア人がソ連に連行される。国民党・共産党内戦の時期を経て、一九四六年に中国共産党がハルビンを支配下に置き、以後中国人（漢民族）による統治が進められる。ハルビン在住の亡命ロシア人やユダヤ人の大部分は数年の間にアメリカ、オーストラリア、カナダ、ブラジルなど、世界に四散していった。

この特異な満洲の国際都市ハルビンについては、ハルビンに暮らした日本人による回想が数多く書かれている。例えば歌手として有名な加藤登紀子さんは一九四三年ハルビン生まれで、その母、淑子《とし こ》は一九三五年から十一年間ハルビンに住んだ経験をもとに、興味深い回想録を書いている（加藤淑子著、加藤登紀子編『ハルビンの詩《うた》がきこえる』藤原書店、二〇〇六年）。なお淑子の夫、幸四郎は日本への引き揚げ後、妻とともに東京にロシア料理店「スンガリー」を開いた。「スンガリー」とはハルビン市内を流れる松花江という川のロシア語名だ。このロシア料理店は日本で数少ない、本格的な美味しいロシア料理を出す店として人気が高く、いまでも新宿で営業している。

またハルビンには一九二〇年にハルビン学院（最初は日露協会学校という専門学校。一九四〇年に国立大学となり、一九四五年まで存続）という、日本人のためのロシア専門家養成学校も設立され、多くのロシア語の達人が輩出した。ハルビン学院出身者による数々の回想の他に、芳地隆之著『満洲の情報基地ハルビン学院』（新潮社、二〇一〇年）のような研究もある。この本のタイトルはハルビン学院があたかもスパイ養成学校であったかのような誤解を与えかねないが、実態としてこの学校は最高度のロシア語教授を行った優れた教育機関であり、その卒業生の多くは満鉄（南満洲鉄道株式会社）、外務省などに採用されただけでなく、戦後は貿易・文化・教育など様々な分野で日本とソ連・ロシアの橋渡しという重要な役割を果たした。ハルビン学院の出身者の中には、後にリトアニアで「命のヴィザ」によって多くのユダヤ難民を救った杉原千畝《ちうね》、ロシア文学者・評論家として活躍した内村剛介、ロシア料理店スンガリーの創業者加藤幸四郎などがいる。

しかし、これまでハルビンについて書かれたものの大部分は、日本人サイドからのものだった。それに対してカッタイスの『一〇の国旗の下で』は、ロシア語を使いこなすラトヴィア人の視点からハルビン生活に新たな光を当てるものとして類例がなく、非常に貴重である。これは歴史の激動の中で形成された稀有の多民族・多言語社会をめぐる唯一無二の証言であり、また都市の文化人類学の汲めども尽きぬ資料である。そして何よりも、優れた自伝文学になっている。路地で売られていた美味しい食べ物から、各民族の風習や宗教的行事、音楽に至るまで、著者の驚くべき記憶力によって生き生きと蘇った日常生活の細部や、町の庶民から警官や軍人、学校の同級生や教師たちに至るまで、様々な民族の個性的な人々の織り成す人間模様がとにかく面白い。

こういった記述においてカッタイスは、ラトヴィア人という少数民族の出であるがゆえに、特定の大民族のイデオロギー的立場に縛られず自由にものを見る特別な視点を確保しているように見える。ハルビンでは日本、ロシア、中国などの立場からの政治的駆け引きやプロパガンダが当然あって、その影響によって見える現実もまた変わってくる恐れがあった。多民族の万華鏡のような町は見る者の立場に応じて姿を変えたに違いないが、カッタイスの回想は大民族の視点からのバイアスに影響されることなく、町の現実を若きラトヴィア人の目に映るままに記録していく。彼は基本的に「親日」的だが、日本に関するすべてを賛美するわけではない。ハルビンを日本が支配するようになった後に急に威張りだし、飲酒にふけったり、必要もなく刀を振り回したりする日本の軍人たちの生態も点描されているし、日本の「皇紀二六〇〇年」の非科学性もちくりと皮肉られている。

その一方で、ソ連から進駐してきたロシア人の乱暴狼藉も風刺されている。概してカッタイスは文化を理解しない無教養に対して手厳しい。戦後ソ連から派遣されてきたソ連人講師のロシア語が間違いだらけのお粗末なものだったことも、彼は見逃さない。そのうえこのソ連人は中国人を見下し、『カルメン』を知らない中国人学生の「無知」を馬鹿にしたので、カッタイスはじゃああなたは「京劇」の有名な演目をご存じですか、と反論した。痛快な一場面である。中国文化を知悉する彼は、アジアを見下すヨーロッパ人の偏見から自由だった。

ハルビンの歴史を生き抜いたカッタイスは決して大きな政治の物語を語ろうとはせず、特定のイデオロギーの立場から大国の振る舞いを批判したりもしない。彼はあくまでもこの歴史の大きなキャンバスの中に投げ込まれた一プレイヤーとして、地に足をつけながら自分史の物語を語っていく。

よく知られているように「王道楽土」「五族協和」とは、日本が満洲に作った傀儡国家のために用意したスローガンだった。多民族が仲良く協調して（平等に？）暮らすという理想が実際には絵に描いた餅に過ぎなかったにしても、少なくともハルビンに関しては、「多民族の共存」は（真の意味での「協和」があったかは別として）現実のものだった。カッタイスはハルビン生活の最初から「民族のるつぼ」に投げ込まれた。彼が学んだYMCAの中学校（ギムナジウム）の生徒たちは「大半がロシア人と中国人のほかに、ユダヤ人、ポーランド人、デンマーク人、フィンランド人、アメリカ人、イギリス人、ドイツ人、ルーマニア人」という構成だった。そして一九四〇年に彼が入学した北満学院（満洲国北満学院）は、現地の非日本人のための高等教育機関であり、大多数のロシア人学生に、中国人、朝鮮人、ユダヤ人、ポーランド人、ラトヴィア人などが混じっていたという。ここでは二年目から授業が日本語で行われるようになり、カッタイスは日本語に磨きをかけた。

このような多言語的環境は内地には絶対に見られない、満洲ならではのものだった。もっとも、ハルビン在住の日本人の多くは基本的に日本人コミュニティの中で暮らし、子供たちも日本人学校に通ったから、異民族との接触といっても生活の周縁を彩るものに限られる傾向があり、ロシア語や中国語など、周囲で話されている外国語を完全にマスターした者はあまりいなかった。そこがカッタイスの多文化体験と根本的に異なるところだった。とはいえ、彼のような環境に育てば誰もが彼のようになれる、というわけでもないだろう。『一〇の国旗の下で』には彼が語学習得に苦労した様子はほとんど描かれないが、人並みはずれた記憶力と耳の良さ、そして言葉そのものに対する強い関心（彼は辞書の収集に情熱を燃やしていた）とたゆまぬ努力があいまってこのようなポリグロットが生まれたのだと推測できる。

興味深いのは、いかに多民族的な環境を生き抜いたからと言っても、彼自身の民族的アイデンティティが揺らがなかったことだ。一九五五年、彼は生まれてからの三二年をずっと過ごしてきた満洲を後にして、まだ見ぬ「祖国」ラトヴィアに向かったのだった。

ラトヴィアはいわゆる「バルト三国」の一つ、バルト海に面したヨーロッパの小国である。面積は六・五万平方キロメートル（日本の約六分の一）、人口は二〇二二年の統計で一八九万人。このサイズの国がロシア、ドイツ、ポーランドなどの近隣諸国の陰で自らの独立と民族のアイデンティティを保ち持つことは容易ではなかった。国語はバルト語派に属するラトヴィア語で、ロシア語やドイツ語などともまったく別の言語だが、二〇世紀初頭までこの言語は主に被支配者の農民の話し言葉であって、それが国家の公用語として発展したのは二〇世紀にラトヴィアが独立を回復してからである。

実際、ラトヴィアの歴史は、ハルビンと比べてもひけをとらないくらいの変転を経てきた。一三世紀以来、一八世紀に至るまでにドイツ騎士団、ポーランド・リトアニア、スウェーデン、ロシア、と支配者が激しく入れ替わってきたが、第一次世界大戦後の一九一八年に独立。ソ連がドイツとの密約に基づき一九四〇年に占領したのも束の間、独ソ戦が始まると今度はナチス・ドイツに占領され、ソ連軍が反攻して再占領、以後ソ連に組み込まれ、長いことソ連を構成する一共和国の地位に甘んじた。そしてソ連の崩壊にともない、一九九〇年にようやく独立を回復、ソ連離れを加速し、NATOとEUの加盟国にもなって現在に至っている。

祖国帰還後のカッタイスがソ連体制をどのように見たかは、本書には書かれていない。しかし彼は大きな国家に支配されながらも個として生き抜くすべを十分にハルビンで体得していただろうから、言論が自由であったとは言い難いソ連支配下のラトヴィアでも、中国・日本の言語文化に精通した自分の本領を活かしながら、二〇世紀後半のソ連時代を生き抜いたのだろう。実際、戦後間もないラトヴィアで彼ほど中国と日本の言語・文化に精通した専門家はいなかった。彼はアカデミックな研究で博士号を取るような学者ではなかったが、まさに彼の持つような実践的知こそがラトヴィアで必要とされたのだ。その後の彼の日本文化紹介・日本語教育への目覚しい貢献については、本書の訳者の黒沢歩さんの「あとがき」に詳しい。黒沢さんの言う通り、ラトヴィア人は親日的で日本文化に対する関心も高いが（これはラトヴィアに限らず、旧東欧や他の沿バルト諸国にも共通する傾向である）、カッタイスはそのような日本人気の「火付け役」「牽引役」となったのである。

私たちは国際関係と言えばとかく、政治とか外交、軍事、貿易などの「大きな」制度的枠組みで捉えがちだが、じつはどのような異国間の交流においてもその陰には、相手の国の言語に通暁し、相手の文化を深く理解し尊重する専門家が存在する。彼らは表舞台に出て顕彰されることは稀だが、世界はこういった人たちなしでは回っていかない。満洲出身のカッタイスが日本から遥か離れたラトヴィアでそのような役割を果たしたとは、二〇世紀のグローバルな歴史のなんという巡り合わせだろうか。

ハルビン、そしてもっと広く言って満洲が一〇〇％バラ色の眼鏡で語ることのできない、大きな負の側面を持っていたことは、改めて言うまでもないだろう。しかし、それでも多くの人たちが――加藤淑子も、内村剛介も――「光彩陸離たるコスモポリタンの」町ハルビンで過ごした良き日々を、ノスタルジアに潤んだまなざしで思い返してきた。そして、カッタイスもそれに唱和するように最後にこう書いている――「満洲と呼ばれた、二度と繰り返されることのない地球のすばらしい一郭に運命によって引き寄せられた中国人、ロシア人、日本人、朝鮮人、ユダヤ人、タタール人、ポーランド人、そしてラトヴィア人とが、寄り添うように生きた日々（……）」。本書を要約するのに、これほど相応しい言葉はないだろう。

大部分の日本人には縁のないラトヴィアのような遠くの「小国」に対して、日本からもまた少数ではあるが、同様の深い関心と理解を持って橋渡しをする専門家が現れている。その一人が本書の訳者、黒沢歩さんだ。黒沢さんがラトヴィア長期滞在の体験に基づいて書いた『木漏れ日のラトヴィア』『ラトヴィアの蒼い風――清楚な魅力のあふれる国』（どちらも新評論）という二冊の本には、実際に肌で触れた人々とその暮らしと文化が生き生きと描かれている。私たちは、この遠くて未知の国をちょっぴり近づけてくれた黒沢さんに感謝しなくてはいけない。

（ぬまの・みつよし／スラヴ文学者　東京大学名誉教授）

訳者あとがき

本書は、エドガルス・カッタイス（Edgars Katajs, 一九二三―二〇一九）による回想記『一〇カ国の旗の下で』（"Zem desmit valstu karogiem", Jumava, 2000）のラトヴィア語からの全訳です。

「カッタイ（Kattai）先生」と呼び親しまれたラトヴィアにおける日本と中国全般の専門家エドガルス・カッタイス氏は、日本語と中国語の通訳・翻訳者としてだけでなく、とりわけラトヴィアにおける日本語教育の草分け的な存在でした（通称にあるように、ラトヴィア語文法で名前を呼ぶときには男性名詞の語尾にあるS字が消えるため、本文中ではカッタイでほぼ統一しました）。

本回想記は、ラトヴィア人である氏が、東清鉄道の機関車技師であった父のもと満洲の地に生まれ、ハルビンで育ち進学して中国語と日本語を習得し、両言語を駆使して激動の時代を生き抜いた半生を、さまざまなエピソードに絡めて綴ったものです。氏がギムナジウム在学中にハルビンは日本の統治下となり、進学した満洲国立北満学院商学部では日本語で学業を治め、満洲国の教科書編纂に携わった後、ハルビン・ソ連総領事館にて通訳・翻訳、ハルビン工業大学にて中国語及び日本語講師と通訳を務めました。

氏が三二歳になるまでの間に、中華民国の五族共和旗と中華民国旗、家のタンスの上におかれていたラトヴィア共和国旗、ＹＭＣＡギムナジウムの校舎に掲揚されていたアメリカ合衆国旗、祝祭日に校庭に揚げられた帝政ロシア旗、その後の満洲の地をめぐる日本国旗、満洲帝国旗、ソ連邦旗、中華人民共和国旗、そしてラトヴィア・ソビエト共和国旗と、数え上げればざっと一〇カ国の旗が身近に掲げられたのでした。

回想記は、氏が一九五五年にハルビンを離れ、念願の祖国ラトヴィアへ旅立つところで終わります。その後の氏の足跡を簡単に紹介します。初めてラトヴィアの地を踏んだ氏は、ラトヴィア文化省講座担当局（一九五六―一九五七）を経てラトヴィア学術アカデミー図書館（一九五七―一九八三）に勤務、その後はラトヴィア大学アジア（途中でオリエンタルに改名）学科（一九九二―二〇〇二）で教えています。この間に、日本とラトヴィアの多種多様な政治・経済界や文化の使節団の通訳・翻訳、また観光客に随行する通訳ガイドも担いました。

ラトヴィアの人々は旧ソ連時代から総じて親日的で、日本文化に強い関心を寄せてきました。氏はその火付け役・牽引役でもあり、文化と教育の面から日本についてのよき紹介者・よき案内役でもありました。日本文学および中国文学の翻訳も手掛け（翻訳書一覧を末尾に記載）、さらにラトヴィア語で『日本文化』（一九九三）、『中国文化』（一九九三）、『昨今の日本』（一九九四）、『日本横断』（二〇〇三）などの著作を刊行しています。また新聞雑誌等の定期刊行物に、日本と中国の文学についての多くの文章を発表しています。

ところで、ラトヴィアにおける日本語教育は、氏が一九八七年にラトヴィア大学外国語学部の講義室を借りて、夜間の日本語コースを開講したことに始まります。同コースからは、後に俳句の名訳を残したグナ・エグリーテ（一九四三―二〇〇八）、三島由紀夫や村上春樹作品の翻訳者であるイングーナ・ベッチェレ（一九六五―）、日本思想の研究者で漱石、谷崎、芥川の翻訳もあるイルゼ・パエグレ（一九六?—）、リガに日本語学校を設立したブリギッタ・クルーミニャ（一九四三—二〇一七）らが輩出されました。ラトヴィア大学の学部改変により一九九七年に現代言語学部日本語コースが開講されると、氏は引き続き日本語と日本史の講師として晩年まで教壇に立ちました。ラトヴィア外交官や日本研究者を含め日本との交流に携わる多くの人々が、氏の独特のユーモアに魅了され教えを受けたのです。同大学で日本語講師をしていた私も数年間職場を共にし、学期末には慰労会と称して何度か杯を交わしました。

氏の人柄については、「世界の文学と民族の風俗習慣に通じ、生粋の細やかさとセンスでもって相手を引き込む話術に長けている。目立たず慎ましくも、極めて知的な人物だ」（一九九八年刊行雑誌『ライクス』より）、「漢字文化圏についての百科事典的な幅広い知識を有する卓越した通訳者であって、日本語と中国語を学ぼうとする者には分け隔てなく真摯に、豊富な知識を伝授してくれた」（前出のイルゼ・パエグレによる追悼文、ラトヴィア科学アカデミー報、二〇一九年）といった賛辞が寄せられています。

私の経験からも、通訳者は板挟みに合うような、思いがけない窮地に立たされヒヤヒヤすることがありますが、氏は何が起ころうと背筋をピンと伸ばし、いささかもたじろぐことなく、百戦錬磨ともいうべき通訳の姿を表していました。本書は、氏の融通無碍な柔軟さが、不勉強な私などの乏しい想像の域をはるかに超えて、波瀾に満ち複雑を極めた時代を通じて培われた豊かな経験にあったことを教えてくれます。頭上に掲げられる国旗が目まぐるしく変わったように、政治体制どころか国家そのものがガラリと入れ替わる時代に臨機応変に対応し、限られた進学や仕事を選択していった慧眼に脱帽します。

時代や体制にあえて評価を下すことのない淡々とした回想の随所に、後年、会合や談笑の席で氏が朗々と披露したアネクドートの原点が見つかります。さらに、後半生の一九九一年になって、ラトヴィア共和国のソ連からの独立回復という体制の転換をふたたび迎えたとき、多くの人々が過去をあっさりとかなぐり捨て、機に乗じてのし上がろうするような風潮や足場を失ったようにぐらついた教育現場を念頭においた皮肉が節々に差し込まれています。なお、現代からすれば人種や性に関わる差別表現が散見されますが、当時の様相を表象する言説としてできる限り原文に即しました。

二〇〇一年、氏はラトヴィア人として初めて瑞宝章を授与され、長年にわたる日本とラトヴィアの友好関係の構築維持、日本語教育の業績が讃えられました。足腰が弱り公の場に姿を見せなくなった晩年にも、毎年、氏のお誕生日には日本大使館から花束が届けられていました。しかし二〇一九年四月五日、氏が他界されたことを、東京にいた私はメールで知らされました。氏の生誕百年である二〇二三年には、ラトヴィア国立図書館に多数の教え子たちが集い偲んだと聞いています。

本書は、このようにラトヴィアと日本との交流において多岐に活躍したカッタイ先生の、ユーラシア大陸を跨ぐ稀有な人生を知る貴重な記録です。日本で満洲に関する書物や記述は数多くありますが、ラトヴィア人という外部の目によって映し出される側面が読者にどのように受け止められるのか興味深いところです。

氏は本書の邦訳を切望していました。そこでカッタイ先生から直々に手書き原稿が私に渡されたのですが、その後、ラトヴィア語研究者の菅野開史朗さんが翻訳を引き受けたとのことで、一旦、原稿をお返ししていました。ところが菅野さんが二〇一四年にリガで交通事故により亡くなられ、翻訳の話が宙に浮いてしまいました。その間にも日本各地にいる先生の知己からは早く日本語で読みたいとの声が届けられ、これは私がやるしかないと思いながら、なかなか思うように進められませんでした。先生からお声をかけていただいてから一〇年以上を経て、ようやく翻訳を終えることができましたが、ただ悔やまれるのは、生前にカッタイ先生に訳出の確認を仰ぎ、また邦訳本を差し上げられなかったことです。

作品全体としてもかなり苦労した翻訳で、訳者の語学力と歴史的文化的教養の不足から、おもわぬ誤りを犯さなかったか、未だ安心できないでいます。翻訳の過程では、ラトヴィアの中国文学研究者イエヴァ・ラピニャ、サンクトペテルブルク大学の日本文学研究者リアーラ・クロノプロ先生に、主に俗語や慣用句についての教示を仰ぎました。ラトヴィア国立図書館アジア局担当職員のオレグス・ピシュチコフスさんもまた流暢な日本語を操り、連綿と受け継がれてきた氏の教えに改めて助けられ、本書の著作権者である氏のお孫さんサビーネ・エルテさんへも取り次いでいただきました。また、ラトヴィア文学の振興組織 Latvian Literature による翻訳及び出版助成と、作家と翻訳者のためのヴェンツピルス国際ハウスで得た時間が大いなる支えとなりました。

最後に、本書出版の意義を認めてくださり、読むに耐えない初訳のときからお骨折り下さった作品社編集者の増子信一さん、解説を下さった沼野充義先生に心よりお礼を申し上げます。

期せずして、この秋から上海に暮らすことになった私は、日々の細々とした事柄に触れては、そういえばカッタイ先生があんなことを書いていたなと、ひとり頷いています。

二〇二四年九月　上海にて

黒沢　歩

＊カッタイ氏がラトヴィア語に翻訳した主な文学作品（出版年）
遠藤周作『私が捨てた女』（一九七一）、川端康成『雪国』（一九七五）、『千羽鶴』（一九七五）、『日本の推理小説集』（一九八六）、植村直己『北極に駆ける』（一九八九）、石川達三『風にそよぐ葦』（一九九四）、谷崎潤一郎『陰翳礼讃』（二〇〇〇）、『日本の民話』（二〇〇一）、小島信夫『アメリカン・スクール』（二〇〇三）、井原西鶴『好色五人女』（二〇〇六）、村上春樹『スプートニクの恋人』（二〇〇六）、『芥川龍之介短編集』（二〇〇九）

著者・訳者略歴

エドガルス・カッタイス（Edgars Katajs）

1923-2019。日本語と中国語の通訳翻訳者、日本と中国についての専門家。ラトヴィアにおける日本語教育の草分け的な存在としてその名が知られ、「カッタイ(Kattai)先生」とした。ラトヴィア大学外国語学部の日本語コースを開講し、俳句の名訳を残したグナ・エグリーテ、村上春樹作品の翻訳で活躍するイングーナ・ベッチェレなど多くの日本文学研究者を輩出。主な著書に、『日本文化』、『中国文化』、『昨今の日本』、『日本横断』等。主な日本語翻訳作品に、遠藤周作『私が捨てた女』、川端康成『雪国』、植村直己『北極に駆ける』、谷崎潤一郎『陰翳礼讃』、井原西鶴『好色五人女』、村上春樹『スプートニクの恋人』等。

黒沢歩（くろさわ・あゆみ）

茨城県東海村出身。1993年、日本語教師としてラトヴィアのリガの日本語学校へ。1994年、日本語を教える傍ら、ラトヴィア大学文学部でラトヴィア文学を学び始める。ラトヴィア文学修士。2000年に開設された在ラトヴィア日本国大使館勤務、ラトヴィア大学現代言語学部日本語講師を経て、ラトビア語通訳・翻訳。著書に『木漏れ日のラトヴィア』（新評論、2004）『ラトヴィアの蒼い風――清楚な魅力のあふれる国』（新評論、2007）、訳書にノラ・イクステナ『ソビエト・ミルク――ラトヴィア母娘の記憶』（新評論、2019）、アネテ・メレツ『キオスク』（潮出版社、2021）、ヤーニス・ヨニェヴス『メタル '94』（作品社、2022）ほか。

・・・・・・・・・

This book was published with the support of the Latvian Literature platform.
この翻訳作品はLatvian Literatureの助成金を得て出版されました。

LATVIAN LITERATURE

INTERNATIONAL WRITERS' AND TRANSLATORS' HOUSE

ZEM DESMIT VALSTU KAROGIEM
by Edgars Katajs

一〇の国旗の下で　満洲に生きたラトヴィア人

2024年11月25日　初版第1刷印刷
2024年11月30日　初版第1刷発行

著者　エドガルス・カッタイス
訳者　黒沢歩
発行者　福田隆雄
発行所　株式会社作品社
〒102-0072　東京都千代田区飯田橋2-7-4
電話　03-3262-9753
FAX　03-3262-9757
振替口座　00160-3-27183
https://www.sakuhinsha.com

本文組版　一企画
印刷・製本　中央精版印刷株式会社

Printed in Japan
ISBN978-4-86793-057-1 C0020